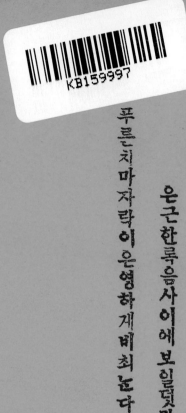

KB159997

달은 사_월오일이 요쩍 눈오후네시쯤되여 남산공원동편,

은근한록음사이에 보일덧말덧회식쌕쥐 우산밋해

푸른치마자락이 운영하게비최눈다

探偵
小說

혈가사

上下
合篇

혈가사 초판본(1926) 표제지

때와엇더한정후와엇더한일을보고당함에그마음의동작을나라써발하난것이로다

뿐외달고흔것다정하고연々한물색이라면사람마다마음어쳐하도록용이생겨깃부

개탄상하난것이보통인정이라하지마는만일이것을비란(悲觀)할것갓흐면수심월

한이멋빗배나더생거써금치못할々춘회포가자연이일키난것이라

이날나난공원의신선한신선한공기와아름다운정색을사람마다락관(樂觀)으로놀

고단이난뒤지늘음기온한편구석에엇더한사람이무신일노써안전에단는모던들식

을한가命히만보코인생최후의극한결심(人生最後極段決心)으로이새상을영구

히리별코자합이라

최호(悵懷)한만음은사람의본정이라어린아해가우름々가에장차들어가난것을보

금히가난세々령양은(三合孃)입시애이러々황々한거동으로저팡정을보고

수전이민인나무가지를취여잠고리숙자난그소람의목을잘나맨수건을달너두고용

「내가정령즉엇단디……

「하 그이상시러운일이여

시방사람 소래 도아닐터인데……

「아이고참저것보아 그아마자결을하려는것이지

엇든사람이저갓치절박훈이을참아힝하는가……」

「그것무엇이여 외어리놀너느냐……」

형데와다름이업는터이날은마참일요일이요 또일기도화창함으로 할세 모와 공원산보를하는터이라

「오날은날씨가온화하니 그른지민우되곤할셰」

「글셰참— 저편에 가셔 공즁의자(公衆椅子)에다 조금안저 볼가」함々 한가른말로셔 토말하며 셔남편구석 수독심우흔곳으로쳐— 々々이향히가다가「아이고어머니저것보아……」한면셔 데일압헌리속자가되 졍직셕흔다

「그것무엇이여 외어리놀너느냐……」하며 셔압편숙자의말 쓴듯 고갓치놀너 노김숙 경과십미쟈는퇴숙자의엽으로바삭들어셔며 숙자의가라치는곳으로삼인의시션(觀線)이바로향해모혓도다

「아이고참저것보아 그아마자결을하려는것이지엇든사람이저갓치절박훈이을참아힝하는가……」 무슨마음이합셰감동된듯서 ㅅ학생이할발호다르박질노그곳을향히간다 터 뎌사람의정은히로에락이고유(喜怒哀樂固有) 혼것임으로엇더혼

「아ー이것슨아마피ㅅ방울이무든것인덧한듸

금시무든거슨아니요아주오래된피갓흔걸?········그이상하다········」

「글세말삼이올시다무선사정이신지모르지요마는뎌사람이죽고사눈두가지일

바게는쓰업는것이온듸죽은편으로만볼것갓고면틈하만사가모다죽고만습고사

눈편으로만생각할것갓흐면엇더혼곤경을당하더라도살고십은것이온듸당신은아

즉청년이오니비단갓혼전정을바리시고이갓치절박혼일을힝호시니이눈실데말삼

이올시다마는아마오힐誤解하신덧함니다그러니그ー저ーー그ー소정을조금말삼

하여주소서········」

그소람은훌연언글ㅅ빗이변하며혼식하눈기식으로「녜ー사정을말호라그런말

삼이숨낫가 히、돔하자식으로이러혼결심을할째눈아마상당한사정이잇서ㅅ그

럿것이지요 허니아무케나이자리만속히피히쥬사지요」령남(嶺南)말노음성을

도와맘을죵니숙자눈다시소리를가다듬어서「녜ー그눈그럿치요만이려혼경을

보고야 아무러녀자의마음으로도그양바리고갈수눈업스니그사정을조금말삼하

셧스면········」

은은한 서벽달 〈〈빗은 서산으로 너머가고
동방에 게 명성은 반듯〈〈빗최고
원촌에 닭 소래 난 시벽을지 축하며 쇠락한 남산공원에 등불이 벗적〈〈

금수술(應急手術)노 소지를 만즈며 호흥을저촉하난디 두렁양은 취여 잡엇든 느무가

지를 노 코 황급한 모양으로 정신업시서서 구관경만본다

이째이사람 은 목 댄후 오래되지 아니 하여 이와 ㅅ치 구토를 밧은 고로 점ㅅ호흡을 통하

야 근ㅅ이 정신을 차려서서 좌우를 살피 드니 샵작 놀내난덧고개를 수기고 혼자 속 생각으

로「내가 정령 죽 엇 난 디 이 것숨이여 〈〉 난촌으로 생을집고 고개를 점ㅅ수긴다 이사

람의 회생함을 보고야 만즈 기를 정지하고 얼 욕을 무력시 고얼

끌에 붓은 스빗을 쬐고 음성이 반쯤 썰머서 난 말노「금한지경을당하야 아래 제에 구예

빌수 업스니 말삼이 올시 다 만 정신을 조곰차려 시지요 정신을 〈〉」

그 사람은 그 양미리를 흔들며서 간신히 하 난 말 노「아、아이 울 시 다 하 나 라 요 세 분 이

이 와 ㅅ치 죽은 사람 을 살여 주 스니 그 언 혜 난 한 갓 감사 하 다 고 만 할 수 업 슴 니 다 마 는 제

의 기 되 해 서 난 두 불 죽 음 으 로 도 로 혀 욱 이 되 난 것 이 오 니 아 무 케 나 이

자 리 를 속 히 피 하 시 면 됴 케 슴 니 다」

「아니여아무것도업는데아마물건은싸셔오래두엇던모양이여……

보에접은금자가만이잇슬뿐이오또난오된피ㅅ방울이간ㅅ이무덧다말이여」

그런데쏘난증ㄱ거물은피가무던무엇이라하고

가사（袈裟）로다고하엿고쏘十九년전에발생한일?

…무엇이라하엿스니그원인이오래되고깁혼일인덧하지안느냐말이여」

한국근대대중문학총서 틈

〈한국근대대중문학총서 틈〉은 한국근대대중소설의 커다란 흐름, 그 틈새에서 잘 알려지지 않은 소설을 발굴합니다. 당대에 보기 힘들었던 과감한 작품들을 통해 우리의 장르 서사가 동트기 시작하는 모습을 볼 수 있습니다. 한국 문학의 새로운 지평을 서서히 밝히는 이 가능성의 세계를 즐겨주시기 바랍니다.

한국 근대 대중 문학 총 서 를
발 간 하 며

한반도에서 한국어를 사용하며 살아가는 우리는 언어공동체이면서 독서공동체이기도 하다. 김유정의 「동백꽃」이나 김소월의 「진달래 꽃」과 같은 한국근대문학의 명작들은 독서공동체로서 우리가 기억 해야 할 자산들이다. 우리는 같은 작품을 읽으며 유사한 감성과 정 서의 바탕을 형성해왔다. 그런데 한편 생각해 보면 우리 독서공동체 를 묶기가 그렇게 간단하지만은 않다. 누군가는 『만세전』이나 『현 대영미시선』 같은 책을 읽기도 했겠지만 또 다른 누군가는 장터거 리에서 『옥중화』나 『장한몽』처럼 표지는 울긋불긋한 그림들로 장 식되어 있고 책을 펴면 속의 글자가 커다랗게 인쇄된 책을 사서 읽기 도 했다. 공부깨나 한 사람들이 워즈워드를 말하고 괴테를 말했다 면 많은 민중들은 이수일과 심순애의 사랑싸움에 울고 웃었다.

　한국근대문학관에서 근대대중소설총서를 기획한 것은 이처럼 우 리 독서공동체가 단순하지 않았다는 점에 착안했다. 본격 소설도 아니고 그렇다고 '춘향전'이나 '심청전'류의 고소설이나 장터의 딱 지본 소설도 아닌 소설들이 또 하나의 부류를 이루고 있었다. 이는 문학관의 실물자료들이 증명한다. 한국근대문학관의 수장고에는 근대계몽기 이후부터 한국전쟁 무렵까지로 한정해 놓고 보더라도 꽤 많은 문학 자료가 보관되어 있다. 염상섭의 『만세전』이나 윤동주의 『하늘과 바람과 별과 시』처럼 한국문학을 빛낸 명작들의 출간 당시의 판본, 잡지와 신문에 연재된 소설의 스크랩본들도 많다. 그런데 그중에는 우리 문학사에서 한 번도 거론되지 않았던 소설책들도 적지 않다. 전혀 알려지지 않은 낯선 작가의 작품도 있고 유명한 작가의 작품도 있다. 대개가 그동안 잘 알려지지 않았던 작품들이다. 본격 문학으로 보기 어려운 이 소설들은 문학사에서는 제대로 다뤄지지 않았던 것들이다.

한국근대문학관에서는 이런 자료들 가운데 그래도 오늘날 독자들에게 소개할 만한 것을 가려 재출간함으로써 그동안 잊고 있었던 우리 근대문학사의 빈 공간을 채워넣으려 한다. 근대 독서공동체의 모습이 이를 통해 조금 더 실체적으로 드러나기를 기대한다.

다만 이번에 기획한 총서는 기존의 여타 시리즈와 다르게 작품의 내용을 이해하기 쉽게 하자는 것을 주된 편집 원칙으로 삼는다. 주석을 조금 더 친절하게 붙이고 작품의 배경이 되는 시대를 이해하는 데 도움을 주기 위해 다양한 참고 도판을 충분히 활용하는 것이 한국근대대중문학총서의 발행 의도와 방향을 잘 보여준다. 책의 선정과 해제, 주석 작업은 전문가로 구성된 기획편집위원회가 주도한다.

어차피 근대는 시각(視覺)의 시대이기도 하다. 읽는 문학에서 읽고 보는 문학으로 전환하여 이 총서를 통해 근대 대중문화의 한 양상을 체험할 수 있도록 하자는 것이 기획의 취지이다. 일정한 볼륨을 갖출 때까지 지속적이고도 정기적으로 출간할 예정이다. 앞으로 많은 관심과 애정을 부탁드린다.

인천문화재단 한국근대문학관

한국근대대중문학총서 틈 04

박병호 소설
이은선 책임편집 및 해설

혈가사

기획   인천문화재단 한국근대문학관

●홍시

- 『혈가사(血袈裟)』는 1920년 7월부터 10월까지 『취산보림(鷲山
寶林)』, 『조음(潮音)』에 분재되다가 중단된 후 1926년 울산에서
단행본으로 출판되었다. 이 책은 1926년 울산에서 출판된 『혈가
사』 상·하편을 저본으로 삼았다.

- 본문의 표기는 독자의 편의를 위해 현행 한글맞춤법과 외래어표
기법에 따랐다. 다만 작품의 분위기에 영향을 준다고 판단되는
방언이나 구어체 표현 등은 그대로 두었다.

- 작품의 작의나 분위기를 해치지 않는 선에서 불필요한 문장부호
와 원문의 착오를 바로잡았다.

- 설명이 필요하거나 뜻풀이가 필요한 어휘의 경우 각주로 그 내용
을 표기했다.

- 본문의 이해를 돕기 위해 본문 내용과 관련된 도판을 삽입했다.

- 이숙자(李淑子)
  이 협판의 영양

- 이상하(李尙夏)
  이 협판. 이숙자의 아버지

- 김 씨
  이 협판의 부인

- 옥례(玉禮)
  이숙자의 친모

- 김숙경(金淑卿)
  김 백작의 영양, 이숙자의 친구

- 심미자(沈美子)
  육군 정령(正領) 심천식의 누이, 이숙자의 친구

- 권중식(權重植)
  영남 안동 사람, 이숙자의 연인

- 옥매(玉梅)와 춘매(春梅)
  이 협판 집의 하인

- 방규일(方奎一)
  남부경찰서 순사

- 윤석배(尹錫培)
  남부경찰서 순사, 권중식의 죽마고우

- 옥동 할멈
  여결발(女結髮) 영업자

- 이삼팔(李三八)
  남산공원지기, 옥동 할멈의 남편

- 김응록(金應綠), 이 선달(李先達), 삼각수, 육손이
  탐정

목
차

육혈포 ⓒ육군박물관

개화장

가사

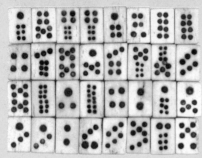

골패

월자 ⓒ단국대 석주선기념박물관

히사시가미

경성 중부 대사동(인사동) 지도

박쥐우산

법관양성소의 후신인
경성법관전문학교

일제강점기
경성의 신식 감옥

순사

上

지루한 장맛비는 봄빛과 같이 흔적을 거두고 천기는 다시 청화한데 녹음방초가 더욱 아름답다. 이때 남산공원 신선한 시경은 신사숙녀의 소요한 산보를 요구하는 듯하다. 날은 4월 5일이요 때는 오후 4시쯤 되어 남산공원 동편 은근한 녹음 사이에 보일 듯 말듯 회색 박쥐우산 밑에 푸른 치맛자락이 은영하게 비친다. 마루막이 반양머리1)에 수수한 복색으로 따뜻한 일기에 산보하기 취하여 곤한 듯한 여학생 삼 인이 있다. 나이는 모두 십육칠 세쯤 되고 고운 용자와 아름다운 태도는 피차 우열이 없이 흡사한데, 이날 공원 녹음 사이에 늦은 꽃 두세 가지 이슬에 젖어 봄빛을 멈추는 듯한 격이다. 제일 앞서가는 학생은 이 협판의 영양 숙자요, 제이는 김 백작의 영양 숙경이요, 제삼은 육군 정령 심천식의 누이 미자이다. 모두 고등여학교 이 학년의 동년 급으로 그 친밀한

1) 반양(半洋)머리: 서양식으로 단장한 여자의 머리

정분은 형제와 다름이 없는데, 이날은 마침 일요일이요 또 일기도 화창하므로 함께 모여 공원 산보를 하는 터이다.

"오늘은 날씨가 온화하여 그런지 매우 노곤한걸."

"글쎄, 참. 저편에 가서 공중의자에나 조금 앉아 볼까."

낭랑하고 가는 말로 서로 말하면서 남편 구석 수목 심수한[2] 곳으로 천천히 향해 가다가

"아이고, 어머니. 저것 보아……."

하면서 제일 앞선 이숙자가 대경실색한다.

"그것이 무엇이여. 왜 이리 놀라느냐……."

하면서 앞선 숙자의 말만 듣고 같이 놀라는 김숙경과 심미자는 이숙자의 옆으로 바싹 들어섰다. 숙자가 가리키는 곳으로 삼 인의 시선이 바로 향해 모였다.

"아이고, 참 저것 보아. 그 아마 자결을 하려는 것이지. 어떤 사람이 저같이 절박한 일을 차마 행하는가."

무슨 마음이 함께 감동된 듯 세 학생이 활발한 달음박질로 그곳을 향해 간다. 대저 사람의 정은 희로애락이 고유한 것이므로 어떠한 때와 어떠한 경우와 어떠한 일을 보고 당함에 그 마음의 동작을 따라서 발하는 것이다. 밝은 달, 고운 꽃, 다정하고 연연한 물색이라면 사람마다 마음이 취하도록 흥이 생겨 기쁘게 관상하는 것이 보통 인정이라 하지마는, 만일 이것을 비관할 것 같으면 수심 원한이 몇백 배나 더 생겨서 금치 못할 슬픈 회포가 자연히 일으켜지는 것이다.

2) 심수하다(深邃)하다: 깊숙하고 그윽하다.

이날 남산공원의 신선한 공기와 아름다운 경색을 사람마다 낙관으로 놀고 다니는데, 저 녹음 깊은 한편 구석에 어떠한 사람이 무슨 일로써 눈앞에 닿는 모든 물색을 한갓 슬프게만 보고 인생 최후의 극단적 결심으로 이 세상을 영구히 이별하고자 함이다.

측은한 마음은 사람의 본정이라 세 영양은 어린아이가 우물가에 장차 들어가는 것을 보고 와락 달려들어 건지는 것같이 다른 생각 없이 우연히 발하는 마음으로 저 광경을 보고 급히 가 일시에 이르렀다. 황황한[3] 거동으로 김숙경과 심미자는 흰 수건이 매인 나뭇가지를 휘어잡고 이숙자는 그 사람의 목을 졸라맨 수건을 끌러 두고 응급수술로 사지를 만지며 호흡을 재촉하는데, 두 영양은 휘어잡았던 나뭇가지를 놓고 황급한 모양으로 정신없이 서서 그 광경만 본다.

이때 이 사람은 목맨 후 오래되지 아니하여 이와 같이 구료를 받은 고로 점점 호흡을 통하여 근근이 정신을 차려서 좌우를 살피더니 깜짝 놀라는 듯 고개를 숙이고 혼자 속생각으로

'내가 정녕 죽었는데 이것은 꿈이여.'

한 손으로 땅을 짚고 고개를 점점 숙인다. 이 사람의 회생함을 보고야 옆에 서 있던 이숙자는 만지기를 정지하고 부끄러움을 무릅쓰고 얼굴에 붉은빛을 띠고 음성을 반쯤 떨면서 하는 말로

3) 황황(皇皇)하다: 갈팡질팡 어쩔 줄 모르게 급하다.

남산공원

"급한 지경을 당하여 예절에 구애될 수 없으니 말씀입니다만 정신을 조금 차리시지요, 정신을."

그 사람은 그냥 머리를 흔들면서 간신히 하는 말로

"아, 아니올시다. 아니라요. 세 분이 이와 같이 죽은 사람을 살려주시니 그 은혜는 다만 감사하다고만 할 수 없습니다마는 저를 두 번 죽이시는 셈으로 도리어 욕이 되는 것이오니 아무렇게나 이 자리를 속히 피하시면 좋겠습니다."

"글쎄 말씀입니다. 무슨 사정이신지 모르지요마는 대저 사람이 죽고 사는 두 가지 일밖에는 또 없는 것인데, 죽는 편으로만 볼 것 같으면 천하만사가 모두 죽고만 싶고 사는 편으로만 생각할 것 같으면 어떠한 곤경을 당하더라도 살고 싶은 것인데, 당신은 아직 청년이오니 비단 같은 전정[4]을 버리시고 이같이 절박한 일을 행하시니 이는 실례되는 말씀입니다마는 아마 오해하신 듯합니다. 그러니 그, 저, 그, 사정을 조금 말씀하여 주시면……."

그 사람은 졸연 얼굴빛이 변하며 탄식하는 기색으로

"네, 사정을 말하라 그런 말씀이십니까? 허, 남아 자식으로 이러한 결심을 할 때는 아마 상당한 사정이 있어서 그런 것이지요. 하니 아무렇게나 이 자리만 속히 피해 주시지요."

영남 말로 음성을 돋워 말을 하니 숙자는 다시 소리를 가다듬어서

"네, 그도 그렇지요만 이러한 지경을 보고야 아무리 여자

4) 전정(前程): 앞으로 가야 할 길

의 마음으로도 그냥 버리고 갈 수는 없으니 그 사정을 조금 말씀하셨으면…….”

이때 그 사람은 긴 한숨으로 탄식만 하고 앉았다가 비로소 머리를 들고 무슨 말을 하려더니 부끄럽고 어려운 듯 다시 한숨만 길게 쉬고 이마에 손을 받쳐 고개를 숙인다.

“아무리 하시더라도 사정의 여하를 알아야 쾌쾌히 돌아가겠습니다.”

여출일구5)로 세 영양이 함께 하는 말이라 이 사람은 아무리 생각하여도 그냥 그대로는 다시 이 자리를 피해 가지 아니할 줄 짐작하고 다시 고개를 들고 먼 산을 바라보더니 무엇을 생각한 듯 점두6)를 하면서 다시 정색하여

“네, 사정을 말할 것 같으면 별 이상하고 기괴한 것이 아니올시다. 이 사람은 영남 안동 사는 권중식이올시다. 일찍 학문에 뜻이 있어 경성에 유학하고자 하되 부형이 완고하여 허락을 아니 하시는 고로 뜻을 이루지 못하고 오래 국척하였더니7) 매양 울울하여 견딜 수가 없어 금년 2월에는 울적한 마음이 발하여 억제할 수 없이 부형의 눈을 속이고 돈 몇백 원을 집어내어 도망하듯이 집을 떠나 경성에 올라와서 이리저리 방황하다가 입학도 못 하고 돈 다 소비하고 어찌할 수 없는 경우가 되어 부득이 본가로 편지하였더니 부형

5) 여출일구(如出一口): 한 입에서 나오는 것처럼 여러 사람의 말이 같음을 이르는 말
6) 점두(點頭): 승낙하거나 옳다는 뜻으로 머리를 약간 끄덕임.
7) 국척(跼蹐)하다: 두려워하거나 삼가고 조심하다. 몸을 구부리고 조심조심 걷는다는 뜻에서 나온 말이다.

은 화증을 내시며 너 같은 자식은 살아 쓸데없다 하고 한 푼 돈을 보내지 못하겠다 하였습니다. 이 답장을 본 이 사람의 생각이야말로 목전에 당한 곤란은 도저히 면치 못할 터이라 이러한 지경을 당함에 명예가 다 무엇인지 싫어 아무리 천한 일이라도 행하겠다 결심하고 그날부터 융희학교의 하인으로 고용되어 심부름하는 중에 여가를 타서까지라도 교관의 강의를 방청하고 있었습니다. 그런데 오늘 어떠한 법학사가 학교 시찰을 와서 교장 이하 모두가 대환영을 하는데 뜻밖에 이 학사는 역시 안동 사람으로 저의 옛날 절친한 친구라 학교 뜰아래서 서로 대면함에 그 수치함을 견딜 수 없어 얼굴을 숙이고 학교 밖으로 달려 나왔습니다. 그길로 사관으로 돌아가서 곰곰 생각함에 슬프다, 나와 같이 못 된 놈은 이 세상에 없을 것이라. 백절불굴은 장부의 금장이라 이같은 천한 모양으로 말 못 할 곤란과 비할 데 없는 신고를 견디고 참아서 살 길을 열어서 낮이면 무한한 천역에 복종하고 밤이면 글 읽기를 힘써서 나의 목적을 도달코자 하였더니 오늘 뜻밖에 그 학사를 만나본즉 제 몸의 미천함이 부끄러워서 다시 얼굴을 바로 들지 못하겠읍디다. 그러나 이러한 사소한 일에 관계하여 장래의 큰일을 방해하는 것은 남아의 부족한 터이라 유지자의 웃을 일인 고로 만일 제가 독신 같으면 저의 치소8)는 저 한 몸의 치소될 뿐이라 이로써 다른 사람에게 영향이 미칠 것이 아닌지라 어떠한 치소

8) 치소(嗤笑): 빈정거리며 웃음

되는 일이라도 도덕을 파하지 않고 법률에 저촉되지 아니한 이상에는 무슨 일이라도 참고 견뎌 내서 후일의 희망에 도달할 것이요 오늘 그 학사를 보았다고 하여 겁내고 도망할 일이 없겠지마는 저는 독신이 아니요 부형이 구존한 터에 저의 치소는 곧 부형의 면목에 걸리는 것이라 부형에게 대하여 이 같은 창피한 치소를 맺게 하였음에 부형의 명예를 손상한 사죄로도 일찍이 세상을 사양치 못할 줄 결심하고 즉시 사관에서 뛰어 나와 이 공원으로 나올 때가 오후 3시쯤 되었는데, 공원의 신선한 물색이 모두 다 비관으로 나의 죽기를 재촉하는 듯 남의 눈을 피하기 위하여 이 은근한 구석에서 자진하였더니[9] 불행히 여러분의 눈에 들어서 이같이 회생이 되옴에 감사 만만합니다마는 이 사람의 생각으로는 한번 결정한 마음을 기어이 실행하겠으니 조금도 관계 마시고 돌아가심을 바랍니다."

지금까지 우산대를 짚고 서서 말 듣기에 정신이 잠겼던 이숙자는 저녁 바람에 부쳐 귀밑에 너풀거리는 머리털을 간추려 쓰다듬고 한참 생각다가 하는 말로

"글쎄 말씀이올시다. 부형의 명예를 손상함으로써 이 같은 결심을 하시는 것은 우리 생각으로도 오해인 줄 아는 바입니다. 아까 말씀과 같이 도덕을 파치 않고 법률에 저촉되지 아니한 이상 무슨 고통이라도 참고 굴하지 아니하겠다 하시니, 이러한 곤궁은 세상 남녀 간 불우할 때에 허다히 있

9) 자진(自盡)하다: 스스로 자기의 목숨을 끊다.

는 일이지요. 이로써 자기의 치소며 부형의 명예 손상이라 할 것 없습니다. 설혹 손상이 된다 하더라도 손상한 명예를 회복하여 부모의 영광을 누리는 것이 좋을뿐더러 효자가 하실 직분이시지요. 그러니 마음을 고치시고 우리를 따라 가실 것 같으면 변변치는 못합니다마는 종래로 희망하시던 학교에 입학하여 공부하실 도리가 있으니 이로써 시방까지 결정하신 마음을 고치시고 우리와 함께 가시기를 바랍니다."

세 영양은 간절한 말로 그치지 않고 권유를 한다. 권중식은 천만 번 생각고자 하다가 이 세 영양의 친절한 권고를 냉박하게 괄척지[10] 못할뿐더러 무엇 이상하게 생각한 듯 부득이 응종하는 모양으로 몸을 일으켜 그 자리를 떠난다. 산과 같이 칭칭 첩첩한 저녁 그늘은 점점 동쪽으로 옮겨 가고 늦은 연기를 띠운 버드나무 가지 사이에 지지 우는 꾀꼬리 소리는 행인을 재촉하는 듯하다. 김숙경과 심미자는 앞서가고 한 발 떨어져 가는 이숙자는 무엇을 생각하는 모양으로 고개를 숙이고 가며 그 뒤에는 때 묻은 모사 두루마기에 도리우찌[11] 모자를 숙여 쓰고 모양이 영락한 권중식은 이숙자를 따라가는데, 이 사람의 생명이 장차 어떻게 변천될까?

경성 중부 대사동 병문 안으로 썩 들어가서 어느 솟을대문 밖 양편에 사쿠라 나무 네다섯 주 쌍쌍이 마주 서고 붉은

10) 괄척(恝斥)하다: 소홀히 하여 물리치다.
11) 납작모자: 차양이 아주 짧고 둥글넓적하며 끝이 뾰족하게 만든 모자. 사냥할 때 많이 쓴다.

벽돌 푸른 기와 흰 석회로써 색을 갖추어 모양 좋게 쌓아 올린 고운 단장 안에 각종 화초의 고운 향기는 바람을 따라 담 밖으로 떨쳐 보내는데 벽오동, 사쿠라 나무 사이에 은영히 비치는 반양제[12] 집은 옛날 내부협판으로 영명이 자자하던 이상하 씨의 사택이다. 이 협판은 일찍 환해[13]에서 몸을 떠나 산수의 취미를 탐오하여[14] 혹 전렵도 하며 유람함으로써 일삼더니 거금[15] 19년 전 불행히 급증으로써 영구히 이 세상에 돌아오지 못할 사람이 되었고 남아 있는 사람은 나이 한 오십가량이나 된 이 협판의 부인 김 씨와 십육칠 세나 된 규수와 기타 남녀 노비 수인의 가족으로 호부한 생활을 하는데, 이 규수는 이 협판의 영양 숙자이다. 무남독녀로 천성이 단정하고 조행[16]이 방정할뿐더러 용모가 절미하여 진실로 덕색이 구비하다. 금년에 고등여학교 제이 학년생으로 성적이 우수함에 보는 사람이 모두 칭찬 아니 할 이 없다.

물결같이 흐르는 세월은 잠시라도 머물지 않고 녹음 지고 비 오던 여름철이 낙엽 지고 눈 오는 겨울로 변하여 어언간 벌써 3년이 지났다.

이 협판 집 부인 김 씨는 그 천성이 오활하고 수단이 비상하여 남녀 간 교제가 넓은지라 매양 골패와 화투하기로써

---

12) 반양제(半洋制): 서양식 제도나 격식
13) 환해(宦海): 관리의 사회. 흔히 험난한 벼슬길을 이른다.
14) 탐오(耽娛)하다: 즐기고 좋아하다.
15) 거금(距今): 지금을 기준으로 지나간 어느 때까지 거슬러 올라가서
16) 조행(操行): 태도와 행실을 아울러 이르는 말

세월을 보내는데, 그 딸 숙자는 금년에 십구 세라 학교를 졸업하였음에 그 총민한 천성과 단정한 지조에 넉넉한 학문을 겸하여 진실로 비단 위의 꽃이라 아름다운 천성이 자자함으로 각처에서 혼인을 구하는 중매가 매일 삼사 명씩 안 드나드는 날이 없다.

가을 날빛은 서쪽으로 기울어지고 앞뜰 벽오동 저녁 그늘은 점점 대청 위로 옮겨 드는데, 나이 한 오십 이삼 된 부인이 반백이나 된 머리에 옥비녀를 지르고 흰 숙수17) 치마를 반쯤 발길에 끌고 낮잠 자고 곧 일어난 모양으로 긴 담뱃대를 한 손에 잡고 대청마루에 나서면서

"옥매야."

부르니

"네."

대답하면서 붉은 저고리에 검은 앞치마를 둘러매고 나이 한 이십 세쯤 된 계집 하인이 부엌으로부터 나오니 부인은 다시 말을 연하여

"이따가 서 참봉이 오실 터이니 오거든 무슨 핑계를 하든지 곧 돌려보내라."

"무슨 일로 그러하십니까?"

"아니, 무엇 죄스럽고 미안할 것 없으니, 벌써 서 참봉과 나는 못 볼 사이가 되었으니……."

17) 날실에는 생명주실, 씨실에는 세리신을 제거한 명주실을 써서 무늬 없이 평직으로 짠 천

"왜 그러십니까? 어제까지도 그렇게 보이지 않으시더니……."

"어젯밤부터 급작스레 보기가 딱 싫어."

"네, 어젯밤부터요? 그것 어찌하신 일인지……."

"조금 그럴 까닭이 있어."

"네, 그러면 마님, 그 까닭을 제가 한번 알아맞힐까요?"

"무엇을 네가 알아맞힌다니."

"아이고, 아니에요. 알아맞히겠어요. 서 참봉 나리가 아마 마님께 무슨 성가신 말씀을 한 것이지요."

"네가 어찌 그것을 안다 말이냐."

"서 참봉이 매양 댁에 드나들며 마님께 아첨을 하고 어울려 다니는 것이 모두 돈을 탐해서 어찌하든지 돈을 좀 꾀어낼 사술[18]인 줄 우리는 벌써 알았습니다마는 이때까지 그런 말씀이 없기로 이상하게 생각하였으나 아무 때라도 한 번은 성가신 일이 있으려니 생각하였습니다."

"아니, 서 참봉이 그러한 생각으로 댁에 드나드는 것을 너는 언제 알았더냐?"

"네, 누구라 할 것 없이 여러 분이 다 말씀하십디다."

"여러 분이라니 누구 말이냐, 응?"

"조 참위 영감이며 또 한 승지 영감께서 다 그리 말씀하십디다."

"아, 이 애야, 그러면 왜 진작 내게다 그런 말을 아니 하였

18) 사술(詐術): 남을 속이는 수단 또는 술책

더냐, 응?"

말을 미처 그치지 못하고 아무 통지도 없이 안뜰에 섭적[19] 들어오는 신사. 나이는 한 사십 남짓하고 중절모자 밑에 꾸리 수염이 보기 싫게 두 뺨을 덮어 검붉은 얼굴빛이 반쯤 웃는 기색을 띠었다. 이 사람은 곧 시방 평론하던 서 참봉 우현 씨, 면회를 거절할 생각으로 말을 맞추던 서 참봉이 통지 없이 방금 안뜰에 들어서니 김 씨 부인은 검은 눈을 내리감았다가 옆눈을 흘겨보며 싫은 모양으로 부득이 하는 말이다.

"잘 오시오, 갑시다."

하면서 대청을 내려서 사랑으로 인도하여 들어간다.

서 참봉은 이 눈치를 모를 리가 없지마는 외면으로 천연하게 따라 사랑방으로 들어가 앉으면서 하는 말이

"어젯밤에 실례 많이 하였습니다. 부인께서 놀다 가신 뒤에 저는 한 사천 원가량이나 땄습니다. 인제는 나도 한밑천 잡았으니 어젯밤에 내가 청구한 차용금 일관[20]은 그만둡시다."

어젯밤부터 이제까지 서 참봉의 돈 꾸어 달라는 말에 생억장이 무너져서 어찌할 줄을 모르고 면회까지 거절하려던 김 씨 부인은 채금 의뢰는 물시한다[21]는 말을 듣더니 가슴에 가득한 걱정이 봄날에 얼음 녹듯 사라지고 기쁜 빛이 현저하여

19) 힘들이지 아니하고 가볍게 선뜻 건너뛰거나 올라서는 모양
20) 일관(一貫): 엽전의 한 꿰미

"네, 그러면 어젯밤에 꾸어 달라고 말씀하던 일은 시방 와서 아니 채하신다 그런 말씀이오? 아하아하, 그러면 나는 공연히 헛애 썼습니다. 모처럼 한번 말씀하신 것을 아무리 하여도 되도록 하기 위해서 여러 가지 주선을 하는 중입니다마는 좌우간 변돈[22]을 꾸시는 것보다 뜻밖에 공돈이 생겼으니 대단히 잘된 일입니다. 한턱 잘하시구려. 그러나 누가 많이 잃었습니까?"

"네, 정 남작이 많이 잃었습니다."

"하하, 정 남작이? 어젯밤 내 돌아올 때까지는 정 남작이 따는 모양이더니. 그러므로 노름이라 하는 것이 재미가 있는 것이여, 하하하하."

"정말 그렇습니다. 그 재미로 노름을 하지 않습니까."

"그중에 서 참봉은 또 외게 잡술이 많으니, 하하."

"하하, 그런지도 알 수 없지요."

"좌우간 정 남작 같으면 한 사천 원 돈이야 아무 관계없소. 만 원이나 이만 원이라도 따먹을수록 좋지 않습니까. 그 사람은 돈을 쓸 곳이 없어서 걱정을 한다나, 그런 소문이 있습디다……."

"네, 그는 거짓말이 아닙니다. 그만큼 큰 부자인 고로 나역시 손속[23]을 한번 섰습니다, 하하. 그것은 그렇지만 다시

21) 물시(勿施)하다: 하려던 일을 그만두다.
22) 이자를 무는 빚돈
23) 노름할 때에, 힘들이지 아니하여도 손대는 대로 잘 맞아 나오는 운수

부인께 조금 청할 일이 있습니다. 잘 들어주실는지요."

하면서 얼굴빛을 고쳐 부인을 향한다. 이 말을 들은 부인은 서 참봉이 차금 의뢰는 작소한다는[24] 말에 고만 안심이 되어 전과 같이 정숙하게 담화를 하는 터인데, 금세 또 무슨 이상한 의미가 있는 듯 청구할 일이 있다 하니

'필시 나를 이롭게 할 일은 아니요 무엇이든지 나를 해롭게 할 일이니 차라리 돈을 꾸어 주었더라면 그는 증서라도 있으니 이것을 빙거하여[25] 조만간 도로 찾으면 되지마는 무슨 주선을 하여 달라든지 또 어디 기부금을 내라든지 하면 아주 손해만 될 뿐 아니요 또 차용금 물시하는 대신으로 청구하는 일인즉 정녕코 나를 해롭게 할 것이다.'

그러나 무슨 일인지 시험조로 한번 물어나 볼 수밖에 없다는 생각으로 마지못하여

"청할 일은 무슨 일입니까?"

"네, 별일 아닙니다. 이다음 토요일에 댁 사랑을 조금 빌릴 터인데, 그리 되겠습니까? 실상 그날은 각처에서 연회가 많이 있어 각 요리점과 구락부가 모두 비지 아니할 터인 고로 특별히 댁 사랑을 빌리고자 하나, 달리 쓸 것이 아니고 간친회(懇親會)를 개최할 생각이올시다."

"그렇습니까. 나는 무슨 큰 어려운 일인 줄 생각하였더니 그런 일 같으면 아무 걱정 없으니 마음대로 사용하시구려."

24) 작소(繳銷)하다: 말이나 행동의 흔적을 없애 버리다.
25) 빙거(憑據)하다: 사실을 증명할 근거를 대다.

"대단 감사합니다."

"그러나 몇 시부터 시작하시며 손님은 몇 분이나 됩니까?"

"네, 오후 4시부터 시작하고 손님은 한 오륙 인입니다."

"그러면 어떠한 손님이 오십니까?"

"별 손님은 아니올시다. 매양 추축하는[26] 사람으로 당신이 친하신 정 남작이며 또 영양을 친애하는 한 승지며 또 옥매가 비상하게 친애하여 그 사람이라면 다 먹을 듯하는 조참위, 그 외에 몇 사람입니다."

이때 사랑 앞뜰로 지나던 옥매는

"아이고, 참. 서 참봉 나리는 거짓 말씀을 썩 잘하시니."

"그래도 얼굴이 붉어지는 것을 보니 역시 내 말이 틀리지 않다 말이여."

"나는 몰라요."

하고 옥매는 앞뜰로 들어간다. 옥매의 달아나는 뒤를 보고 웃으면서 앉아 있는 부인은 서 참봉을 향하여 무엇을 생각한 모양으로

"서 참봉, 일전에 내가 부탁한 일은 어찌 되었습니까?"

"부인께서는 참 짐작이 없습니다그려."

"어찌하시는 말씀인지……."

"아, 그 정 남작을 이리로 청해서 간친회를 하는 것은 역시 당신께서 부탁하신 일에 관계된 것입니다. 그런데 정 남작은 한 번도 작은아씨를 면회한 일이 없으니 내가 아무리 작

26) 추축(追逐)하다: 친구끼리 서로 오가며 사귀다.

은아씨의 자랑을 하더라도 정 남작은 직접 보지 못한 고로 좋아하는 기색이 적습디다. 그럼으로 간친회를 빙자하여 정 남작에게 아씨를 선보일 생각입니다."

"그렇습니까? 그런 내평을 말씀하기 전에야 내가 알 수 있습니까. 그러면 그 회비는 내가 부담하겠습니다. 말이야 그렇지, 서 참봉의 수단이 참 비상하신걸. 들으니 정 남작은 매우 호색한다고 하니 우리 숙자를 한번 보기만 하였으면 당장 만족하게 생각하지 않겠습니까."

"그렇고말고요. 그러면 간친회비는 모두 담당하신다 그런 말씀이십니까? 하하. 참 감사하십니다."

"그러나 서 참봉, 남의 말을 들으니 정 남작이 부인이 있답디다."

"아닙니다. 그는 모두 거짓말입니다. 그러나 정 남작은 근본 호색 남자로 이왕은 한껍에 부인을 두셋씩 관계한 일이 있었지마는 시방은 아주 마음을 바로잡아서 여자에게는 별로 관계치 아니합니다. 또 설혹 조금씩 오입깨나 하기로 그런 사람이 무슨 큰 흠이 있겠습니까. 좌우간 그런 이를 남편을 삼을 것 같으면 귀족의 부인이 되고 돈은 얼마든지 마음대로 잘 쓸 터이니 그런 좋은 일이 없을 것이요 또 부인께서도 귀족 사위를 보게 되면 아주 명예가 몇 층이나 올라서 남이 다 크게 존경할 것이니 그리만 되면 부인같이 복조가 좋은 이는 이 세상에 또 없으리다."

"귀족의 사위를 보아서 양반 되는 것은 고사하고 돈이 제일 욕심이 더 나는 터요."

"허허, 부인께서는 돈을 제일물로만 알았으니. 좌우간 되고만 보면 부인께서 부귀영화를 누리리다. 그때는 나도 무엇을 조금, 허허."

"그것이야 내 뜻대로만 되게 되면 상당한 대접이 있겠지요, 하하."

"이것은 다 농담의 말씀입니다마는 제일 그 아씨의 의향을 대강 떠 보았습니까?"

"그것은 의향만 볼 것이 아니라 근래 외국 사람은 신랑 신부가 직접으로 마주 보고도 한다는데 우리 집 여식도 교육을 받아 남들이 다 말하기로 개명한 규수라 하니 내가 조용한 여가만 있으면 한번 말을 해서 그 생각의 유무를 물어볼까 합니다."

"네, 그 직접으로 말씀을 하시는 것이 좋지요. 그렇지마는 아씨께서 정 남작을 싫어하시지나 아니할는지……. 정 남작이라면 호색 남자라니, 또 방탕 남자라니 하는 평판이 경성 내에서 물 끓듯 할뿐더러 또 나이가 사십여 세나 된 반늙은 이가 되었으니……."

"글쎄요. 나도 그것이 큰 걱정이에요. 우리도 지나 보았지만 젊은 시절에야 웬 양반이니 재산이니 하는 것은 조금도 마음에 차지 않고, 한갓 연기27)가 상적한28) 남자면, 싫은 생

27) 연기(年紀): 대강의 나이
28) 상적(相適)하다: 양편의 실력이나 처지가 서로 걸맞거나 비슷하다.

각뿐이라서요. 그러니 혹 싫어하지나 아니할는지 정말 염려가 되는 터입니다."

"아, 그것이 참 제일 염려가 됩니다. 만일 아씨께서 싫다 하시면 우리가 아무리 주선을 하더라도 모두 헛수고만 할 뿐이요 시방 바라는 부귀영화는 모두 공중누각에 지나지 않고 또 간친회의 비용도 공연한 손해만 될 것이지요."

다시 담배 한 대 피워 물고 한 손을 무릎에 얹어 고개를 숙이고 생각하던 김 씨 부인은 무엇 이상한 계책이나 난 모양으로

"서 참봉, 그리 낙심할 것 없습니다. 싫다든지 좋다든지 숙자의 허락은 내가 받을 터이에요."

"그리만 되면 참 좋은 일이지요마는 무엇 그럴듯한 형편이 있습니까?"

"서 참봉도 아시는 일이오마는 왜, 그, 저, 우리 집에 식객으로 뒤 사랑방에 있는 사람 말씀이오."

"아, 그 안동 권 씨, 그 사람 말씀입니까?"

"옳지, 옳지. 그 사람. 그 사람은 자기 집도 안동서는 재산가라는데, 3년 전에 공부하러 서울로 올라왔다가 돈만 다 써 버리고 필경 무슨 일로 남산공원에서 목을 매어 자살하려는 것을 숙자가 보고 불쌍하게 여겨 우리 집에 데려다 두고 학자금까지 내가 담당해서 법관양성소에 입학하여 금년에 졸업하고 학사의 이름까지 얻어서 반분이나 그 목적을 달하였는데, 상금 돌아가지 않고 법률연구회인지 무엇인지,

돈 한 푼 나지 아니한 데 밥만 먹고 다니더니 들으니 일간 변호사 시험을 보려 한다던가. 그런데 자식이 하는 일이라 금하지는 못하고 그냥 두었으되 아무 이익 없는 일에 그 사람이라면 아주 존경이 막심하니 아마 친애하는 마음이 간절한 것이여. 그러니 내가 혼인 말을 꺼낼 때 권중식을 볼모를 삼아서 말을 할 터인데 만약 숙자가 말을 듣지 않고 정 남작에게 시집가기를 거절할 것 같으면 나는 그 앙갚음으로 당장 권중식을 여율령29) 사바하30)로 한걸음에 쫓아 내칠 터인데 그 모양을 보고는 설령 마음에 좀 싫더라도 아마 내 말을 들을 듯하구려.”

이 말을 들은 서 참봉은 무한히 기쁜 기색으로 박수갈채.

“그러한 좋은 사유가 있을 것 같으면 무슨 걱정이 있습니까. 나도 아주 고만 안심하겠습니다. 그러면 토요일 간친회는 잘 주선하시기를 바랍니다.”

하고 서 참봉은 두어 말 하직 인사로 돌아나간다.

때는 9월 중순이라 서늘한 늦은 바람에 오동잎은 펄펄 떨어지고 각색 국화는 꽃다운 향기를 자랑한다. 모든 물색이 청량하여 관상하는 사람으로 하여금 혹 상쾌한 정신도 일으키고 혹 비감한 회포도 재촉할 만큼 되었는데 저녁 날빛이 마주 비추는 탑골공원 한편 공중의자에 걸터앉아 신문을 읽

---

29) 여율령(如律令)시행: 명령이 떨어지기가 무섭게 그대로 시행함.
30) 사바하(娑婆訶): 원만한 성취라는 뜻으로, 전언의 끝에 붙여 그 내용이 이루어지기를 구하는 말

는 한 청년 신사가 있는데 나이 한 이십오륙 세쯤 되고 얼굴이 결백하며 미목이 청수하고 팔자수염을 갈라붙였는데 진실로 미남자이다. 조금 피곤한 모양으로 읽던 신문을 무릎 위에다 놓고 권연초를 피워 물고 하염없이 멀리 바라보면서

"아, 참 이 세상에 이숙자와 같이 친절하고 요조한 영양은 다시없을 터여. 그 같은 영양을 아내로 삼는 사람은 별 복조를 타고 난 사람이지."

혼자 말할 때에 뜻밖에 뒤에서

"아이고, 참 별말씀도 하십니다그려. 그런 말씀을 하시고 보면 도리어 크게 부끄럽습니다."

하면서 화려한 얼굴에 무한한 애교를 띤 이숙자는 권중식이 앉은 의자 옆으로 은근히 나선다. 권중식은 깜짝 놀라 하는 말로

"네, 저는 누구신지 하였더니 아씨께서……. 하, 참 뜻밖입니다."

"네, 마침 산보 겸해 이까지 나왔습니다."

"그렇습니까. 무슨 별일은 없습니까."

숙자는 두 눈에 가득하던 애교가 급히 만면수심의 빛으로 변하여 탄식에 목이 막혀서 능히 말을 못한다. 원래 숙자가 남산공원에서 권중식이 자살하려는 광경을 보고 좋은 말로 권고하여 자기 집으로 데려올 때는 단단무타[31]로 다른 생각 없이 한갓 순일한 측은심과 불인[32]한 생각이 도저히 발

---

31) 단단무타(斷斷無他): 오직 한 가지 신념으로 다른 마음이 없음.

한 것이다. 그러나 그 후 권중식의 위인이 엄전하고 공부에 힘쓰는 것과 여러 가지 행동이 비범하여 장래 유망한 인물이라 사람마다 칭찬할뿐더러 여자의 지각으로도 능히 짐작할 바이다. 이로써 흠모하는 생각이 3년 동안에 세월을 따라 부지중 자연히 깊고 깊어져서 오늘날 이 두 사람의 사이에는 암중 자연 생긴 마음으로 불보다 뜨겁고 물보다 위태하고 검극보다 더 겁나고 힘센 연애라 하는 것이 생겼으니 아무리 김 씨 부인이 숙자에게 대하여 위협과 강제로써 정남작과 결혼의 허락을 받고자 하나 도저히 뜻과 같이 되지 못할 것이다.

이때 이숙자의 모양을 보던 권중식은 졸연히 얼굴빛이 변하며 민망하게 생각하는 거동으로 숙자를 대하여

"무슨 큰 걱정이 생겼습니다그려."

숙자는 서러운 기색을 미간에 띠고 눈물을 머금어

"오늘 김숙경 집에 가서 놀다가 돌아오니 어머니는 저 돌아오기를 기다리던 모양으로 미처 옷을 바꾸어 입지 못해서 안방으로 데리고 들어가시더니 하시는 말씀이 "네가 명년이면 나이 이십이라 벌써 과년이 되었고 근래 규수로 말하면 오히려 노처자라 할 수 있으니 어디든지 적당한 자리에 결혼을 해야 할 터인데, 혹 말하는 사람도 있지마는 모두 네 마음에 차지 않고 어느 귀족의 집에서 청혼을 하는데 문벌이야 더 말할 것 없거니와 신랑이 요조하다니 그것이 제일

32) 불인(不忍): 차마 할 수가 없음.

탑골공원

내 마음에 합당하다. 너라고 귀족의 부인이 되지 못할 것 없으니 만약 그리만 되고 보면 네 일생은 무궁한 영귀를 받을 것이요 나도 역시 네 덕으로 남에게 존경과 귀염을 받을 것이다. 이러한 좋은 자리를 놓치지 아니할 생각을 가질 뿐 아니라 오늘도 서 참봉이 와서 간절한 말로 기어이 결혼하기를 권하고 금방 돌아갔는데, 그 신랑 될 사람인즉 다른 사람이 아니라 이 경성에서 유명한 정 남작이라 이 사람은 귀족의 신분으로 상당한 학문도 있고 조행이 단정하여 사람마다 칭찬하는 터인데, 나야말로 합당한 줄 생각하되 네 생각은 어떠하느냐?" 하는 말씀입니다. 이 말을 들을 때 저는 부지불각 중에 몸이 떨리도록 마음이 놀랐습니다. 어머니는 급한 말씀으로 "어떠냐, 어떠냐?" 하며 대답을 재촉하시는데 저는 하는 수 없이 정 남작이 상당치 못하다는 말과 또 저의 심중에는 생각하는 바 있음으로 허락지 못하겠다고 대답한즉 어머니는 당장에 화증을 내어 두 눈을 부릅뜨고 하는 말씀이, "네가 정녕 내 말을 듣지 아니할 것 같으면 오늘 위시하여[33] 권중식을 내 집에 부치지 아니하고 쫓아 내칠 터인즉 그로 알고 있으라." 하시니 저는 진실로 진퇴유곡이라 어찌할 바를 모르는 중입니다."

하며 한편 부끄러운 기색이 완연하여 얼굴이 붉어지면서 머리를 숙인다.

이 다정하고 애련한 말을 들은 권 씨는 불안하고 민망한

33) 위시(爲始)하다: 여럿 중에서 어떤 대상을 첫 자리 또는 대표로 삼다.

모양으로 잠시 무엇을 생각하다가 하는 말로

"정 남작은 아시는 바와 같이 단정치 못한 인물이요 또 혼인은 남녀 간 일반이라 하되 그중에도 여자의 몸에 대하여는 평생 고락의 큰 관계가 있으니 깊이 생각하실 일이지마는……."

숙자는 겨우 머리를 들어

"그것은 제가 마음속으로 이미 결정한 바 있습니다만 제가 정 남작의 혼의를 거역하면 어머니께서 당신을……."

하는 말끝이 점점 안으로 들어가며 능히 말을 못한다. 권중식은 속한 대답으로

"그것은 조금도 걱정하실 필요가 없사오니 저는 아무 때라도 다른 곳으로 옮겨 가겠습니다."

"글쎄요. 그리하시기가 차마……."

"그렇지마는 내가 달리 가지 아니하면 아씨께서 정 남작과 결혼 문제에 난처한 사정이 있지 않습니까."

"그는 그렇습니다마는 당신이 다른 곳으로 떠나시면 저는……."

"어찌 생각하시는지 모르지요만 제가 있을수록 아씨께서 불편하실 듯하지 않습니까?"

"……."

숙자는 두 뺨에 붉은빛을 띠고 수건으로 얼굴을 가리며 가는 음성으로 말을 이어

"그렇지만 당신이 없으면 제가 정말……. 당신이 제 말을

들으시지 않고 다른 곳으로 떠나시면 저는 정말 살 수 없어요. 저는 이전부터 심중에 당신을……. 당신이 저를 저버리실 것 같으면 저는 이 세상을 이로써 영결할[34)]……."

부끄러움과 원한이 사무쳐서 말을 맺지 못하고 뒤로 돌아서며 느끼는데, 권중식은 뜨거운 동정이 가슴에 솟아난다. 숙자의 뒤를 보면서

"저야말로 아씨께 입은 은혜는 태산이 중한 터인데, 어찌 잊을 리가 있습니까. 좌우간 그같이 낙심하실 것까지 없다고 생각합니다."

말을 마치지 못하는데, 어떠한 총각 아이가 머리에 엇수건을 둘러매고 풀대님[35)] 감발[36)] 갱기[37)]로 헙수룩한 말꾼 행색으로 권중식의 앞으로 나오더니

"서방님, 문안입니다."

하면서 허리를 굽히는데 권중식은 깜짝 놀라는 말로

"아, 아이여, 너 어쩐 일이여? 뜻밖이로군."

총각 아이는 차차 권 씨의 앞으로 가까이 들어서며

"네, 금번에 큰 나리를 모시고 서방님을 찾아왔었는데 큰 나리는 여관에 계시고 소인은 여가를 얻어 공원 구경하러 나왔더니 마침 공교하게 서방님을 뵈오니 반갑습니다."

"아, 형님께서 와서 계신다. 그러면 여관은 어디더냐?"

---

34) 영결(永訣)하다: 죽은 사람과 산 사람이 영원히 헤어지다.
35) 바지나 고의를 입고서 대님을 매지 아니하고 그대로 터놓음.
36) 버선이나 양말 대신 발에 감는 좁고 긴 무명천. 먼 길을 걷거나 막일을 할 때 씀.
37) 짚신 따위의 총갱기와 뒷갱기를 통틀어 이르는 말

"네, 바로 이 뒤에 계십니다."

"응, 그러면 이로써 너와 같이……."

하면서 몸을 일으켜서 돌아선 숙자를 향하여 가까이 서서 무슨 두어 말 사담을 하더니 그 아이를 따라서 공원을 떠나간다.

서산에 기울어진 햇빛은 높은 가지에 걸려 있고 소쇄한 빈 공원에서 권중식의 뒷그림자를 보고 보내는 숙자는

'아, 슬프다. 이 일을 장차 어찌하리. 대저 모자간 자애한 인정은 세상 사람마다 지극히 깊고 깊은 천정한[38] 일이라 절로 생기는 인정이 자연히 나타나는 것이라. 그런데 우리 어머님은 무슨 생각인지, 모르는 사람 같으면 용혹무괴하다 하지마는 정 남작이라면 매일 추축하고 친숙한 터인데, 그 사람의 범절과 행사를 번연히 알면서 강제와 위협을 써서라도 기어이 결혼시킬 생각이 있는 것 같으니 아, 슬프다. 이 일을 장차 어찌하리. 아무리 하여도 권중식 씨는 경성을 떠날 터이라 나도 권 씨와 같이 시골로 가 볼까.'

혼자 내념 마음이 산란하여 망연하게 혼자 서서 배회하니 뜻밖에 뒤에서

"아씨님, 무엇을 하십니까?"

하면서 등을 치며 나오는데 숙자는 깜짝 놀라 뒤를 보니 옥매이다.

"아, 옥매냐? 나는 누구라고 놀랐더니. 어째 왔느냐?"

---

38) 천정(天定)하다: 하늘이 정하다.

"권 주사 나리를 생각해서 이까지 왔습니다, 하하. 그것은 거짓 말씀입니다만 아씨님을 찾아왔습니다."

"무슨 일이 있었더냐?"

"별일은 없었습니다마는 저녁 밥때가 되었는데 돌아오시지 않기로 일부러 찾아왔습니다. 그러나 아직은 그리 저물지 아니하였고 또 저도 오래간만에 공원을 나왔으니 이리저리 산보를 하면서 천천히 돌아가십시다."

숙자는 옥매를 따라 공원 한편 구석으로 산보차 들어간다.

이때 어떤 신사 둘이 공원을 들어오는데, 나이 모두 사십 남짓 된 모양인데 그중 한 사람은 능라금수로 전신에 비단 옷을 입고 중산모자에 금테 안경을 쓰고 사쿠라 나무 몽치 개화장39)을 짚었는데, 얼굴은 진신으로 눌러 박은 듯도 하고 땡벌의 집같이 얽었는데 두 번 보기 싫은 못난 남자요 한 사람은 검붉은 얼굴에 꾸리 수염이 보기 싫도록 덮어 났는데, 그 의복 장식은 유장군 같은 모양이다. 이 두 사람인즉 곧 정 남작과 서 참봉이다. 앞뒤로 서서 슬슬 공원으로 들어오다가 공원 북편을 가리키며

"저것 보십시오. 건너편에 저 하이칼라를 보십시오."

하는 서 참봉의 말에 정 남작은 웃으면서

"이제야. 나는 벌써 보았다 말이여. 그 참 썩 잘났는걸? 응, 저만한 규수는 참 보기 드문 일이여. 어쨌든 저만큼 한 하이칼라가 손에 들어올 것 같으면 그 이상 더 유쾌한 일이

39) 개화장(開化杖): 개화기에, '단장'(짧은 지팡이)을 이르던 말

없을걸."

"꼭 마음에 든다 그런 말씀이십니까?"

"들다 뿐만…… 마음에 안 들 남자가 누가 있어?"

"네, 그러면 말씀하겠습니다만 저 규수인즉 종종 말씀하던 이 협판의 딸 숙자올시다. 실상인즉 이번 토요일 간친회석에서는 기어이 보시도록 할 계획이었는데 오늘 천만뜻밖에 예서 보셨으니 참 이상한 연분입니다."

"아, 그러면 숙자라 그런 말인가? 참 절색인걸. 저만 하면 춤추고 장가들지. 참 몸이 어식하도록 마음에 든다 그런 말이여, 하하. 그런데 저 같이 가는 것은 종년인 듯한데 그 역시 반반한걸. 될 수 있으면 그것도 한껍에 첩이나 삼았으면……"

"하하, 참 호색 남작이올시다, 허허."

높은 하늘에 점점이 뜬 낮은 구름은 붉은빛을 거두었고 이슬을 띤 풀 사이에 찍찍한 실솔40) 소리는 황혼을 재촉하는데 이리저리 산보하던 숙자는 옥매를 데리고 집으로 돌아가니 그 모부인 김 씨는 옆눈을 흘겨보며

"계집아이가 어디로 나돌아 다니다가……"

하며 혀를 껄껄 차니 숙자는 아무 대답 없이 두려운 모양으로 대청에 잠시 섰다가 옥매의 인도로써 저녁밥 먹은 후에 자기 침방으로 들어가서 혼자 앉아 무엇을 생각하는데, 바깥일을 다 마친 옥매가 그 방으로 들어오더니 숙자의 거

40) 실솔(蟋蟀): 귀뚜라미

동을 보고

"아씨님, 왜 이렇게 정신없이 앉아 계십니까? 저와 같이 무슨 이야기나 하십시다. 그러나 오늘 공원에서 권 주사 나리와 무슨 말씀을 그리 장황하게 하였습니까? 참 권 주사 나리는 하도 엄전하고도……. 그런 양반을 꿈에라도 한번 보셨으면, 하하."

옥매의 말을 듣고 다시 얼굴을 고쳐서 천연한 말소리로

"너, 그 무슨 말이냐?"

"아니올시다. 오늘 공원에서 하시는 말씀을 잠깐 들었습니다마는 제 마음에도 참, 하하."

웃음소리가 그치지 못하는데, 이때 밖에서부터

"무슨 일로 이렇게 재미있게 웃느냐?"

하면서 시비 춘매가 들어오더니 옥매와 두어 말 이야기를 하고 다시 숙자를 향하여

"아씨께서는 이로부터 매우 섭섭하시겠습니다."

"어찌해서?"

"아니, 아직 모르십니까? 아씨께서 공원에 가신 뒤에 권 주사 나리의 형님 되는 이가 오셔서 마님께 여러 가지 감사한 인사 말씀을 하시고 또 사례하시기 위하여 돈 삼천 원을 마님께 드리고 오늘 밤차로 권 주사 나리와 함께 댁으로 내려가신다고 벌써 권 주사 나리의 행구까지 가져갔습니다."

숙자는 두 미간을 찡그리며 놀라고 원망하는 기색으로 춘매를 향하여

"너, 그 참말이냐?"

"참말씀이올시다. 아마 권 주사 나리께서 필경 하직 인사 차로 한 번은 오실 터이니 그때 보시면 아시겠지요."

"아, 그러면 아까는 권 주사 나리는 아니 오셨더냐? 에, 그 것참. 내가 만일 공원서 일찍 돌아왔으면 그 행장 중에 공부 하시던 서책이나 집어내어 두었으면 후일의 기념도 되고 좋 을 것을……."

곁에서 듣던 옥매 역시 동정하는 모양으로 말을 한다.

"마님께서는 참 이상하십니다. 그런 일을 어찌 조금도 말 씀을 아니 하시는지……."

"참 이상하시다 말이여. 아무리 그렇고 그러하시더라 도……."

대저 연애라 하는 것은 참으로 힘세고 두려운 것이라 한 번 전일하게 뇌수에 들게 되면 천 근의 부월[41]로도 능히 빼 내지 못할지라 이숙자의 단정한 지조로써 남을 미혹케 함이 아니로되 피차 흠모하고 숭배하는 마음이 부지중 변화된 것 이라 숙자는 장중[42]의 구슬을 잃은 듯 아무 생각 없이 망연 하게 앉아서 혼자 내념으로

'내가 공원서 돌아온 지가 벌써 세 시간이나 되었으니 권 학사는 하직하러 올 때가 되었는지. 어머니는 이런 일로 조 금도 말씀을 아니 하시는지.'

41) 부월(斧鉞): 도끼
42) 장중(掌中): 움켜쥔 손아귀의 안

이 생각을 할 때마다 그 모친을 원망하는 마음이 자연히 생겨난다.

이때 문밖에서 옥매를 부르는 소리 나는지라 옥매가 대답하고 나가더니

"아, 권 주사 나리십니까? 들어오십시오."

옥매의 인도로써 방안에 들어오는 권중식은 자리에 앉은 후에 묵묵하게 천장을 쳐다보며 다시 고개를 숙이고 한숨을 쉬더니 비참한 모양으로 다시 얼굴을 고쳐서 숙자를 향하여

"나는 시방 시골집으로 내려갈 터인데, 하직 인사차로 왔습니다. 물론 아씨께서도 섭섭하게 생각하시겠지요마는 제가 말할 것 같으면 한갓 섭섭한 것만 말할 것 아니라, 만약 아씨의 은혜가 아니었다면 벌써 남산공원 검은 풀 사이에 처량한 백골이 되어서 다시 오늘날 권중식이가 없을 터이니 이 세상에 두 번 살아 나온 것은 전혀 아씨의 넓으신 은덕이오니 그 은덕을 어찌 잊어버리겠습니까. 하루라도 아씨를 뵙지 못하면 흐린 날씨와 같이 마음이 자연 울울하던 터인데 저의 마음으로 능히 사모하고 친애할 사람은 아씨밖에는 천지간에 없는 줄 생각합니다. 이와 같은 저의 생각으로 아씨를 이별하지 아니치 못할 경우가 되었으니 그 섭섭하고 비감함은 진실로 비할 곳이 없습니다. 여간한 일 같으면 고향으로 돌아가지 않겠습니다마는 금번은 반드시 가야만 할 것, 다른 일이 아니라 아버지께서 병환에 걸리셨는데 자식의 도리로 시탕[43]을 극진히 해야 할 뿐 아니라 기어이 저를

한번 보시고자 원을 하시는 고로 형님께서 찾아오셨어요. 부모의 병보를 듣고 돌아가지 아니할 수는 없으니 잠시 갔다가 금번 변호사 시험 시기에는 기어이 상경할 생각입니다. 그동안 아무쪼록 안녕히……. 옥매와 춘매도 몇 해 동안에 성가신 일만 지치고 가니 대단 섭섭하다그려. 아무쪼록 아 씨님 모시고 잘 있거라, 응."

말을 마치고 몸을 고쳐 앉으며 눈물을 떠고 가서 고개를 숙이니 이때까지 말 들을 전일한 마음도 없이 한갓 가슴에 찌르는 듯 목이 막혀 능히 말도 못하고 수건을 입에다 물고 고개만 숙이고 앉았던 숙자는 힘없이 목멘 소리로 하는 말이

"친환[44]이 그리 위중하시지는 아니하신가요. 금번 변호 사 시험 때는 기어이 오, 오시겠다 말씀이십니까? 만약 아, 아니 오시면 저는……."

말 뒤끝이 까라지며 느끼기만 한다. 권중식은 목멘 소리로 "네, 그때는 꼭 오, 오지요. 그런데 그동안에 혹 무슨 별일 이 있거든 편지나……."

울음이 막혀서 말을 못 한다. 이 광경을 보는 옥매와 춘매 역시 초연한 기색으로 두 눈에 눈물이 차서 한 손으로 뿌리 치며

"나리, 아무리 하시더라도 속히 한번 오시지요. 만일 아니 오실 것 같으면 우리 아씨께서는……."

43) 시탕(侍湯): 어버이의 병환에 약시중을 드는 일
44) 친환(親患): 부모의 병환

강정(强情)으로 말소리를 고쳐서 다시 숙자를 위로하더라.

권중식은 하는 수 없이 마음을 강작하여[45] 겨우 고개를 들어 숙자를 보고 좋은 말로

"밤이 새도록 하여도 유감한 말씀은 다 하지 못하겠고 형님께서도 매우 기다릴 터이요 또 잠시 동안이니 그리 과도하게 섭섭게 생각 마시고 부디 안녕히……."

하면서 몸을 일으켜서 문밖으로 나서는데 숙자는 아무 말 없이 문 지게에 의지하여 뒤만 보고 서서 느끼는데 옥매와 춘매는 대문 밖까지 따라 나가 하직하고 들어오더니 옥매는 숙자를 잡고 방 안으로 들어와 앉은 후에 다시 숙자를 대하여

"아씨, 아씨. 작은아씨께서 너무 과히 생각할 것 없습니다. 금번 변호사 시험에는 꼭 오신다니 무슨 거짓말을 하실 리가 있겠습니까. 또 권 주사 나리가 안 계시니 섭섭기는 하시지마는 인제야 마님께서 아무리 하시더라도 정 남작의 혼사는 아씨께서 큰소리하고 거절하시게 되지 않습니까. 일희일비라더니 오히려 좋지 않습니까."

"오, 그는 정말 그렇다 말이여. 어머니께서 무슨 말씀을 하시더라도 인제는 관계없다 말이여."

"그런데 이번 토요일에 댁에서 간친회를 한다고 어저께서 참봉 나리가 말씀합디다. 그때는 정 남작도 오신답디다. 참 보기 싫어서……."

곁에서 말 듣고 앉았던 춘매가 웃으면서 옥매를 대하여

45) 강작(强作)하다: 억지로 기운을 내다.

"아니, 그 말 마라. 그날은 네가 좋아하는 조 참위 영감도 오신다니 너야 싫지 않을걸, 하하."

웃고 또 말을 달아서

"아니, 이는 그만두고 아까 내가 생혼이 났어46). 아, 어떤 거지가 하나 와서 생야단이 났던걸."

"그것, 무엇 혼이 났어. 밥 한술 주었으면 고만이지."

"아니여, 옥매 너는 모르니. 매양 밥 빌러 오는 거지가 아니여. 아주 다 떨어진, 고물상점에서도 잘 사지 아니할 헌 양복을 입고 형용은 마른 명태와 같이 아주 말라서 파리한 사람이 나이 한 오십이나 되었는데, 그냥 안마당에 들어와서 대고47) 마님 만나겠다고 하는데. 하, 참."

"아니, 거지가 양복을 입어? 그 참 하이칼라 거지로군. 그래서 마님을 만나겠다고? 하, 그것참. 그런데 또?"

"그래서 여러 하인들이 막 그냥 집어 내치니 아, 아주 이것이 크게 성을 내어 별욕을 다 하고 또 마님께 무슨 큰일이나 있는 것같이 별소리를 많이 하는데, 그때 마침 행순하던 순사가 지나다가 잡아갔는데 그것이 술을 많이 먹은 모양인고로 경찰서까지는 잡아가지 아니하고 그냥 설유48)만 해서 보냈다더라."

이때까지 마음 없이 앉아 듣던 숙자는

---

46) 생혼(生魂)나다: 뜻밖에 죽을 뻔하게 몹시 혼나다.
47) 무리하게 자꾸. 또는 계속하여 자꾸
48) 설유(說諭): 말로 타이름.

"아, 참 이상한 거지라고 할 수 있는걸. 아니, 언제쯤 되었어?"

"권 주사 나리가 오시기 전입니다."

"그러면 어째 우리가 못 들었어?"

"근본 이 뒤 사랑은 외져서 그렇습니다."

주(註), 사실이 심오하고 등장인물이 현란하니 본 장 기사 중 거지 같은 것도 잡담인 듯하나 후편에 참고가 될 중요한 자.

이날은 음력 9월 15일 밤이라 낮같이 밝은 달은 점점 서쪽으로 기울어지고 푸른 공중에 맑은 은하수를 흩트리는 듯 북두칠성이 돌아들고 각 연극장과 사진관의 음악 소리는 벌써 모두 거들치고 종로 네거리에 물 끓듯 하던 사람 소리는 일시에 끊어지고 만호장안[49]이 꿈 세계로 변했는데, 때는 밤 12시가 지나고 새로 2시가량이나 되었다. 남산공원에 달을 따라 산보하던 모든 사람도 물론 다 돌아가고 적적한 빈 공원에 저문 달과 이슬 빛만 가득하고 서늘한 벌레 소리 새벽을 재촉할 뿐이다. 이때 남산정 부근에서 행순하던 어떤 순사 하나가 이슬에 복장이 젖어 피곤한 모양으로 들어오더니 고개를 돌려 좌우를 살펴보며

"아, 참 졸리는걸. 잠자지 않고 쉬지 아니함은 경찰 관리

49) 만호장안(萬戶長安): 집이 아주 많은 서울

의 임무라 하지마는 종일 돌아다니다가 밤이 되어도 잠 한 숨을 옳게 못 자고 이같이 서서 돌아다니려니 참 거북한걸. 그러나 그 대신으로 월급이나 많이 주면 하지마는 책임은 잔뜩 중하고 물가는 다락같이 오르는데 이 노릇을 어찌, 참. 에그, 이왕 이까지 왔으니 저 공중의자에나 의지하여 조금 자고 갈 수밖에……. 또 행순 시간이 늦었다고 감독에게 꾸중이나 듣지 아니할지. 심한 경우에는 무엇이라고 둘러 꾸밀 수밖에…….”

혼잣말로 장황하게 하더니 곧 공중의자에 비켜 앉아서

“아, 참 달도 밝다. 오늘이 만월이여. 이런 달밤에 한잔 먹고 놀지도 못하고…….”

권연초를 피워 물고 의자에 앉은 그대로 잠이 들어 한단침에 황량이 익은 듯하다.[50] 이때 적적한 공원에 어떠한 사람이 혼자서 들어오는데 두 어깨를 추고 걸음을 비치적거리더니 회중에서 시계를 내어 보며

“아, 벌써 새로 2시가 되었군. 오늘은 대단 취했던 모양이여. 슬슬 바람이나 쐬며 집으로 돌아갈까.”

혼자 말하면서 공원 한편 구석으로 들어가더니 조금 이따가 연해 그 사람의 목소리로

“어, 이것 보아.”

---

50) 한단침(邯鄲枕)에 황량(黃粱)이 익은 듯하다: 한단의 주막에서 부귀영화의 일생을 꿈꾸고 깨어났는데, 여관 주인이 아직 황량(메조. 거친 기장)으로 식사 준비 중이더라는 고사에서 비롯한 말. 덧없는 일생에 대한 비유

급히 놀라는 듯한 소리가 고요한 공원 한편 구석에서 들리는데, 이 소리야 대단 이상한 소리다. 시방 저 공중의자에서 자는 순사의 귀에 들렸으면 물론 그 원인을 알겠지마는 잠든 순사의 귀에는 아직 들리지 못한 것 같다. 몇 분각이 지나지 못하여 아까 그 사람은 속한 걸음으로 다시 도로 나오는데, 매우 놀란 듯한 모양으로 걸음이 황황하다. 혼잣말로

"에, 참 무서워서 아주 혼이 났는걸. 그렇지만 인제는 말거리를 똑똑하게 얻었지. 그 참 오늘 밤에 내가 용하게도 이리 왔어."

돌탄하며[51] 점점 나오다가 순사 자는 의자 옆으로 나오더니 순사인 줄 알았던지 깜짝 놀라 한걸음으로 달아나는데, 이 사람인즉 곧 정 남작이다. 이 구두 소리에 잠이 선뜻 깬 순사 역시 놀라 눈을 떠 사면을 살피더니

"아, 그, 이상스러운 일이여. 시방 사람 소리도 아닐 터인데. 아, 옳지. 알았다. 새벽이 벌써 되어 오니 아마 까마귀가 깃을 치는 모양이여. 이왕 늦었으니 공원 안으로 순행이나 한번 하여 볼까. 혹시 시간 늦은 발명[52]거리나 있어도……"

하면서 공원 가운데로 슬슬 들어가서 수목 은밀한 구석으로 들어가는데, 무엇이 머리에 걸려서 모자가 땅에 떨어지자 모자를 주워서 다시 쓰면서

"아니, 나뭇가지를 더러 쳐 버렸으면 좋을 터인데, 출입하

---

51) 돌탄(咄嘆)하다: 혀를 치며 탄식하다.
52) 발명(發明): 죄나 잘못이 없음을 말하여 밝힘. 또는 그런 말

는 데 매우 방해가 되는걸."

군도를 빼어 나뭇가지를 쳐서 발릴 양으로 쳐다보더니

"아, 이것 무엇이냐? 나뭇가지인 줄 알았더니 무엇이 걸렸다. 아, 이것 보아. 이것 큰일 났군! 사람이 목을 매 죽은 것이여. 아니, 큰일……. 이만하면 내 행순 시간 늦은 발명거리는 훌륭하지마는 속히 돌아가서 보고를 해야 할 터인데."

때는 벌써 3~4시가 지났는데 은은한 새벽 달빛은 서산으로 넘어가고 동방의 계명성[53]은 반듯반듯 비치고 원촌의 닭소리는 새벽을 재촉하며 까우까우 까마귀 울음과 찍찍찍찍 벌레 소리는 처창하고 쇠락한 남산공원에 등불이 번쩍번쩍하며 찌걱찌걱, 철걱철걱하는 구두와 군도 소리가 굉장하게 떠드는데 경성지방재판소의 검사와 예심판사, 재판소 서기며 남부경찰서장, 경찰의원, 순사 등 칠팔 인이 속히 들어오더니 바로 목매 죽은 시체 있는 곳으로 향해 가서 시체를 검시한 후 방금 시체를 수습하려 할 때에 어디서 얼굴이 길쭘하여 오동테 안경에 중절모자를 숙여 쓰고 아주 날렵하게 어떤 사람이 들어왔다. 이 사람인즉 경성 내에서 탐정으로는 유명한 남부경찰서 형사 순사 방규일이다. 곧 들어와서 여러 상관에게 경례를 다 하더니 다시 서장을 대하여

"벌써 검시는 다 하셨습니까?"

"응, 검시 다 하였지마는 윤 순사는 어디로 갔어?"

"모르겠습니다. 윤 순사도 벌써 온 줄만 알았습니다."

53) 계명성(啓明星): '금성'을 일상적으로 이르는 말

"아직 오지 아니했어. 그러나 이 시체를 한번 검시해 보게. 그대들은 형사 탐정의 전문이니 혹 무슨 별난 의견이나 있는지……."

"소지품은 아무것도 없습디까?"

"변변한 것은 없으나 흑각제(黑角製) 성명 도장 한 개뿐인데 그 성명은 김석봉이라 하였어."

"저 등불을 이리로 조금 보여 주시오."

방 탐정은 등불을 잡고 시체를 자세히 검증하더니

"그런데 나이는 아마 오십 이상이나 된 모양이오. 다 떨어진 헌 양복을 입고 신체가 아주 볼 것 없이 파리하여 피골만 남았습니다그려. 그러니 아마 극히 곤궁해서 기한을 견디지 못해서 죽은 모양인 듯합니다."

하면서 한편으로 무슨 이상한 것을 발현한 것같이 여러 검시관의 눈치를 본다. 방 순사의 말을 듣더니 검사 역시 그 말을 따라

"시방 경찰의의 말도 타살은 아니라고 증명하는데 내 의견도 역시 방 순사의 감정에 지나지 않는다 말이여."

서장은

"그러면 우리는 이 시체를 운반해서 갈 터이니 방 순사는 이 근방을 한번 수색하여 보게. 그 윤 형사도 왔더라면……."

검시하던 관원은 다 돌아가고 동방이 점점 밝은 빛을 띠는데 방 순사는 혼자 나무뿌리에 걸터앉아 권연초를 피워 물고 무슨 도적질이나 할 것같이 사면을 눈을 휘둘러보더니

두루마기 옆으로 무슨 보(褓) 같은 것을 내어 들고 보면서

"아, 이것은 아마 핏방울이 묻은 것인 듯한데, 금시 묻은 것은 아니요 아주 오래된 피 같은걸? 그 이상하다."

또 왼손에 아주 조그마한 종잇조각을 손바닥에 얹어 놓고 보더니

"그 참 절통한걸. 아마 편지 쪽이 찢어진 것 같은데, 알 수 있느냐 말이여. 그러나 아까는 으레 할 말로 했지마는 이 일은 이것을 보더라도 한갓 기한을 견디지 못해서 자살하였다고 심상하게 둘 것이 아니라 무슨 이상한 원인이 있는 듯한데?"

혼자 말할 때 뜻밖에 어디서 나는 말로

"응, 자네가 여러 검시관의 눈을 속이고 나무 사이에서 낡은 보 한 개를 줍더니 무슨 이상한 감정이 생겼는가보다 그려."

하면서 얼굴이 두렷하고 키가 칠 척이나 되는 활발한 남자가 보통 의복으로 나무 사이에서 웃고 나오는데, 방 순사는 깜짝 놀라 쳐다보니 별사람이 아니라 역시 남부경찰서에서 같이 근무하는 형사 탐정으로 유명한 윤석배이다.

"아, 윤 순사, 나는 누구라고. 아까 서장께서도 자네 말을 하셨던걸. 그런데 자네 언제 이리 왔어? 모처럼 내가 여러 사람이 알지 못한 사실을 발견해서 갈채를 받고자 하였더니, 자네가 벌써 먼저 알았으니 아무것도 안 되겠네그려."

"아니, 방 순사 자네는 그 보를 어떻게 해석하는가? 그 죽

은 사람의 양복 앞 단추가 끌러졌으니 필시 그 회중에서 떨어진 듯한데, 무엇이든지 보에 싼 물건은 없었던가?"

"아니여, 아무것도 없는데 아마 물건은 싸서 오래 두었던 모양이여. 보에 접은 금자[54]가 많이 있을 뿐이요 또 오래된 핏방울이 간간이 묻었다 말이여."

"응, 그런데 우리가 다 오기 전에 벌써 누가 지나간 모양이여."

"뉘가 지났다 말이여?"

"글쎄, 도적이든지 수상한 사람이 지나가다가 요긴한 것은 주워 간 것인 줄 생각하네그려."

윤 순사는 웃으면서 다시 말을 연하여

"방 순사, 자네만 무슨 이상한 증거물을 발현한 체하고 장담하지마는 나도 그까짓 헌 보 한 개보다 썩 재미있는 것을 얻었다 말이여."

"그것은 무엇인가?"

"자네도 비밀하게 하니 나도 비밀을 좀 지킬 터여."

"응, 알고 속는 것은 좋지마는 검시도 다 하고 시체까지 수습한 후에 인제 와서 무엇을 발견했다 말이여? 그리하면 내가 속을 뻔하였군, 하하."

"그것 다 무슨 소리여. 제일 먼저 검시한 사람은 내가 했어, 내가. 이 공원에 사람 죽었다는 기별을 듣고 나대로 그

---

54) 금자(金字): 금박을 올리거나 금빛 수실로 수를 놓거나 금물로 써서 금빛이 나는 글자

냥 달려 와서 보니 벌써 나 먼저 어떤 놈이 지나간 모양인데, 그러나 아주 유력한 증거를 얻었다 말이여."

"아, 그러면 나도 알았다. 응, 편지 쪽이로군. 그렇지마는 그 편지의 끄트머리가 조금 찢어졌지."

"아니, 자네가 그것은 어찌 알았어?"

"내가 그 찢어진 조각을 가졌어."

하고 편지 조각을 내어 보이니 윤 순사가 보더니

"내가 가진 것도 조각이여. 그런데 내가 가진 것은 가운데 편이여."

하며 편지 조각을 내어 보이니 방 순사 역시 받아 보면서

"아니, 그 이상한걸. 그러면 이 위에 붙은 조각은 어찌 되었어."

"글쎄 말이여. 이러하니 우리 오기 전에 뉘가 지나갔다는 말일세그려."

"그 어떤 놈이 찢어 갔는지 알 수가 있느냐 말이여. 좌우 간 우리 한번 맞추어 붙여 보세그려."

이때 벌써 날이 새서 공원이 밝아 와 능히 글자가 보일 만큼 되었는데 윤 순사와 방 순사는 둘이서 그 찢어진 편지를 맞추어 보니 다음과 같았다.

화암(華庵) 독방(獨房)에서 무죄(無罪)한 소녀(小女)
시(時)에 벽상(壁上)에 괘민(掛扼)한 신제(新製)
역중(力中)에 떨어져서 임리(淋漓)한 선(鮮)

아(我)의 수(手)로 수습(收拾)하여 방중(房中)에 산(散)

이 우금(于今) 십구 년(十九 年) 전(前)에 발생(發生)한 악(惡)

도금(到今) 사지(思之)컨대 후회막급(後悔莫及)이라 연(然)

기(其) 증거(証據) 물품(物品)은 혈흔(血痕) 침청(浸淸)하야

고 명자(名字)를 자수(刺繡)한 가사(袈裟)로 다대(大)

독부(毒婦)가 엄연(奄然)하기 세상(世上)에 잠주(潛住)한

되 아(我) 역(亦) 불행(不幸)하여 기(其) 행위(行爲)를

함으로 불능(不能) 광○설분(못○雪憤)

이(以)유서(遺書) 일도(一度)로 이(以)

행기언(幸甚焉)

서(書)

이와 같이 찢어진 곳을 대어 맞추어 보던 윤 순사는

"이렇게 대고, 이 위에 붙은 것은 어떤 사람이 급하게 앗아

가려다가 이같이 찢어진 것이 분명하다 말이여."

"글쎄……. 그것만 있었더라면 참 절통한 일이여. 그러나

반 조각이지마는 이 글을 볼 것 같으면 그 죽은 사람이 무슨

큰 원한이 있었던 모양인데 그 대수자[55]는 아마 계집인 듯

한걸. 그런데 증거물은 피가 묻은 무엇이라 하고 가사[56]라

---

55) 대수자(對手者): 재주나 힘이 서로 비슷해서 상대가 되는 사람
56) 가사(袈裟): 승려가 장삼 위에, 왼쪽 어깨에서 오른쪽 겨드랑이 밑으로 걸쳐 입은
법의(法衣)

고 하고 또 19년 전에 발생한 악 무엇이라 하였으니 그 원인이 오래되고 깊은 일인 듯하지 않느냐 말이여."

"그는 그렇다마는 가사라 하는 것은 절에서 중들이 입는 것이 아닌가. 그것도 참 알 수 없는 일이로군. 그런데 그 보에 쌌던 것이 혹시 가사나 아닌가 알 수가 있느냐 말이여. 좌우간 우리 직책으로 그냥 심상하게 둘 수 없으니 우리 협력해서 될 수 있는 대로 한번 수색이나 하여 보세."

윤, 방 두 탐정 순사는 동심협력하여 각 방면으로 수사하되 아무 확실한 증거도 없고 벌써 삼 일을 지나는데 이날은 9월 19일 일요일이라 쇠락한 가을 날씨에 모든 물색이 선명함에 따라 사람의 정신도 자연 상쾌하다. 수일 동안 범죄 수사하기에 골몰하던 윤, 방 두 순사는 휴가인 고로 용산 강정으로 산보 나가기를 약조하고 오전 9시쯤 되어 전차로 나와서 용산 정류소에 막 내리니 뜻밖에 뒤에서 큰 소리를 질러 두 형사를 부르는데, 돌아보니 역시 남부경찰서 순사 아무이다. 방 순사는

"왜 그려. 무슨 일이여?"

"자네들을 찾아왔어."

윤 "우리가 이리 온 줄 어찌 알았던가?"

순 "처음 자네 댁으로 가서 물으니 둘이서 이리 갔다기로 그냥 전차 뒤를 따라서 곧 나오는 길일세."

방 "아니, 그런데 무슨 일이여?"

순 "큰일이 났어, 큰일."

윤 "무슨 큰일이여, 응?"

순 "아주 비상한 큰일이 났어. 곧 경찰서로 들어가세."

윤 "아니, 이 사람, 대고 큰일이라고만 하니 무슨 큰일이여, 응?"

순 "큰 옥사(獄事)가 또 났어."

방 "큰 옥사라니, 어찌 되었다 말이여."

순 "그 사람, 옥사를 몰라서……. 살인이 났다 말이여."

윤 "아니, 옥사는 알지만 뉘가 죽었다 말인가?"

순 "아니, 급하다 말이여. 경찰서로 들어가면 곧 알 터인데……. 그러면 예서 낱낱이 알리라 말이냐. 그러면 저, 그, 정, 정 남작이 칼을 맞아 죽었다 이런 말이여."

방 "응? 정 남작이 죽어?"

윤 "아니, 정 남작이라니? 저동 사는 정 남작? 화투 잘 치고 골패 잘하고, 은군자[57] 오입에 반해 돌아다니는, 얼굴이 벌집같이 된 그 정 남작 말인가?"

순 "옳지, 옳지. 그만큼 알았으면 매우 똑똑하게 알았네그려."

윤 "그런데 어디서 당했다 말인가?"

순 "남산공원에서……."

방 "아니, 그 남산공원은 근일 와서는 사형 집행장이 되었네그려."

윤 "그 참, 비상한 흉변이로군. 그런데 경찰서에서는 어찌

---

57) 은군자(隱君子): 몰래 매춘을 하는 여자를 속되게 이르는 말

알았어?"

순 "아니, 이러고만 할 것이 아니여. 우리 가면서 이야기하세."

하면서 셋이 급한 걸음으로 돌아가는데 윤 순사는 말을 연하여

"그래, 언제 알았어?"

순 "공원지기가 통지를 한 모양이야."

방 "공원지기는 어떤 놈이여?"

순 "왜 그 이삼팔을 자네 모르는가?"

윤 "아, 그 매양 공원 소제하는[58] 그 늙은 첨지 말인가?"

순 "그려."

방 "그러면 서에서는 뉘가 실지에 나갔는가?"

순 "가고말고. 일전과 같이 판검사며, 서장 이하로 다들 나갔어."

윤 "응, 그러면 우리 둘이는 여기서 바로 공원을 갈 것이니 자네는 그리 알고 감독에게 말이나 잘하게."

때는 오전 10시가량이나 되었는데, 윤, 방 두 순사는 급한 걸음으로 남산공원을 향해 가면서

"윤 순사, 자네는 어떻게 생각하는지 모르지마는 내 생각에는 정 남작이 계집의 관계로써 살해를 당한 것 같아 보이는걸. 정 남작을 말하면 자네도 아까 한 말이지만 남의 유부녀 간통을 곧잘 하는 모양인데, 이로써 그 본부인의 살해를

---

58) 소제(掃除)하다: 더럽거나 어지러운 것을 쓸고 닦아서 깨끗하게 하다.

당한 것인지 알 수 없다 말이여."

"글쎄, 정 남작이 호색가로 유명한 사람이니 그런지 알 수 없지."

"경성 내의 기생 삼패[59]며, 은군자, 심지어 청루 갈보까지라도 정 남작이 한 번씩 관계 아니 한 것은 하나도 없다니, 더 할 말 없이 색에 미친 사람이여. 귀족의 지위에 있으면서 그렇게 음행이 부정해서는 일반 귀족 사회의 체면을 오손하는[60] 일이 없지 아니할걸."

"그러니 정 남작과 마음을 허락해서 친밀히 교제하는 사람이 없다던걸."

"그럴 터이지. 그같이 허랑한 사람과 마음껏 교제를 하면 일반이 비방을 할 터이지. 그러나 저 하교 다리 근방에 사는 서 참봉이라던가 그 사람은 매일 정 남작의 뒤에 꼭 따라다니는데, 매우 친밀한 모양이던걸."

"그도 드러운 사나이라 말이여. 돈을 얻어먹으니 그렇지."

서로 수작하고 오던 두 탐정 순사는 벌써 공원 안으로 들어섰다. 방 순사는

"아, 저것 보아. 여러 분이 출장하셨는걸."

"무슨 평론을 하는 모양인지? 아마 그 시체에 대해서 무슨 이론이 있는 듯한걸."

---

59) 삼패(三牌): 조선 말기에 나누어 부르던 기생의 등급 중의 최하급. 가무보다는 주로 매음을 하였다.
60) 오손(汚損)하다: 더럽히고 손상하다.

"검사와 예심판사는 보이지 아니하니 벌써 돌아갔나 보다."

"아마 그런 모양이지."

말을 그치고 시체 있는 곳으로 이르러 서장에게 경례를 한 후 방 순사는 서장을 향하여

"검시는 다 마쳤습니까?"

"응, 검시는 다 마치고 정 남작 집에 사람을 보내서 시체를 가져가라고 통지하였는데, 아직 아무 기별이 없기로 조금 기다리는 중이여."

윤 순사 말을 달아서

"무슨 이론이 있습니까?"

"아니, 별 이론은 없으되 칼 맞은 상처에 대해서 조금 이론이 있었는데, 혹은 뒤로써 부지중에 맞았다 하고, 혹은 앞으로 맞았다 하니 실상 두 탐정이 오기를 기다리던 터인즉 한번 자세히 검시하고 잘 감정을 하여 보게."

"네, 뒤로 맞고 앞으로 맞은 것은 알기 쉽지요."

하면서 방 순사와 같이 시체를 자세히 살펴보며 또 만져 보더니

"오른편 제칠 늑골과 제팔 늑골 사이에 광[61]이 한 치[62]쯤 찔러 헤친 흔적이요 또……."

하면서 시체 가에 있는 풀포기를 피 묻은 손으로 그냥 잡

---

61) 광(廣): 일정한 평면에 걸쳐 있는 공간이나 범위의 크기
62) 길이의 단위. 한 치는 한 자의 10분의 1로, 약 3.03㎝에 해당한다.

아 빼서 그 상한 구멍에다 집어넣어 보더니

"깊이는 아마 세 치 육 푼[63]이나 됩니다그려. 그러니 이 상처를 보게 되면 뒤로도 아니요, 앞으로도 아니요, 옆으로 안고 찌른 듯합니다."

득의한 말로 양양하게 하니 검시하던 여러 사람도 윤 순사의 감정에 동의한다. 방 순사는 다시 서장을 향하여

"무슨 범죄의 증거 될 만한 것은 발견하였습니까?"

"응, 아주 충분한 것이 있어."

"무엇입니까?"

"다른 것이 아니라 아주 이상한 것이여. 정 남작이 손에 머리털을 한 줌 쥐고 죽었는데, 아마 죽을 때에 고통을 견디지 못하는 사력으로 힘껏 잡아 뺀 모양이여."

하면서 산란하게 흐트러진 머리카락 한 줌을 내어 보이니 방 순사는 그것을 받아 한참 자세히 보더니

"이 머리털을 말할 것 같으면 한 이십 내외 되는 젊은 미인의 머리털입니다."

서장은 대답하되 웃으면서

"머리털의 윤채를 볼 것 같으면 젊고 늙은 것은 분간할 수 있지마는 그 머리털 임자의 잘나고 못난 것까지 감정하는 것은 너무 과한 듯한걸."

"아닙니다. 결단코 미인의 머리털입니다. 한갓 그 윤채만 말할 것 아니고, 그 빛이 푸른 기색을 띠었으니 진실로 삼삼

63) 길이의 단위. 한 푼은 한 치의 10분의 1로, 약 0.3㎝에 해당한다.

녹발64)로 유명한 털인데, 만약 미인이 아닐 것 같으면 결코 녹발이 아니올시다. 그리고 또 이 경성 내에서 녹발의 미인은 별로 없습니다."

이때 잠자코 방 순사의 감정을 듣던 윤 순사는 옆으로 나서면서 방 순사를 향하여

"여보게, 그 머리카락을 이리 좀 보세."

두세 낱을 빼어 가지고 아래위로 자세하게 보더니 무슨 기쁜 마음이 흉중에 생긴 듯 얼굴이 현저하면서

"이 털빛이 녹발은 녹발이여. 하지마는 내가 이상하고 기묘한 것을 발현하였으니 내 말대로만 시행할 것 같으면 결코 원앙한 죄인을 포박할 염려는 없을 것이여. 시방 방 순사의 감정도 대단히 묘하지마는 그 말을 좇아서 범죄인을 수사할 것 같으면 공연히 원앙한 사람을 많이 체포치 아니치 못할 것이여. 그 녹발 가진 미인은 현저하게 많이 있지는 아니하지마는 경성 내의 여자의 수로 말하면 근 십만 명가량이나 되는데 그중 녹발의 머리털을 가진 여인이 이 범죄자 이외에는 하나도 없다고는 도저히 장담할 수 없는 터인데……."

방 순사도 역시 그럴듯하다는 생각으로

"그리 말하고 보니 내가 조금 덜 생각한 모양일세그려."

윤 순사는 그 말을 따라서

---

64) 삼삼 녹발(鬖鬖 綠髮): 푸른 머리털이라는 뜻으로, 검고 윤이 나는 아름다운 머리를 이르는 말

"내가 발현했다 한 것은 다른 것이 아니라 이 머리카락의 끝이 세 가닥으로 쪼개졌으니 보통 두 가닥이 쪼개진 사람은 혹시 있지마는 세 가닥은 처음 볼 뿐 아니라 아주 드문 일이여. 또 설혹 있다 하더라도 이와 같이 육안으로도 판연히 알기 쉬운 것은 없을 것이요 또 그뿐 아니라 중간까지 이렇게 길게 쪼개진 것은 당초 같은 유가 없을 줄 생각하니 누구든지 젊은 여인이 이 털과 같이 중간까지 세 가닥이 갈라지고 털빛이 윤채 흐르는 녹발을 가진 여인은 두말없는 범죄자로 생각합니다. 그런데 또 이 범죄자를 수사하기에 좋은 방법이 있습니다. 그 방법을 말씀할 것 같으면 근래 경성에서 기생 삼패라든지, 또 여학생들까지도 하이칼라로 허사시가미65)를 아니 하면 양머리를 많이 하니 물론 여결발66) 영업자에게 결발할 터이오. 또 구식으로 편발67) 하는 사람을 말할 것 같으면 월자68) 비는 이웃집 단골 노파, 또는 월자 당사로 돌아다니는 노파를 불러다 물어보면 확실히 알 것이니 한편 여결발 영업자를 호출하는 동시에 한편으로 정남작 댁과 교섭해서 중상69)을 걸고 현상수색하는 방법을 행하면 분명히 범죄자를 알 것입니다."

65) 허사시가미(庇髮): 일본 메이지 시대 말에 했던 여성의 머리 모양. 앞머리와 옆머리를 둥글게 크게 부풀리고, 나머지 머리는 정수리에서 묶어 고정시켰다.
66) 결발(結髮): 예전에 관례를 할 때 상투를 틀거나 쪽을 찌던 일. 또는 그렇게 한 머리
67) 편발(編髮): 예전에 관례를 하기 전에 머리를 길게 땋아 늘이던 일. 또는 그 머리
68) 월자(月子): 예전에 여자들의 머리숱이 많아 보이라고 덧넣었던 딴머리
69) 중상(重賞): 상을 후하게 줌. 또는 그 상

윤 순사가 말을 미처 마치기 전에 좌우에서 크게 감복하여 갈채하는 중 그 동관인 방 순사도 더욱 감심한 모양으로

"윤 순사, 자네가 이와 같이 명민한 줄은 일찍 짐작지 못한 바여. 실상 탐정 일에 매우 숙달하다 하겠는걸, 하하하하."

윤 순사의 말을 듣고 기쁜 얼굴로 웃으며 간평하는 서장,

"아, 윤 순사가 탐정에 달연한 줄은 알았지만 이 사건에 대하여 머리털의 감정이며 범죄 수사의 방법은 참으로 범상치 아니한 의견이여. 그 의견을 채용할 수밖에……."

이때 여러 장정을 데리고 정 남작의 친족 수인이 와서 시체를 수습하여 가는 상여 뒤에 경관들도 따라 돌아가고 소쇄한 빈 공원에서 경관의 뒤를 보고

"어젯밤 소동을 인제 와서 무엇이니 무엇이니."

혼자 말하고 방황하는 사람은 공원지기 이삼팔이다.

9월 20일 월요일 오전 9시부터 남부경찰서 문전에 드나드는 여러 여인은 무슨 일로써 저같이 빈번하게 출입하는지, 이 여인들은 모두 경성 내의 여결발 영업하는 여인들인데, 경찰서의 호출에 응하여 들어오는 터이다. 그 원인은 기자의 붓끝을 요구치 않고 기억력이 풍부한 독자 제씨가 능히 판단할 일이다. 경찰서에서는 응접실을 비우고 범죄의 일대 증거물 되는 머리카락을 중앙 탁자 위에 얹어 놓고 그 탁자를 향하여 동편 벽상에 대자(大字)로 써 붙였으되 "이 머리털을 다른 데서 본 일이 있는 사람은 기탄없이 말을 함이 가함. 또 말하는 사람에게는 상금으로 돈 백 원을 출급

함."이라 하는 글을 게시하였고 그 옆에는 순사가 간수하기 위하여 교의에 앉았는데, 윤 순사는 응접실 안으로 들어와서 그 머리카락을 구경하는 모든 여인을 향하여

"아니 이 중에 이 머리털을 이왕 혹 더러 본 이가 있을 터인데……. 돈이 백 원이오, 돈이 백 원. 알거든 염려 말고 말들 하시구려."

그중에 안다는 사람은 하나도 없고 도리어 아무 재미없는 듯이

"공연히 사람을. 그동안 벌써 몇십 전 벌이를 놓쳤지."

하고 충충거려 말하는 사람도 없지 아니하다. 모여든 여인들은 다 돌아가고 때는 벌써 오후 1시가 되었는데, 응접실에는 간수하는 순사와 윤 탐정 두 순사뿐이다. 간수하던 순사는 조금 곤한 기색으로 휴게실로 들어가고 윤 탐정 혼자만 남아 있어

"인제는 아무도 아니 오는걸. 그렇게 많은 사람 총중[70]에 하나도 아는 사람이 없으니 참 괴이한 일이여."

혼자 말할 때에 마침 방 순사가 들어오더니

"어찌 되었어? 혹 아는 사람이 있었던가?"

"아니여, 일 글렀어. 하나도 아는 사람이 없으니 어찌해 볼 수가 없다 말이여."

하면서 낙망하는 기색이다. 이때 마침 간수하던 순사의 안내로 응접실에 들어오는 한 오십쯤 된 여인은 두 눈이 위

[70] 총중(叢中): 한 떼의 가운데

로 치째지고 두 뺨에 주먹 뼈가 불거지고 코끝이 위로 쳐다 보며 키가 훌쩍 크고 여자로서는 아주 대담하며 심술궂은 듯한 모양이다. 실내에 들어오더니 새삼스럽게 어리숙한 거동으로 탁자 앞으로 가만히 들어서서 머리털을 힘없이 은근히 뒤져 보면서

"이 머리털을 그전에 어디서 보았다든지, 또 임자를 아느냐 모르느냐 하는 그런 말씀이십니까? 그러면 조금 천천히 오래 보아야 하겠습니다."

하면서 손바닥 위에다 얹어 놓고 이리저리 한참 보더니 헛입맛을 다시고 고개를 흔들며 이맛살을 찡그리며 이상한 듯 혀를 껄껄 차면서

"네, 네. 이것은 정녕 한⋯⋯."

생각 없이 말을 하려다가 도로 그치니 옆에 있던 방 순사는 그 노파의 앞으로 바싹 들어서며

"아니, 안다 그런 말이지?"

"아, 아, 아니에요. 당초에 본 일이 없어요."

"알고서 은휘71)를 하면 필경 그 몸에 좋지 못할 일이 미친다 말이여."

"그러면 알고도 숨기게 되면 내 몸에 좋지 못한 일이 있다, 그런 말씀이오? 그러면 좋지 못한 일은 어떠한 일입니까?"

"다른 일이 아니라 잔뜩 결박을 해서 감옥에다 집어넣는다 말이여."

71) 은휘(隱諱): 꺼리어 감추거나 숨김.

"가, 가, 감옥소에다 가둔다, 그, 그런 말씀이지요? 그러면 바로 말을 하게 되면 어찌 한다 말씀입니까?"

"숨기지 않고 아는 대로 바로 말을 할 것 같으면 돈 백 원을 상급한다 말이여."

"돈을 백 원 준다, 그런 말씀이지요? 그러면 내가 말씀하오리까?"

"응, 말하는 것이 몸에 이롭다 말이여."

"그러면 곧 말을 하겠습니다. 그렇지마는 만일 내가 말을 했다고 해서는 참 안 됩니다."

"아니여, 그런 말을 아니 할 터이니까."

"정녕 그렇겠습니까? 정녕, 결단코, 만일 내가 말을 하더라고 소문이 나게 되면 나는 아주 큰일이라요."

"아니, 그는 조금도 걱정할 것 아니여."

"네, 그러면 말씀을 하겠습니다. 이 머리털과 조금도 틀리지 않고 또 세 가닥이 난 머리 임자는 다른 사람이 아니라 내가 항상 맡아 놓고 결발하는 우리 단골집의 작은아씨의 머리털이 그렇습니다."

"한갓 단골집이라고만 해서는 알 수가 있느냐 말이여. 어느 곳이며 누구 집이라고 분명하게 말을 하여야지."

"네, 그러면 저 중부 대사동이올시다."

"허허, 대사동 뉘 집이라고 말을 해야지."

"그 밖에는 모릅니다. 그만두십시다."

"이건 무슨 소리여. 그만두기는 왜?"

"그 댁에서 만일 내가 말한 줄 알게 되면 아주 참 큰일이……."

방 순사는 다시 소리를 낮추어서 순한 말로

"그는 그럴 리가 없다, 그런 말이여. 조금도 걱정 말고 말을 하라니까. 왜 그려, 응?"

"그러면 말하겠습니다. 저, 그…… 대, 대사동 병문 안으로 드, 들어가서……."

"응, 들어가서, 그래?"

"큰 반양제 집……."

"응, 그래, 반양제 집."

"그, 저, 저, 그, 그……."

"그래, 말을 해야지, 말을!"

탁자를 치면서 큰소리를 지르니 깜짝 놀라 하는 말로

"네, 그 대사동……."

하면서 뒤로 물러선다.

방 순사는 다시 좋은 기색으로 소리를 낮추어 순한 말로

"글쎄, 그는 걱정할 것 아니여. 저 윤 순사 나리든지, 나로 말하면 탐정하는 직책으로 비밀을 지키는 것이 우리의 본무인즉 염려 말고 말만 하면 돈이 백 원이여, 백 원. 어려운 처지에 몇 달 잊어버리고 잘살 것이 아니냐. 그리 주저할 것 없다 말이여, 응."

노파는 다시 탁자 앞으로 들어서더니

"그러면 그, 저, 반양제 집 솟을대문 밖에 그것, 무엇이라

던가? 3, 4월 되면 고운 꽃이 많이 핍디다. 사, 사쿠라 나무
라던가."

"옳지, 사쿠라 나무."

"그 사쿠라 나무가 대문 밖에 네다섯 주 서 있고 집 안에
도……."

"아, 그러면 이 협판 댁이로군. 그렇지?"

"네, 그, 그렇습니다."

"그러면 그 집 아씨? 그 누구여?"

"무엇이라요. 저, 그……."

"별말 할 것 없이 그 집 아씨라면 숙자 밖에는 없는 터인
데……. 그러면 이숙자로군?"

"오, 옳습니다."

"정말이냐? 거짓말이 아니지?"

"거짓말은 아니지요."

"하, 그것 참 이상한 일이여. 이숙자같이 유명한 규수가 범
죄를 하였다 말이냐? 자고로 절색에 독부가 있다더니…….
윤 순사는 생각이 어떠한가?"

지금까지 옆에 앉아 방 순사와 노파가 서로 말하는 것을
직접 보고 들으면서 말없이 있던 윤 순사는 숙자의 머리털
이라는 말을 듣고 악연히 놀라서 고개를 돌려 무엇을 생각
하는 모양이더니, 방 순사 하는 말에 겨우 대답하여

"글쎄, 나는 시방 창졸히 어떠하다고 말할 수 없네그려."

하고는 인해 묵묵히 앉았다. 방 순사는 다시 윤 순사를 대

하여

"여보게, 묵묵히만 앉았으면 알 수가 있느냐. 그러면 자네는 숙자가 범죄자가 아니라고 생각하는가?"

"글쎄 말이여. 이숙자가 범죄자인지 아닌지 시방 졸연히 말할 수 없다고 한 말이여."

지금 탁자 앞에서 두 순사의 말을 유의하게 듣던 노파는 무엇인가 짐작하고 깨달은 모양으로 방 순사를 향하여 검은 눈을 껌적껌적, 손짓을 이상하게 하더니 방 순사를 따내어 별실로 데리고 들어간다. 방 순사는 탐정하는 수단으로 눈치만 보고 괴이한 생각으로 뒤따라 들어가더니

"아니, 무슨 일이여? 나를 유인하는 것은."

노파는 몸짓을 하면서 방 순사에게

"아이고, 큰일이올시다. 나는……."

"무슨 큰일이라 말이여?"

"윤 순사 나리가 이 일을 알아서는 못 될 일을 당신은 모르시지요?"

"아니, 이 일을 윤 순사가 알게 되면 아니 된다, 이런 말인가. 그 무슨 까닭이여?"

"다른 일이 아니라, 윤 순사 나리는 본댁이 경상도 대구 감영이라지요. 그런데 일전까지 이 협판 댁 식객이 되어 공부하고 있던 안동 사는 권중식이라 하는 사람과 죽마고우로 아주 형제같이 우애를 하는 터이요 또 권중식은 이숙자를 극히 친애하는데 숙자의 일이라면 자기의 몸이 죽더라도

주선할 만큼 된 터이니 윤 순사 나리로 말할 것 같으면 자기의 형제 같은 친구가 사랑하고 흠모하는 숙자에게 자기도 물론 친절할뿐더러 일전에 권 씨가 안동으로 잠시 내려갈 때에 숙자의 신상에 대하여 윤 순사 나리에게 각근하게[72] 부탁한 일도 있어요. 그래서 시방 이숙자가 확실한 범죄자라고 말을 못합니다."

방 순사는 말을 듣고 머리를 점두하면서

"옳지, 옳지. 알았어. 그런 고로 시방 윤 순사의 모양이 조금 괴이한걸. 그러니 윤 순사는 이 사건에 대해서는 나와 아주 반대편이로군."

"그는 꼭 그렇지요. 윤 순사 나리는 이숙자의 편을 들어 힘껏 보호할 것은 정한 일이지요."

방 순사는 노파의 말을 듣고 무슨 일을 생각하는지 가만히 앉더니

"그만두어. 관계없어, 관계."

이렇게 혼자 말할 때에 노파는 다시 방 순사를 향하여

"이제는 할 말을 다 했으니 돌아가겠습니다."

"좀 더 있어. 그런데 그 권중식이라 하는 사람과 이숙자는 어떠한 관계인지 그것을 조금 말하시오."

돌아가려던 노파는 다시 교의에 앉으며

"오, 참, 그것……."

하면서 첩첩한 구변으로 최초에 남산공원에서 숙자가 권

72) 각근(恪勤)하다: 정성을 다하여 부지런히 힘쓰다.

씨를 데리고 와서 공부시키던 일이며 일전에 권 씨가 그 부친의 병보를 듣고 고향 안동으로 내려간 일을 낱낱이 설파하였다. 그러나 정 남작이 숙자에게 청혼한 일 등의 설은 아직 알지 못한 모양인지 말을 하지 않고 기어이 권 씨와 숙자의 말을 하나도 빠뜨리지 않고 낱낱이 다 하니, 그 말을 들은 방 순사는 점두하며

"옳지, 권 씨와 숙자의 관계가 그러하다? 응, 그러니 권 씨가 숙자를 그만큼 친애할 터이나 숙자를 체포할 때는 윤 순사와는 아주⋯⋯."

"꼭 그렇지요. 그런데 인제는 할 말이 없으니 돌아가겠습니다."

하면서 일어서더니 다시 앉아

"아, 그 말씀하기는 조금. 그, 저, 아까 저, 나리께서 말씀하시던 그것⋯⋯."

"그것이라니 무엇이여?"

하면서 방 순사는 눈이 둥그렇다. 노파는 연해 말을 하되

"왜 아까 말씀하셨지요. 그, 저, 그, 도, 도, 돈⋯⋯."

"아, 그 돈 말인가? 그는 일후에 다시 통기할 것이니 조금도 걱정 말구려."

벌써 사무실 시종은 오후 3시를 땡땡 치는데, 별실에서 비밀하게 말하던 방 순사와 노파는 말을 다 마치고 나온다. 이때 그 별실의 한편 유리창 옆에서 은밀하게 말을 엿듣던 윤 순사는 걱정하고 탈기하는 모양으로 아무도 없는 별실 근

방을 배회하면서 혼잣말로

"그년이 방 순사를 데리고 나갈 때에 내가 먼저 짐작하였더니 내 짐작과 같이 틀리지 않고 권중식과 내 말을 세세하게 다 할뿐더러 또 그 노파가 이 협판 집에 항상 드나드는 고로 그 집 일이라면 모르는 것이 없는 모양이여. 그야 상관없지마는 어찌해서 정 남작의 손에 숙자의 머리카락이 쥐어졌는지, 이것이 크게 이상한 일이여. 설마 숙자가 정 남작을 직접 죽였을 리는 없겠지.

그렇지마는 정 남작 손에 숙자의 머리카락을 쥐고 있는 것을 볼 것 같으면 숙자에게 범죄의 혐의를 두는 것이 당연하다 할 수가 있는데, 아무리 내가 보호를 잘하더라도 어떻게 할 도리가 없을 터이다. 그러나 내가 만일 낙심하고 이리저리 주저하는 사이에 숙자가 포박이 되어서는 안 될 일이니 힘대로는 변명할 방법을 발현해야 될 터이오. 또 친구의 부탁을 실행하는 것도 남자의 할 일이라 내가 죄인이 되어서 포박될 때까지는 숙자를 보호하지 아니치 못할 일이다."

대사동 이 협판 집 단장 내외의 사쿠라 나뭇잎은 반쯤 떨어져 가을빛이 가득 차 고적한 솟을대문 앞에 저녁 날빛이 서늘한데 어떤 사람이 모자를 앞으로 숙여 쓰고 수상한 모양으로 한참 주저하더니

"이리 오너라."

큰 소리로 하인을 부르는데 이는 곧 방 순사이다. 대문 안에서 한 이십 세나 되어 보이는 계집종 하나 나오더니

"네, 어디서 와서 계십니까?"

"응, 마님께서 시방 댁에 계시느냐? 나는 방규일이라 하는 사람인데, 부인께 조금 뵐 일이 있어 왔으니 그로 전갈을 여쭈어라 말이여. 또 그런데 어떠한 사람이냐고 물으시거든 저 남서[73] 순사라고 하라 말이여."

"네, 잠깐 기다리십시오."

하면서 안으로 들어가더니 한 10분 동안이나 되어서 도로 나와

"이리 들어오십시오."

방 순사는 그 하인의 안내로 사랑 응접실로 들어가니 빈 방 안에 비단 방석이 네다섯 개 이리저리 놓여 있고 별 비죽긴 담뱃대 두세 개 한구석에 세워 두고 가운데 벽통화로에 불은 다 꺼지고 서늘한 재만 남아 있는 모양이다. 방석 한 개를 잡아당겨 깔고 묵묵히 앉았으니 한 10분 동안이나 지나서 밖으로 자취 소리 나더니 한 오십 남짓 된 부인이 천연하게 들어오더니 자리에 앉으면서

"아, 이 애들이, 이 화로에 불도 하나……. 대단 오래 기다리게 해 실례올시다."

"천만의 말씀이올시다."

인해 말을 달아 두어 말 재차 수인사를 마친 방 순사는 자리를 고쳐 앉으면서 다시 말하되

73) 남서(南署): 조선 말기에서 대한 제국 때까지, 서울 안의 오서(五署) 가운데 남부(南部)를 관할하던 경무관서

"오늘 부인께 방문한 일은 별일이 아니라 잠깐 부인께 말씀하고 아씨를 조금 뵙고 무슨 물어볼 일이 있어서 온 것입니다."

"아니, 아씨라니, 우리 집 여식 말씀이오?"

"네, 그렇습니다."

"아니, 그 무슨 일이오? 남의 집 과년한 색시를······."

"네. 체면상으로는 매우 실례가 되지마는 직무상에 관계된 일이니 하는 수 없습니다."

"그렇지만 숙자에 대한 일을 나라고 모를 일이 있소그려."

"네, 그러면 부인께 먼저 물을 터이니 아시는 대로 말씀하십시오."

"아니, 그야 아는 일이면 아는 대로 말할 터이요, 모르면 모른다고 하지요."

"네, 그렇게만 하십시오."

말을 정지하고 옆눈으로 부인을 한번 엿보면서 고개를 외로 비웃는 기색으로

"그러면 이것을 한번 보십시오. 이왕 눈 익게 보시던 머리카락인지······."

하면서 두루마기 옆으로 머리털 한 줌을 집어내어 부인의 앞에다 놓으니, 이때 부인은 조금도 변한 바 없이 한결같이 천연한 기상으로 그 털을 한번 들어 눈에 대어 보더니

"이것을 이왕 혹 본 일이 있으며 뉘 머리털 같느냐, 하는 말씀이오?"

"네, 그렇습니다."

"나는 이왕부터 이런 것 본 일이 없어요. 그리고 당초에 그런 것은 알 수가 없어요."

"부인께서 모르실 리가 만무한 터인데……. 정말 모르십니까?"

"하하하, 그 딱한 일이구려. 모르는 것을 억지로 아는 수가 있소."

"정녕 모르신다 말씀이오?"

방 순사의 말이 불순한 듯하니, 부인은 화증을 와락 내며

"그 참 무례하구려. 한 번 모른다면 고만이지, 어린아이에게 하는 심판으로 그게 무슨 말씀이오!"

"부인께는 더 묻지 않겠습니다. 그러니 이로써 그 아씨를 조금 청하시면……."

"숙자도 오늘 오전에 제 동무들 따라서 김숙경 집에 놀러 가고 아직 돌아오지 아니했어요."

"그러면 어느 때쯤 돌아옵니까?"

"그는 꼭 기필할 수 없어요. 혹 자고 올 때도 있으니……."

김 씨 부인의 거동을 보고 말을 듣던 방 순사는 얼굴빛이 변한 듯하더니 무슨 생각으로 결심한 모양이라 속마음에

'흥, 아무리 자취를 숨기고 시침 뚝 떼지마는 나도 그리 간대로[74] 질 마음은 없는걸.'

다시 부인을 향하여

74) 그리 쉽사리

"그러면 김숙경의 집이 어디쯤 있습니까? 시방 곧 그 집으로 향해 가겠습니다."

"그는 원대로 하시구려."

"그런데 그 집이 어디 있습니까?"

"사직골이라던가……. 자세 알 수 없어요."

"그만두시오. 이삼 일 후에 다시 오겠습니다."

하면서 옆눈으로 부인을 흘겨보더니 돌아 나간다.

저녁볕은 서창 유리 위로 오르는데 창밖 연못 가운데 쇠잔한 연잎 사이로 서늘한 저녁 기운을 불어 보내는 듯, 고요한 빈방 안에 권 학사가 이별할 때 하던 말이 아직 귀에 떠나지 않고 또한 잊지 못할 한 가지 걱정이 가슴에 남아 있어 따뜻한 저녁볕 유리창 밑에서 고개를 숙이고 글 읽는 이숙자는 시비 옥매를 데리고 무슨 고담 이야기를 하는 중 불의에 부인이 들어오더니 숙자를 보면서

"무슨 이야기를 이렇게 재미있게 하느냐?"

"아, 어머니. 옥매가 무슨 고담 이야기를 합니다."

부인은 자리에 앉으며 얼굴을 고쳐서 다시 하는 말로

"시방 곧 남부경찰서 형사 순사 방 무엇인가 하는 사람이 머리카락을 한 줌 가지고 와서 내게 보이면서 "이것이 숙자의 머리털이 아니냐?" 하고 묻는데 내가 그렇다고 대답을 하려다가 생각하니 행여 무슨 뒷일이나 있을까 염려가 되기로, 당초에 아니라고 그런 것은 모른다고 하고 또 너를 만나 보겠다고 하는데 없다고 속여서 보냈지마는 그 참 무슨 일

인지 알 수가 없어."

숙자는 당장에 얼굴이 변하며 크게 놀라는 모양으로

"그 무슨 일인지요. 내 머리털을 가져왔어요? 하물며 형사 순사가."

몸을 소스라치도록 겁내고 놀란다. 곁에서 듣던 옥매 역시 크게 놀라며

"아, 그 참 무슨 일인지요? 괴이하지 않습니까. 형사 순사가 아씨의 머리털을 가져왔다니……. 그런데 들으니 정 남작이 머리카락을 쥐고 죽었다는 소문이 있습디다. 그로써 아씨께 혹 무슨 혐의 되는 일이나 있는지 알 수 있습니까."

"무슨 그럴 리야 있겠느냐마는……."

부인 다시 말을 한다.

이때 춘매가 들어오더니 숙자를 대하여

"아씨님, 윤 순사 나리가 왔습니다."

숙자가 말하기 전에 부인이 먼저

"윤 순사라니 네가 아는 사람이냐?"

"네, 친히 알지는 못합니다마는 그, 저, 권 학사의 친구로 한 번 본 일이 있습니다."

"에그, 아무라도 형사 순사라고만 하니 말만 들어도 무서워서……. 그러면 그 사람에게 방 순사가 아까 찾아온 일을 내가 한번 물어볼까?"

부인이 말을 마치기 전에 윤 순사는 춘매의 안내로 방 안으로 들어와 자리에 앉은 후에 부인과 숙자에게 공경하게

수인사를 한 후 그냥 말없이 앉았다가 숙자를 향하여

"일간 안동서 편지가 있습디까?"

숙자 다시 몸을 고쳐서

"아니요, 아직 아무 편지 없습니다."

이때 춘매가 다시 들어와서 부인을 향하여

"밖에 손님이 왔습니다."

"뉘가 다 왔단 말이냐. 또 아까 그 사람이냐?"

"아니올시다. 서 참봉 나리와 조 참위 영감과 한 승지 영감 세 분이 와 계십니다."

부인은 윤 순사를 향하여

"놀다 가십시오. 나는 밖에 손님이 왔다니 불가불 실례하겠습니다."

일어나 밖으로 나가는데 옥매도 뒤따라 나가고 방 안에는 다만 윤 순사와 숙자 두 사람뿐이다. 이 조용한 여가를 얻어서 윤 순사는 숙자에게 19일 남산공원에서 정 남작이 살해된 현장에서 검시하던 광경과 또 익일 경찰서에서 결발 영업하는 그 집 단골 노파(옥동 할멈)가 하던 말을 낱낱이 자세하게 말을 하고 또 자기는 방 순사의 반대 방면에 서서 운동할 결심까지 말을 한 뒤에 범죄 수사의 일대증거물 되는 세 가닥 머리털을 내어 놓고 숙자에게 질문한다. 숙자는 정신 없이 앉았다가 그 머리카락을 손에 들고 자세히 보더니 안색이 변하고 깜짝 놀라면서

"이것은 내 머리털이 정녕합니다. 어찌해서 정 남작의 손

에 들어갔던지요?"

벌벌 떠는 목소리로 말을 자세히 하지 못하고 질색한다. 윤 순사는 다시 말을 연하여

"아마 아씨께서 정 남작을 살해하신 것이지요."

"그, 그, 그것 무슨 말씀이시오. 제가 정 남작을 죽일 것 같습니까?"

"그러면 정 남작의 손에 이 머리카락이 쥐어져 있을 리가 있습니까. 만일 거짓말을 한다면 도리어 좋지 못할 것입니다. 설혹 그런 일이 있더라도 제가 살아 있는 이상에는 별로 큰일은 없을 것이니 바른 말씀을 하시는 것이 좋을 줄 생각합니다."

"처, 천만에 말씀입니다. 하나님이 내려다보시고 귀신이 곁에서 듣는 터인데, 제가 양심으로써 호리[75]라도 거짓말을 할 리가 있습니까."

하는 말이 정신을 강작하여 큰마음으로 대하는 것 같다. 윤 순사는 마음을 풀어 웃으면서

"네, 정말 그렇다면 저도 크게 안심하겠습니다."

숙자 다시 변색하며 부지중 두 눈에 눈물이 솟아나는데, 이것을 억지로 참고 근근이 하는 말로

"그런데 방 순사라 하는 그 사람은 저를 죄인으로만 알고 있습니까?"

"네, 그 사람이야 방금 일심으로 운동하는 것이 아씨를 체

75) 호리(毫釐): 매우 적은 분량을 비유적으로 이르는 말

포할 경륜76)이올시다."

체포한다는 말을 듣고 몸을 흔들며 깜짝 놀라 황황하던 숙자는 근근이 정신을 차려서 우는 목소리로

"이 결백 무죄한 나를 말만 들어도 흉참한 살인 정범으로 삼아서 체포를 하려는 그 사람……."

말을 다 못 하고 헐헐 느끼는데 춘매가 마침 들어오니 윤 순사는 말을 바꾸어 다른 이야기를 하다가 다시 숙자를 향하여 눈짓을 하더니 지게문 언덕에 발을 내이며 숙자의 귀에 대고 무슨 비밀한 말을 하고 돌아간다. 숙자는 윤 순사를 보내고 지게문에 의지하여 생각하다가 방 안으로 들어와 앉으며 혼잣말로

"그러면 윤 순사의 말과 같이 어떠한 경우를 당하더라도 그냥 모른다고만 할 수밖에……."

이 거동을 보던 춘매는

"아씨께서 무엇을 혼자 말씀하십니까?"

"아니여, 아무것도……."

영리한 춘매는 짐작하고 말을 바꾸어

"방금 한 승지께서 이리 오시겠다고 합니다."

숙자는 싫어하는 기색으로

"그 온, 성가셔서……."

"저는 그렇게 생각지 아니합니다."

76) 경륜(經綸): 일정한 포부를 가지고 일을 조직적으로 계획함. 또는 그 계획이나 포부

"응, 너는 한 승지를 매우 좋아하니 그렇지. 그것이 거짓말이 아니로군."

"참 아씨께서 별말씀을 다 하십니다."

숙자는 춘매를 데리고 말을 하면서도 아까 윤 순사가 하던 말이 가슴에 철 못이 박힌 듯 마음이 답답, 가슴이 두근두근하며 걱정이 되어 한시라도 잊을 수가 없다. 외면으로는 웃고 말하여도 속마음은 달리 가는 곳이 있어 가끔 먼눈으로 홀연히 앉았다. 이때 대청 지게문을 와락 열고

"아, 아씨, 아씨. 오래간만입니다. 지나간 토요일 간친회 때에 꼭 오기를 작정하였더니 부득이한 사고가 생겨서 오지 못했습니다. 그간 안녕하십니까."

말을 하면서 방 안으로 들어오는데, 나이 한 사십여 세나 된 얼굴이 두렷하고 키가 나지막한 신사라 그 행동과 언어가 조금 무례하기도 할 뿐 아니라 무슨 이상한 엉터리나 있는 듯, 또 남의 부아를 돋우는 듯한 모양이다. 이 사람인즉 곧 춘매와 같이 말하던 한 승지다. 숙자는 반갑지 못한 사람으로 또 이 같은 행동이라 마음껏 보기 싫지마는 이웃집 영감도 손볼 날 있다[77] 하는 속설로 부득이하여 체면상 인사를 두어 말씀 하고 한 점 애교 없이 냉랭한 기색으로 묵묵히 앉았으니, 무료하게 쳐다보던 한 승지는

"아씨께서는 매양 나만 보시면 불평한 기색을 보이니 대

---

77) 이웃집 나그네도 손볼 날이 있다: 아무리 가까운 사이일지라도 손님으로서 깍듯이 대접해야 할 때가 있음을 이르는 말

단 궁금하구려. 그렇게 싫어하지 아니하시더라도 좋지 않습니까? 아씨, 조금 웃는 얼굴을 한번 보이시구려. 정말 웃지 아니하면 내가 제거러서라도[78] 한번 웃게 할 터이오."

춘매는 옆에서 보다가 갑갑한 생각이 났던지

"그리해서 웃게 하면 무슨 쾌한 일이 있습니까? 그렇지만 아씨께서 한번 웃으시오."

숙자는 천연한 말로

"이 애, 그 무슨 소리냐? 나는 그런 일은 모른다 말이여."

아무리 숙자를 친애하여 정신이 미친 듯한 한 승지일지라도 이같이 무렴함을 당함에 자연 상기가 되고 또 일종 욕심에서 생긴 투기가 없지 아니한 터이라 졸연히 성을 내어 목소리까지 떨면서

"참 도도하군. 나를 그리 경멸하게 본다 말이냐. 지금부터는 다시 방문할 필요도 없거니와 또는 일후에 아씨께서 비상한 곤란을 당하고 참혹한 경우를 당하더라도 나는 주선하고 보호해 줄 리가 없으니 이제 아주 고만이여."

한 승지는 분노하여 숙자의 방에서 나와 대청을 내려서 사랑으로 향할 제 혼잣말로

"그 참 오늘 봉변이로군. 아주 무례한 처녀……. 응, 고만 두어. 저는 저요 나는 나다. 저가 시방 살인 범죄의 혐의로 어떠한 경우에 빠지더라도 나는 구경만 할 따름이다. 내가 저를 위해서 발명할 필요가 없다 말이여."

78) 제거럽다: '가렵다'의 방언

하면서 사랑으로 나가는데, 뜻밖에 어디서 급한 말로

"흥, 그 말은 감사하오. 좌우간 사실은 아는 듯……."

하는 말이 들리는데, 한 승지는 무슨 의미인지도 알지 못할 이상한 말이 들리는 고로

"그것 참 괴이하다. 어디서 무슨 소리가……. 응, 정녕 빈방 안에서 나온 말인데……."

하며 사랑 옆에 있는 빈방 안에 들어가 보니 아무것도 없고 먼지만 가득 찼을 뿐이다.

"이것 참 이상하고도 괴이하다. 아니, 그 허깨비가 난 모양인지? 정녕 이 방 안에서 나온 말소리인데……. 옳지, 옳지. 알 수 있다. 저 열창 문을 넘어서 도망한 모양이군. 창문이 저냥 열려 있고 먼지 위에 발자취 있는 것을 보니. 그런데 어떠한 사람이 빈방 안에 숨어 있어? 그것 무슨 일이여? 그 참 알다가도 모를 일이로군."

혼자 말하면서 돌탄하다가 사랑방으로 들어가니 부인과서 참봉, 조 참위는 골패를 하느라고 잠심하였다.[79] 그중에서 참봉은 한 승지를 쳐다보고

"영감, 어디 가셨다 오시오? 또 아씨 방에 갔다 오시지 않았습니까?"

"아니요, 뒷간에 갔다 와요."

"뒷간에 갔다 와요?"

"그 뒷간에서 매우 오래 있었습니다, 아하하하. 그러나 시

79) 잠심(潛心)하다: 어떤 일에 마음을 두어 깊이 생각하다.

방 부인께서 대승하신 모양입니다. 나는 아주 콧물을 흘리고 못 할 지경이에요. 자, 내 패 보시고 훈수나 한번 해 주시구려."

이때 부인은 패쪽을 떼 바닥을 살피면서 웃으며 하는 말로

"아무리 훈수를 하더라도 안 될 것이오. 나를 정 남작같이 알고 속여 먹지는 못할걸, 아하하하."

손 위에 앉은 조 참위 말을 따라

"아, 참, 정 남작이라니 말이지. 일반이 다 알듯이 정 남작 살해된 날인즉 토요일 간친회에서 돌아가던 길에서 당했다고 모두 말을 한다지요."(18일 토요일에 서 참봉의 주최로 이 협판 집에서 개최한 간친회)

서 참봉이 얼른 말을 받아

"그런데 내가 이제 생각하니 후회되는 일은 다름 아니라, 그날 밤에 내가 정 남작을 데리고 같이 그 본집까지 갔더라면 그런 변은 없을 것인데……."

조 참위 또 말을 따라

"옳지, 그래. 그때 서 참봉과 나는 먼저 돌아갔지. 그때 그 집까지 동행만 하였으면 아무 일이 없을 것을……."

서 "그런데 정 남작을 살해한 범인은 계집이라 하는 풍설이 자자하니, 그는 정 남작 손에 머리카락을 한 줌 쥐었다고 하는 말이오."

조 "그 머리카락은 세 가닥이 난 녹발인데, 그런 머리털은 별로 흔치 않다던가."

서 "그렇다 합디다."

조 "어찌해서 계집에게 살해를 당했다 말이여."

서 "필시 간음에 관계된 일이겠지요."

조 "정 남작이라면 유명한 호색가니까 그런 관계인 듯하지마는 계집의 몸으로 살인죄를 범할 지경이 되었으니, 아마 적지 않은 관계가 있었던 것이지."

하는 조 참위의 말이 미처 마치지 못하여 뜻밖에

"아, 그것은 당연한 말씀······. 그 원인은 어머님의 협박을 피치 못한 관계로······."

하는 큰 목소리가 창밖에서 들리는데 방 안에 있는 사람은 모두 크게 놀라서 창문을 열고 보니 인적이 고요하고 창량한 달빛에 소쇄한 오동나무 그림자, 찬바람에 부석부석하는 지엽뿐이다. 이상하고 기이하다. 금방 말소리가 났는데 사람은 보이지 아니하니 그중 부인이 더욱 놀라는 듯 골패를 던지고 정신없이 앉았는데, 한 승지 역시 놀란 기색으로

"아, 그 참 이상한 일이여. 아까 나올 때에 저쪽 빈방 안에서 이상한 말소리가 들리더니 시방 이 문밖에서 또 무슨 말이 들리니 그 알 수 없는 일이여."

이 말을 듣더니 모두 서로 얼굴만 쳐다보며

"아마 수상한 사람이 집 안에 잠복한 모양이여. 그 온, 별일이로군."

서로 얼굴만 쳐다보고 망연히 앉았다. 시방 창밖에서 말하던 사람은 다른 사람이 아니라, 숙자를 체포하기 위하여

고심하는 형사 순사 방규일이다. 그러나 아까 한 승지의 말 끝에

"흥, 그 말은 감사하오. 좌우간 사실은 아는 듯……."

이라고 말하던 사람은 알지 못하니 궁금하다.

남산공원의 울울총총한 나뭇잎은 서리에 물들어 푸르고 누르며 붉은빛은 아침 날에 비쳐 진실로 2~3월의 고운 꽃같이 찬란하고 선명한데, 이날 아침부터 빈 공원 속에 어떤 사람이 혼자 공중의자에서 두 코에 화통같이 연기를 내고 궐련을 한껍에 달아 피우면서 사방을 살피고 앉았는데, 이는 곧 근일 범죄인 포박하기에 고심하고 돌아다니는 방 순사이다. 이날도 역시 아침부터 이숙자를 체포할 계책으로 잠시 동안 공원에서 휴게하는 중 오늘은 실수 없이 실행할 방법을 생각한다.

"아, 어제는 내가 김 씨 부인에게 속았다 말이여. 그는 처음이라 알고도 속는 것이지마는 이제는 두 번이나 속을 리가 없다 그런 말이여. 그렇지마는 숙자 같은 규수로서 그 같은 큰 죄를 범하게 함은 전혀 그 어머니 되는 김 씨 부인의 어질지 못한 결과라 모자간의 애정으로 그와 같이 아니하더라도 좋을 것인데 알 수 없는 일이로군."

무심하게 혼자서 말할 때에 뜻밖에 어디서

"그러면 이숙자의 범죄는 전혀 그 어머니가 잘못한 결과인가?"

윤 순사가 홀연 나타난다. 깜짝 놀라면서도 겉으로는 천

연하게

"아, 윤 순사. 어디서 오는가?"

"방금 들어오는 길이여. 대단 급작시리 하는 말이다마는 이 협판 부인이 잘못한 결과로 숙자가 범죄를 했다는 사실을 조금 자세하게 말을 하게."

"그 말은 매우 장황하니 경찰서로 돌아가서 천천히 들어보게."

"차라리 이곳이 조용치 않은가."

"그러면 말을 할 터이니 자세히 들어보게. 이 말을 들으면 자네도 확실하게 의심을 파하고 정녕코 이숙자가 범죄 한 사실이 상위[80] 없는 줄 생각할 것이여. 다름이 아니라 지나간 18일 토요일인즉 정 남작이 살해된 그날인데, 그날 저, 그 왜 일전에도 말했지. 하교 사는 서 참봉인가 그자 말일세. 그자의 발기로 이 협판 집 사랑에서 간친회를 개최하였다네그려. 그런데 그날 내빈 중에는 정 남작도 참예하였는데, 아주 성대한 연회로 배반[81]이 자자하게 잘 놀았다는데, 그 간친회인즉 근본 교제상 우의 간친회를 위한 것이 아니라, 그 내실인즉 이숙자로 하여금 정 남작에게 보이기 위함이라 쉽게 말할 것 같으면 곧 신랑 신부의 선보는 모양이라 정 남작은 이숙자를 보고 당장에 마음이 취하도록 정신이 황홀하여 곧 숙자에게 장가들 생각으로 그 어머니 된 김 씨

80) 상위(相違): 서로 달라서 어긋남.
81) 배반(杯盤): 술상에 차려 놓은 그릇. 또는 거기에 담긴 음식

부인에게 청한즉 부인 역시 매우 기쁜 말로 감사하다고 치사하고 급히 숙자에게 가서 하는 말이 "정 남작께서 너를 매우 칭찬하시고 너를 부인을 삼고자 하니 우리같이 고독 무색하고 겸해서 과부의 딸에게 저 같은 귀족으로 장가오기를 청하니 이런 감사한 일이 또 있겠느냐. 너도 그 댁으로 시집가는 것이 큰 행복이 아니냐."고 말한즉 숙자는 불쾌한 모양으로, "저는 결코 정 남작 같은 양반에게는 시집가지 아니하겠으니 그런 말씀은 다시 저에게 하지 마시오." 박절한 말로 여지없이 거절하는지라 부인은 당장에 화증을 와락 내어, "너는 네 마음대로만 한다 말이냐. 나도 내 생각대로 할 터이니……. 인제 몇 살 되지 않는 계집아이가……." 강제로 말하니 숙자는 구곡간장에 가득한 원망이라 두 눈에 솟아나온 눈물을 금치 못하고 악증에 받쳐 모친의 두려움을 잊어버리고 부인을 쳐다보며 느끼는 말로, "이 세상 다른 어머니들은 그 자식을 사랑하여 설혹 자기가 비상한 곤란을 당할지라도 으레 자식을 위하고 자식의 마음을 기쁘게 하건마는 어찌해서 어머님은 돈에만 눈을 뜨고 자식의 장래를 못되게 지시를 하시니 어머님의 일신상에만 이로운 일이면 자식의 신세는 조금도 생각지 아니하고 강제로 명령을 하시니 세상의 다른 사람의 어머니와는 아주 반대로 생각하십니다. 자식으로서 어머니의 앞에서 이런 불공한 말을 드리면 그 죄를 면치 못할 줄은 알지요마는 어린 생각에 하도 답답하고 애달파서 하는 말씀입니다." 아주 냉랭하게 거절하니 부인도 하는 수 없이 사랑에 기다리는 정 남작에게로 나가더니 한 시간이나 지난 후에 다시 숙자의 방으로 들어오는데, 얼굴빛이 푸르락희락 하면서 매우 황황급급하여 어찌할 줄을 모르는 듯, 무슨 큰일이 뜻밖에 난 듯(부인의 황급한 모양은 독자의 의심하는 곳) 숙자 앞에 와락 주저앉으며 근근 마음을 진정하여 하는 말이, "이 애야, 자식이 어머니 말을 듣지 아니하는 법이 없으니 싫어하든 좋아하든 정 남작에게 시집가려무나. 네가 정 남작의 부인이 될 것 같으면 나는 네 덕으로 노래[82]에 무궁한 낙이 될 것이 아니냐. 그리해도 네가 시집을 가지 아니할 것 같으면 나는 이 세상에 아무 낙이 없을 것이니 차라리 당장 네 앞에서 자살을 하고 말 터이여." 하면서 품에서 단도를 집어내어 자기의 목을 찌르려고 하였다네?"

"응, 그래서?"

하며 윤 순사는 눈이 둥그렇다. 방 순사는 다시 말을 달아

"그러니 아무리 마음에야 싫다 하더라도 모자의 사이라 이 광경을 보는 숙자는 부인의 손을 잡고 급한 말로 부지중 "아이고, 어머님. 진정하시오. 그러면 어머님 하라는 말씀대로 정 남작에게 시집가겠습니다."라고 말을 하고 부인의 자살을 만류하였다네그려. 그러니 숙자가 말로만 시집가겠다고 했더라도 참으로 마음에서 생긴 말이 아니라, 그 모친의 자살을 만류함에 지나지 아니한 말이지마는 어느 때라도

82) 노래(老來): '늘그막'을 점잖게 이르는 말

정 남작에게 시집가지 아니할 것 같으면 자기 모친은 자살을 할 터이요 또 정 남작의 부인이 될 마음은 정말 꿈에도 없는 일이다. 그런데 여자의 편벽한 생각에 이리할까, 저리할까 생각하다가 필경은 악한 계책이 생겨나서 정 남작을 죽인 것인 줄 내가 생각하는 것이여."

장황한 말을 구변 좋게 자기가 현장에서 본 것같이 역력하게 말을 하니 이 말을 들은 윤 순사는 웃으면서

"자네, 그 말을 누구에게 들었단 말인가?"

"그저께 어떤 사람에게 들었단 말이여."

"그는 자네가 들은 말도 있겠고 또 억양으로 추측하는 말도 있지마는 정 남작이 숙자를 다른 곳에서 보았는지는 모르지만 그날 밤에 직접 숙자가 선을 보이지 아니할 것 같은 걸. 그러나 어떤 사람에게 들었단 말인가, 응? 그 사람을 조금 알았으면……."

"동료 간에 불안하지만 그 사람은 현금간 나타내지 못하겠는걸, 하하. 응."

하면서 고개만 꺼덕꺼덕 무엇을 짐작한 듯한 윤 순사는 혼잣말로

"세상에 외모만 보고는 사람을 알 수 없는 것이다. 이 협판 집 부인이 그렇게 의리 없고 못된 줄은 일쩍 요량을 못했다 말이여."

하면서 뉘우치는 모양 같다.

단풍나무 그늘은 점점 옮아 들고 때는 정오가 되어 가는

106

데, 윤, 방 두 순사는 공원을 나와 경찰서로 돌아가는 길이
다. 이때 길가에 어떤 사람이 엎어져 누웠는데, 이 사람은 남
산공원지기 이삼팔이다. 전간증[83])으로 졸도한 것같이 정신
이 혼미하게 드러누웠는데, 이곳은 사람의 왕래가 별로 빈
번한 곳도 아니요 또 혹시 지나는 사람이 있었더라도 그냥
못 본 체하고 지나가는데, 방, 윤 두 순사는 원래 탐정하는
순사의 직책일 뿐 아니라, 공원지기 이삼팔은 전부터 안면
이 익은 터이라 그냥 보고 지나갈 수 없는 고로 여러 가지 응
급수술을 행한즉 점점 회생하여 정신을 차려 두 순사를 보
더니

"아, 나리 두 분······. 저는 누구신지 몰랐습니다. 그런데
저는 저 진곡에 무슨 물건을 사러 가다가 길가에서 어떤 말
이 한 마리 뛰어나오는데, 그 말 발에 채어 정말 죽은 줄 생
각하였습니다."

방 순사는 말을 듣고 놀라는 모양으로

"하하, 나는 무슨 병이 급증으로 발해서 욕을 보는가 하였
더니 그 큰일이 날 뻔하였구려."

"네, 정말 죽을 뻔하였습니다."

하면서 두 순사의 얼굴을 쳐다보더니 깜짝 놀라는 듯

"아, 나리 두 분께서 그저께 공원에 살인이 났을 때 검시하
러 오셨지요? 제가 그때 살옥[84]) 났다고 경찰서에 통기한 공

---

83) 전간증(癲癇症): '뇌전증'의 전 용어
84) 살옥(殺獄): 조선 시대에 살인 사건에 대한 옥사(獄事)를 이르던 말

원지기올시다."

"응, 네가 공원지기인 줄 우리도 벌써 알고 있다 말이여. 그러므로 시방 너를 살린 것이 아니냐."

"네, 참 고맙습니다. 제가 공원지기로 7~8년 있었으니 아마 아시기 쉽지요."

윤 순사는 듣다가 말을 따라

"그런데 그리 아프지는 아니하냐? 만일 걸어가기가 거북할 것 같으면 우리가 집까지 데려다 줄 터이니……."

"네, 대단 감사합니다. 그리해서는 도로 황송하옵니다."

방 순사 다시 말을 달아

"아니, 그리 생각할 것 없어. 걸음을 못 걸을 것 같으면 내가 업고 갈 것이니, 자."

하더니 방 순사는 삼팔을 등에다 업고 다시 공원을 향해 가는데 윤 순사는 뒤를 따라간다.

이삼팔의 집은 공원의 동편 최하단에 있는 두어 간 초옥이라 그 집까지 업고 가서 불결한 돗자리 방 안에 내려놓으니, 삼팔은 이 두 순사의 친절한 구료를 입어 감격함을 이기지 못해서 백번 사례하고

"집은 매우 불결합니다마는 이왕 이까지 오셨으니 담배나 한 대 피우시면 제가 나리 두 분께 여쭐 말씀이 있습니다."

탐정 순사의 호기심에 겸하여 근일은 일이 있는 터이라 할 말이 있다니 얼른 방 순사는

"할 말이 있어? 무슨 말이냐?"

삼팔은 근근이 몸을 고쳐서

"네, 이때까지 별말 할 필요가 없다고 생각하고 잠자코 있었습니다마는 오늘 나리 두 분께서 이렇게 저를 보호해 주시니 그 답례로 제가 말씀을 하겠습니다. 다른 말씀이 아니라 지나간 18일 밤에 이 공원에서 소동 나던 일입니다."

짐작한 두 순사는 18일 공원 소동이라니 벌써 정 남작 살해 사건에 관계된 말인 줄 생각하고

"자, 그러면 방 안에는 들어갈 수 없으니 이 축에 앉아서 조용히 들어볼까?"

하더니 마당에 있는 나무둥치를 가지고 와서 둘이 깔고 앉아 말을 재촉한다. 삼팔은 두 순사를 향하여

"네, 그러면 말을 하겠습니다. 지난 18일 토요일 밤입니다. 보시는 바와 같이 이 불결한 방에 빈대가 어떻게 나오는지 빈대에 뜯겨 잠 한 점 잘 수 없어서 달을 따라 산보 겸해 공원으로 나가 이리저리 배회하는 중 밤은 점점 깊어 가고 아무도 산보하는 사람도 없고 새벽이 가까워 옴에 공기는 서늘하고 벌레 소리는 요란한데, 자연 마음도 궁금한 고로 집에 들어가서 또 빈대와 싸움이나 하여 볼까 하고 막 돌아서서 집을 향하려 하는데, 뒤에서 "여보, 여보." 하고 부르는 소리가 들립니다그려. 그 참 이상하다. 이 깊은 밤에 나를 부를 사람이 뉘가 있나, 하고 그 자리에 발을 멈추고 가만히 서서 본즉 점점 제게로 향해 오는데, 여인의 모양이에요. 그래서 제 마음에는 할멈이 아까 왔다 갔는데, 가다가 무슨 일이

있어 도로 오는가, 하고 본즉 그도 아니요 더욱 이상한 생각으로 이 밤중에 계집이 저를 부를 사람이 없는 터인데, 하고 섰으니 그 계집이 제 앞으로 나와서 저를 가만히 쳐다봅디다. 저 역시 그 괴이한 계집이로군. 어찌해서 나를 자세히 엿보느냐 하는 생각으로 그 계집을 자세히 본즉 얼굴에다 검은 수건을 둘러싸고 남에게 얼굴이 보이지 않게 단속한 고로 어떤 계집인지 알 수 없습디다. 그런데 그 여인은 "아, 내가 헛보았어." 하더니 다시 오던 길로 급히 향해 갑디다. 그제야 저도 하면 그렇지, 이 밤중에 나를 부를 계집은 없는 터이거든 정녕 잘못 본 것이지, 하고 집에 들어갈 양으로 하다가 다시 생각해 본즉 이같이 깊은 밤에 계집의 몸으로 빈 공원에서 사람을 쫓아올 때는 필시 심상치 아니한 일이라 무슨 이상한 원인이 있는 줄 생각하고 그 여인의 뒤를 따라 천천히 나아가니 그 여인은 점점 공원 속으로 들어가는데, 이 늙은것이 걸음을 속히 걸을 수가 없어 중간에 가다가 그만 그 자취를 잃었습니다. 에그, 절통하다. 다시 사람의 그림자를 볼 수 없고 하는 수 없이 집에 돌아오다가 또다시 생각하니 이제 가서 빈대에 잘 자지도 못할 터이니, 그것보다 한 번 더 그 여인을 찾아볼 수밖에……. 정녕코 이 공원 속에 있을 터이지, 하고 가던 길로 다시 돌아서서 본즉 그때 저쪽편 나무 사이에서 "앗!" 하는 소리가 들립니다."

말 듣던 두 순사는 눈이 둥그레져 자리를 당겨 붙이고

"응, 그래서, 그래?"

삼팔은 다시 말을 달아

"소리가 들립니다. 야, 그것 참 괴이한 일이었습니다. 깊은 밤 공원에 사람의 외마디 소리가 들릴 때는 필시 무슨 일이 있는 것이라 좌우간 한번 가서 볼 밖에……. 그래서 그 소리 나는 곳을 향해 가니 그때 나무 사이에 사람 그림자가 얼른얼른하며 떨어진 나뭇잎에 사박사박 발자취 소리 나는 고로 일변은 겁도 나고 일변은 이상한 생각이 있어서 나무 사이에 가만히 숨어 앉아서 본즉 점점 제가 숨어 있는 곳으로 가까이 오더니 "인제야 저만큼 해 두었으니 뒷일이 없을 것이지." 혼자 말하면서 바로 제 앞으로 지나갑니다. 그런데 마음에 잔뜩 무섭기는 한데, 고개를 들어 가만히 본즉 아까 보던 그 계집인데 달빛에 번적번적하는 피 묻은 칼을 옆으로 둘러 잡고……."

"하하, 그래서?"

하면서 두 순사는 들어앉는다. 삼팔은 다시

"칼을 쥐고 사방으로 둘러 살펴보면서 속한 걸음으로 저 한길로 돌아나갑니다. 그러니 그 계집이 확실히 정 남작을 살해한 것이라고 생각하고 진즉 말을 할 터이지만 별로 재미없고 또 부질없다 생각하고 덮어 두었더니 오늘 나리 두 분께 여쭙는 말씀이올시다."

두 순사는 이 장황하고 재미있는 말을 듣더니 윤 순사는 무엇을 생각다가 다시 삼팔을 향하여

"그 여인의 나이가 얼마나 되어 보이더냐?"

"몇 살이나 되었는지 얼굴에 수건을 잔뜩 둘러쌌으니 알
수 없습디다."

"그러면 그 말소리는 늙은 사람의 음성이더냐, 젊은 사람
의 음성이더냐?"

"그렇게 자세히 알 수는 없습디다."

"의복은 어떠한 것을 입었더냐?"

"늙은 눈이 되자니 자세하게는 알 수 없습니다마는 아마
흰옷을 입은 듯한데, 무명인지 비단인지는 알 수 없습디다."

"하하, 그 자세히 좀 알았더라면 좋을 것인데. 무엇 증거
될 거리가 분명치 못하니……. 그것참……."

탄식같이 말을 하니 이때 윤 순사가 삼팔에게 여러 가지
질문하는 것을 먼 귀로 듣고 앉았던 방 순사는 고개를 돌려
윤 순사를 향하여

"윤 순사, 쓸데없이 헛다리를 들고 물을 필요 없지 않은
가. 번연히 알면서 별말 말고 속히 서에 돌아가서 숙자를 체
포할 준비나 할 수밖에……."

기탄없이 말을 하는데, 오포 소리가 꿍 들린다.

방, 윤 두 순사는 삼팔의 집을 나와 바로 경찰서로 향하는
데 중로[85]에서 윤 순사는

"방 순사, 나는 예서 조금 볼 일이 있으니 자네는 먼저 들
어가세."

길을 둘러 종로를 향해 급히 간다. 방 순사는 벌써 짐작하

85) 중로(中路): 오가는 길의 중간

는 일이라 윤 순사의 뒤를 보면서 하는 말이

"오냐, 네가 숙자에게 밀고하러 가지마는 나도 할 도리가 있다 그런 말이여."

그 자리에 걸음을 멈추고 회중에서 호각을 끌어내어 두세 번 높이 부니 그 근방 경라하던[86] 순사가 이삼 인 모여든다.

"아, 방 순사, 무슨 일이여그래."

"여러분, 수고하였습니다. 그런데 이로써 급히 저 대사동으로 건너가 주시오."

"무슨 일이에요?"

"다른 일이 아니라 대사동으로 건너가서 그 이 협판의 집을 멀리 둘러싸서 감시하시되 누구든지 사람 출입을 주의하여 주시오. 그런데 만일 윤 순사가 보이거든 경찰서까지 데리고 오시구려."

"윤 순사를 어찌해서 그렇습니까? 그렇지마는 못 오겠다 하면 그만이지 어떻게 할 수 있소."

"일은 이다음에 말하지요마는 만일 못 오겠다 하거든 서장의 명령이라 하고 기어이 데리고 오시구려. 급하니 속히 가 보시오. 나도 뒤따라 곧 갈 터입니다."

순사 셋이 대사동으로 건너가서 이 협판 집 앞에 이르러 세 군데를 갈라서 망을 보는데, 하마 윤 순사의 그림자가 보일까 하고 사방으로 눈을 돌리고 서서 보는데, 벌써 한 시간이 지났으되 아무 형적이 없어서 세 곳에 나뉘어 있던 순사

86) 경라(警邏)하다: 순찰하며 경계하다.

들은 모두 한곳에 모여서 서로 말을 한다.

"이런 실없는 일은 참 보기가 처음이여."

"글쎄 말일세. 막 다리가 굳어서 작지가 되도록 섰으되 아무 별일 없으니 아주 싱거운 일이여."

"아, 그 사람, 방 순사의 말은 매양 이같이 부실한걸. 접때도 한 번 속았지."

셋이 서로 말씀을 받아 비웃으며 담배를 피우고 섰는데, 이때 방 순사는 경부와 같이 와서 여러 순사를 대하여

"윤 순사가 아직 아니 왔어?"

"여태까지 주의해 보았지마는 당초에 그림자도 보이지 아니해요."

"정녕 오기는 왔을 터인데……."

"그렇지마는 오지 아니하는 데야 하는 수 없지요."

"그 참 이상한 일이여."

하면서 경부와 같이 이 협판 집 대문 안에 들어가니 적적한 빈집에 계집종 하나만 있어 괴이하게 생각하고 그 하인을 대하여 말을 한다.

"나는 어저께 왔던 방 순사라 하는 사람인데 너희 댁 아씨께서 돌아와 계시느냐?"

"돌아오시기는요. 이제 방금 나갔습니다. 아직 돌아오실 때가 멀었습니다."

"아니, 그런 것이 아니라 어제 와서 부인께 말씀을 들으니 안 계신다기로 오늘은 돌아오셨나 하는 것이여. 그러면 돌

아오셨다가 시방 또 나가셨다 그런 말인가?"

"아니요, 나가시기는 오늘 처음 나가셨지요."

방 순사 역시 김 씨 부인에게 알고 속은 일인 고로 여러 말할 것이 없는지라 말을 끊어 다시 묻되

"그러면 어디로 가셨다 말이냐?"

"저, 김 백작 댁으로 가신다던가, 똑똑히 알 수 없습니다."

"누구와 여럿이 가셨느냐, 혼자 가셨느냐?"

"네, 그 저 삼청동 계시는 심미자 아씨와 또 어떤 남자 한 분과 같이 갔습니다."

방 순사는 그 남자 하나는 누구인 줄 짐작하는 듯

"응, 옳지, 옳지."

하면서 다시 말을 연하여

"무슨 일로 가셨는지 모르지?"

"네, 그는 알 수 없습니다."

"그런데 부인께서는 어디로 가셨는가?"

"알 수 없습니다. 부인께서 아씨보다 먼저 나가셨습니다."

방 순사는 경부와 같이 돌아 나와 문전에서 감시하던 세 순사를 대하여

"내가 오기 전에 이 집에서 남자 하나와 여학생 둘이 나오는 것을 보지 못하였소?"

"우리는 못 보았어요."

"그것도 별일이여. 그 하인까지도 나를 속이지 아니하냐. 그러나 그 하인은 천진으로 생겨서 남을 속이지 아니할 것

같은걸."

하면서 돌돌[87]이 탄식한다.

그것은 멀리서 감시하던 세 순사와 이 협판 집 하인이 방순사를 속이는 것이 아니라, 이숙자, 심미자 또 어떤 남자가 이 협판 집을 나올 때에 그 정문으로 바로 나오지 않고 그 집 뒤의 비상문으로 나와서 옆길로 나갔으니 그 순사들이 진실로 보지 못했을 터이다.

말쑥한 푸른 공중에 한 점 구름이 없이 봄날같이 온화하더니 오후가 되면서 점점 서늘한 바람이 일고 수천 마리 떼를 모아 늦은 날빛을 등지고 북악산 붉은 나뭇잎에 검은빛을 뒤치는 갈까마귀는 펄펄 날아 지지 운다. 사직동 안 막창에 꽃다운 단풍잎이 은영한 속에 순양제로 지은 이층 별당이 화려하게 솟아 있고 앞으로는 조선 구제로 굉장한 와가[88] 네다섯 채가 벌렸는데, 그 외모만 보아도 당시 권세가 등등한 재상의 제택이 분명하다. 때는 오후 3시가량이나 되었는데, 이 집 솟을대문 밖에 주저주저하는 사람은 남부경찰서 방 순사와 이 경부 두 사람이다. 이 두 사람은 대사동 이 협판 집 하인에게 말을 듣고 여러 순사를 경찰서로 도로 보내고 바로 숙자를 추종하여 이까지 오기는 하였으되 또 달리 생각하는 일이 있던지, 그냥 집 안에 들어가서 체포치 못하고 문전에서 주저하며 서로 말을 한다.

87) 돌돌(咄咄): 뜻밖의 일에 놀라 지르는 소리
88) 와가(瓦家): 지붕을 기와로 인 집

116

경부 "이숙자가 김 백작 집과 교제하기는 참 뜻밖이여. 그 두 집 사이로 말하면 아주 소양의 차등[89]이 있는 터인데……."

방 "글쎄 말씀이올시다. 아마 무엇 믿는 곳이 있기에 이 협판 집 부인이 큰소리를 하는 것이지요."

경부 "그까짓 큰소리야 쓸데없지마는 만약 우리가 시방 서툴게 일을 행하다가 김 백작께서 감정이나 두실 것 같으면 뒷날 우리 몸에 어떠한 영향이 미칠는지도 알 수 없는걸."

방 "그리 말씀하시니 참 그럴듯합니다. 잘못하다가는 공연히 우리만 당할는지도 알 수 없으니 좌우간 오늘은 그만두고 시방 경찰서로 돌아가서 서장께도 말씀하고 좋은 방침을 정해서 다음날 다시 오기로 합시다."

경부 "그래, 그리할 수밖에."

둘이서 말하더니 실망한 기색으로 돌아 나간다. 이때 이 집 후원 별당 이층 다락 위에서 저 두 사람의 돌아가는 뒤를 내려다보고 냉소하는 사람은 남자가 하나요 규수가 셋이다. 그 규수는 이숙자와 심미자와 김 백작의 영양 숙경이요 남자는 윤 순사이다. 그 다락 위에 같이 있는 것은 별일인 듯싶지마는 원래 윤 순사는 친구 권중식의 부탁으로 숙자를 일심 보호하는 터인데, 이날 오전 남산공원에서 이삼팔의 말을 듣고 경찰서로 가는 길에 방 순사를 떠나서 곧 이 협

---

89) 소양지차(霄壤之差): 하늘과 땅 사이의 차이라는 뜻으로, 사물들이 서로 엄청나게 다름을 이르는 말

판 집으로 가서 숙자를 대하여 공원에서 들은 두 사람의 말을 낱낱이 다 할 때에, 마침 심미자가 숙자를 찾아왔다가 역시 이 말을 듣고 무한한 동정으로 여러 가지 걱정이며 의논을 하다가

"김숙경과 우리 둘 사이로 말하면 친형제와 다름없는 터이요 또 숙경의 아버님은 세력이 제일 장하신 터이니 이 사실을 말씀하고 무슨 계책을 물어보는 것이 좋을 듯하니 좌우간 우리 숙경의 집을 속히 가는 것이 좋지 않겠느냐."

하는 의논이 합해서 셋이 한양 김 백작 댁으로 온 터이다. 그런데 마침 김 백작은 시골로 여행하고 안 계시는데 숙경에게 이 사실을 설명하니 숙경은 크게 놀라며 애절한 생각으로 동정의 깊은 눈물을 머금고 숙자를 위로하면서 한편으로 윤 순사의 호의를 무한히 칭찬하고 혹시 별안간에 무슨 변이 뜻밖에 생길는지 염려하여 윤 순사를 속히 돌아가지 못하도록 만류한 것이다.

문전에 방황하다가 돌아가는 사람이 이 경부와 방 순사인 줄 알고 숙자는 묵묵하게 앉았는데, 심미자는 다시 윤 순사를 향하여

"순사 경부가 어찌해서 왔다 갑니까?"

"그는 물으실 것도 없이 숙자 아씨의 뒤를 쫓아온 것이올시다."

"왔으면 집 안에 들어오지 않고 그냥 다시 돌아가니 우습지 않습니까."

"집 안에 들어올 생각이야 많이 있었겠지요마는 자연히 뒤가 땅겨 감히 들어오지 못한 것이지요."

이 둘의 말을 듣던 숙경은 애연한 모양으로

"숙자는 정말 민망하고 가엾다 말씀이에요. 규중처자로 우리 동류끼리 서로 찾는 것은 정한 일이지만 남자가 찾아다닌다면 설혹 좋은 일이라도 듣기 서투른 일인데, 하물며 경찰서 형사 순사가 뒤를 따른다 해서는 참 겁도 날뿐더러 분하기가 비할 데 없습니다."

미자 또한 같은 어조로

"그렇고말고. 이것이 참으로 사람의 액운이에요."

두 영양의 동정의 말을 듣더니 숙자는 얼굴빛을 고쳐서 말을 한다.

"마음에 조금도 생각 없는 일이요 또 내가 행치 아니한 일이라 그로만 믿고 여사로 지나지마는 저런 것을 보든지, 또 무슨 말이라도 들을 때 난 정말 겁이 나서 견딜 수 없어서⋯⋯."

하며 말끝이 점점 사라진다. 숙자의 말을 듣고 그 모양을 보는 숙경 역시 억색하여 근근이 하는 말로

"숙자, 그러나 아무쪼록 마음을 크게 먹고 걱정하지 마. 내가 있으니 아버지께서 일간 돌아오시면 뒷일이 없도록 할 터이니⋯⋯."

"그래, 참 숙경의 말과 같이 나도 그로만 믿고 안심하니 숙자도 너무 걱정 말게."

하면서 숙자를 향하는 미자는 순순하고 친절한 모양이다.

숙경은 다시 말을 달아 은근하고 다정한 기색으로 숙자를 향하여

"그런데 아버지께서 알았으면 별일 없게끔 하실 줄은 내가 미리 요량하는 터이니. 숙자, 아버지 오실 때까지 다른 데가지 말고 내 집에서 나와 같이 있는 것이 좋을 줄 생각하니부디 별생각 말고 그리하자꾸나, 응? 미자 너도 가지 말고 우리 이야기나 하고 같이 있자, 응?"

미자 얼른 말을 받아

"오, 참 그래. 그리하다 뿐이여. 그것 잘 생각한 일이로군. 숙자도 부디……."

"대단 감사하다. 그까지 생각하여 주니……."

하며 숙자는 고개를 숙이고 헐헐 느끼기만 하고 능히 말을 못한다.

세 영양의 말을 듣고 앉았던 윤 순사는 몸을 고쳐 앉으며 숙경을 대하여

"그와 같이 생각하시니 대단 감사합니다. 그렇게만 되면숙자 아씨께서 불의의 환란은 우선 면할 것이니 저도 이로써 안심하겠습니다."

하고 돌아가기를 고하니 세 영양이 함께 나서서 보내는데, 숙자는 눈물을 거두고 애연한 목소리로

"무슨 일이든지 때때로 와서 말씀해 주시고 또 안동 권 학사에게 편지 한 장……."

목이 막혀 말을 다 못 하고 눈물만 떨구니 윤 순사는 쾌한 대답으로

"네, 안동에 편지는 벌써 했습니다."

하고 돌아서고 숙경과 미자는 이로부터 숙자를 위로하는 것이 한 일이 되었다.

이날은 26일 일요일이라 때는 석양이 되어 떨어진 안개는 고운 단풍잎 사이에 흐르는 듯 경색이 창량한 남산공원 동편으로 저녁 빛살이 따뜻한 곳에서 어떤 한 사십여 세나 된 장대한 남자와 한 이십쯤 된 여자가 공중의자에 걸쳐 앉아서 무슨 말을 하는 중이다. 그 남자는 조명중이라는 사람인데, 일반이 부르기는 조 참위라 하며 경성 내의 유명한 건달 신사로 모르는 사람이 없는 터인데, 곧 전에 등장한 이 협판 집에서 그 부인과 한 승지 동열과 서 참봉 우현과 골패 노름 하던 조 참위인 줄 알 것이다. 또 그 여자는 이 협판 집 계집종 옥매이다. 옥매는 이날 무슨 심부름 갔다가 돌아오는 길에 남산정 부근에서 조 참위를 만났는데, 조 참위는 무슨 긴급하게 물어볼 일이 있다고 꾀어서 공원까지 데리고 와서 무슨 수작을 붙이는지?

옥매는 마음이 바쁜 모양으로, 조 참위에게

"속히 말씀을 하시지요. 때가 벌써 늦어 가니."

조 참위는 웃으면서

"왜 그리 급하게 날뛰느냐. 모처럼 조용히 만났으니 천천히 이야기나 하고 놀다 가는 것이 좋지 않으냐. 너를 보니 홀

연히 할 말도 잊어버렸다 말이여, 하하."

"그러면 저는 가겠습니다. 공연히 별반 하실 말씀도 없이
사람을……."

하면서 일어서니 조 참위는 다시 옷깃을 잡고

"앉아, 앉아. 조금. 내 곧 말할 터이니. 무엇 그리 급한 일
이 있느냐."

옥매는 부득이하여 다시 앉으면서

"노마님께서 꾸중하시지 않습니까."

"자, 그러면 말을 할 터이니, 네게 조금 물어 볼 일은 다른
말이 아니라, 네 댁 아씨께서는 무슨 일로써 사직동 김 백작
댁에 가서 있는 지가 벌써 일주일이나 다 되었는데 돌아오
지 아니하느냐, 응? 소문을 들으니 경찰서에 잡혀갈까 염려
해서 그 댁으로 피해 가 숨어 있다던데, 그것이 참말이냐?"

"아이고, 참. 그런 재미없는 일을 물어보시겠다, 그런 말
씀이오? 나는 짐작하기로 무슨 다른 말씀이나 하실 줄 알았
더니……."

"다른 말이라니, 무슨 말이여?"

"짐작도 매우 없습니다그려. 그러면 제가 먼저 말씀을 하
겠습니다. 저, 그, 저, 아, 참, 부끄러워서……."

"그래, 무슨 다른 말이여?"

"네, 저, 영감께서 제 마음이 어떠한가, 그것이나 물으실
줄 알았습니다."

하면서 얼굴에 붉은빛을 띤다.

"네 마음을 묻다니, 네 마음을 어째, 응?"

"아하하하하, 참 요량도 아주 못하십니다그려."

"아니, 무슨 말을 하는지 당초에 알 수 없다 말이여. 그러나 그런 말은 뒤에 하고 우선 내가 묻는 말부터 먼저 대답할 것 같으면 다음 할 말은 따로 많이 있다 그런 말이여."

"네, 그러면 우리 아씨께서 김 백작 댁에 가 계시는 일은 다른 사람의 말과 같이 경찰서에 잡혀갈까 염려해서 잠시 피해 계시는 것입니다. 아씨께서 만약 그 댁으로 가시지 아니했더라면 벌써 경찰서로 잡혀가서 어두운 옥방에 갇혀서 크게 고생하실 것이에요. 아무리 순사가 무섭다 하더라도 그 댁에는 마음대로 들어가서 잡지 못한다 그럽디다. 그러니 시방이라도 만일 우리 댁으로 돌아만 오시면 불문곡직하고 당장에 곧 잡아간다 그런 말이 있습니다."

"흐흥, 그런데 정 남작이 네 댁 아씨의 머리카락을 한 줌 쥐고 죽었다 하는 말은 참말이냐?"

"네, 그렇다 합디다."

"그럴 것 같으면 정 남작을 죽이기도 네 댁 아씨가 행한 일인지 알 수 없군."

"그것은 참으로 거짓 말씀입니다. 우리 아씨같이 고운 마음으로 사람을 죽일 리가 만무한 일이지요."

"그렇지만 현재 증거가 분명하지 않느냐 말이여. 그리고 부인께서 아씨에게 말하기로, 정 남작에게 시집을 가지 아니하면 부인이 자살하겠다고 위협을 했기 때문에 숙자가 정

남작을 죽일 마음이 생겨난 것이라고 사람마다 말을 하는
터인데, 그것이 정녕코 아씨의 살인한 원인, 곧 법률로 말하
면 범죄의 동기라고 할 것이니 내 생각으로도 정 남작은 숙
자가 살해한 바로 주장한다 말이여."

옥매는 그 말에 놀라면서 변색하여

"아무리 당신은 그리 말씀하더라도 저는 알기로 쥐가 괴
90)를 잡는 세음이지, 우리 아씨께서 정 남작을 죽였다 하는
말은 신용할 수 없습니다. 불원간에 정당한 증거가 발현이
되어서 우리 아씨께서 변명될 줄 생각합니다."

조 참위는 비웃는 듯 또 무슨 의미가 있는 듯한 모양으로

"그것은 어찌해서 하는 말이여?"

"불일간에 우리 아씨를 보호해 줄 사람이 서울로 올라올
것입니다."

"보호해 줄 사람은 누구 말이냐?"

"그는 별사람이 아니라, 안동 권 주사 나리께서 경상도 대
구 감영서 제일 유명한 탐정 김응록이라던가 하는 사람을
데리고 2~3일 내로 상경하겠다고 어제 전보가 왔습니다.
그런데 그 탐정은 대구 감영서뿐 아니라 조선 제일이라 합
디다."

"응, 그 사람은 벌써 탐정으로는 유명한 줄 알지마는 권중
식이가 이 사실을 어찌 알았단 말이냐."

"알기만 할 뿐이에요."

90) (일부 속담에 쓰여) '고양이'를 이르는 말

옥매의 말을 듣더니 조 참위는 홀연히 무엇을 짐작한 것 같이 혼자 생각으로, 권중식이가 어찌해서 정 남작 살해 사건에 숙자가 혐의를 입었다는 사실을 알았는지 이상하게 생각하여 잠시 동안 묵묵하게 앉았는데, 옥매는 다시 말을 연해 한다.

"그런데 권 주사 나리께서 이 사실을 아시는 것은 윤 순사 나리가 편지로서 통지한 까닭입니다."

이 원인을 몰라서 만연하게[91] 앉았던 조 참위는

"옳지, 옳지. 윤 순사. 내가 잊었다. 응, 그러면 알았어. 나는 뉘가 기별한 것이냐, 하고 생각했더니. 그렇지마는 옥매, 설혹 권중식이가 일등 탐정을 데리고 온다 하더라도 숙자를 아주 무죄한 사람으로 발명하기는 도저히 어려운 일이여. 그러니 그보다 차라리 숙자의 송장이나 묻을 곳을 정해 두고 장사할 준비나 일쩍 하는 것이 좋을걸."

옥매는 졸연히 얼굴이 변하여 크게 성을 내어 하는 말이

"영감께서는 우리 아씨와 이왕부터 무슨 큰 혐의 된 일이 있었습니까? 어찌해서 우리 아씨를 그렇게 못 좋아하시며 또 차마 하시지 못할 그런 흉참한 말을 하십니까. 우리 아씨가 참으로 살인 정범이 되어서 곧 사형에 처하기를 원하고 바라는 것입니까?"

"아니, 내가 그것을 원하고 바랄 리야 없지마는 요새 일을 말하면 증거가 분명한 이상에야 하는 수가 없다, 그런 말이

91) 만연(漫然)하다: 어떤 목적이 없이 되는 대로 하는 태도가 있다.

여."

"그럴 리는 만무하지요."

"너는 그러면 무슨 증거로 곧 그럴 리가 없다고만 한다 말이냐?"

"아까도 한 말씀과 같이 우리 아써같이 심약하고 요조한 이가 사람을 죽였다 하면 저기서 우는 까마귀가 웃을 일이지요."

"무슨 정신없는 소리를 하느냐. 그만한 사유로서는 도저히 무죄로 변명할 것이 못 되고 그는 한갓 네 생각일 뿐이여. 외면은 보살 같고 내심은 칼날이라 하는 말은 옛날부터 있는 불경이여. 남녀 간에 큰 죄악을 범하는 사람은 도리어 남 보기는 침잠한 듯한 사람이 많고 또 원래로 절색 미인이 살기가 많다 함은 헛말이 아니여."

"그러면 당신은 어디까지라도 우리 아써를 죄인으로만 인정하신다 말이지요."

"시방 형편으로 말하면 숙자를 죄인으로 간주한다 그런 말이여."

옥매는 조 참위가 어디까지 그 아써를 죄인으로 인정한다는 말에 더욱 노여워하여 불순한 언사로

"저는 이때까지 영감께서 그렇지 아니한 줄 알았더니 시방 말씀을 들으니 아주 넉넉지 못합니다. 영감으로 말씀할 것 같으면 이리도 궁글궁글, 저리도 궁글궁글 사람이 차는 대로 구르는 '다마'[92]같이 일정한 마음이 없고 남의 말대로

만 쫓아가는 모양이올시다그려. 저는 당신과 같이 좋은 일만 하시는 어른에게 갈 마음은……."

그 자리에 급히 일어나서 그냥 돌아간다. 조 참위는 불의에 옥매에게 이와 같이 대무안을 당하고 마음이 크게 분노하여

"아, 저 망할, 요망한 계집아이. 그 오늘 큰 봉변이로군."

혼자 말할 때에 뒤에서

"그것은 자네가 잘못한 일. 숙자를 죄인으로 인정함은 자네의 오해."

고성으로 말하며 나오는데, 조 참위는 놀라서 돌아보니 별사람이 아니라 곧 한 승지라 웃으면서

"아, 영감, 어쩐 일이오? 나는 누구라고. 다른 사람의 말 같으면 혹 신용할 수도 있지마는 한 승지의 말이라면 결코 신용할 수 없어요."

"왜 그려, 응? 왜 내 말을 신용할 수 없다 말이여?"

하면서 조 참위를 마주 향해 앉는다.

"아니, 다른 일 같으면 영감 말을 신용 아니 할 수 없지마는, 영감이 지극하게 친애하는 숙자의 일인즉 아, 물론 영감은 거짓말을 해 가면서도 숙자를 위해서 변명할 터이지."

"허허, 아닐세. 그것도 그전 같으면 자네 말이 무괴하지마는[93] 시방 와서는 조금도 생각할 것 없다 그런 말이여. 왜

92) 다마(たま[玉]): 유리나 사기 따위로 둥글게 만든 놀이 기구를 뜻하는 일본어
93) 무괴(無怪)하다: 괴이할 것이 없다.

그러냐 하면 자네가 알듯이 일전 이 협판 집에서 골패하던 그날 밤에 나 혼자 숙자에게 갔다가 큰 무안을 당하고 나오지 않았더냐. 그 뒤로는 나도 아주 영영 단념하고 그 후로는 저는 저요, 나는 나라고까지 말을 한 터인데, 이제 다시 숙자를 위해서 거짓말을 할 필요가 없다 말이여그려. 그렇지마는 금번 이 사건에 대해서는 실상 숙자가 애매하다 말이여. 그 진정 범죄자는 내가 알고 숙자에게 알게 할 생각으로 있었더니 저가 나를 어디까지라도 배척하고 싫어하는 경우에야 내가 부질없이 무엇 정답게 일러 줄 재미가 없어서 그만두었지마는 실상 숙자가 억울하다 말이여."

조 참위는 이 말을 들으매 자기의 추상과 아주 다른 별말이라 한편 이상하고 괴이한 생각으로 한 승지의 앞으로 들어앉으면서

"아니, 그러면 진정한 범죄인은 누구라 말이오?"

한 승지는 웃으면서

"비밀한 터인데. 그렇지만 자네에게야 말을 아니 할 수 있느냐. 꼭 자네 혼자만 알고 있어야지."

"아무려면 내가 이렇게 중대한 사건의 비밀을 누설할 필요가 있느냐 말씀이오."

저녁 날빛은 벌써 서산에 넘어가고 먼 곳의 사람이 자세히 보이지 아니한 황혼 시경이라 찍찍하는 찬 벌레 소리는 돌아가기를 재촉하는데, 조 참위는 호기심에 실지 범인을 알고자 한 승지에게 말하기를 재촉하는데, 이때 한 승지는 조

참위를 향하여

"꼭 비밀을 지켜야지, 비밀을. 응?"

"아무렴, 염려 말라니 왜 그려."

"자, 그러면 말할 터이니 그 실지상 정 남작을 살해한 범인은 다른 사람이 아니라, 그 참 이상하지. 그, 저……."

하며 뒷말을 달아내려고 할 때에 뜻밖에 따딱 하는 단총 소리가 공원 일부를 진동한다. 조 참위는 깜짝 놀라 의자에 떨어져서 근근 정신을 차려 보니 한 승지는 앉은 자리에 그냥 엎어졌는데, 다시 몸을 움직이지 못한다. 다시 뒤를 보니 어두워서 자세히 보이지는 아니하되 나무 사이로 흰 사람이 얼른얼른 달아난다. 혼이 나고 넋이 깨도록 놀란 조 참위는 한 승지를 안아 일으키려니 흉복에서 더운 피가 솟아남에

"아!"

하면서 더욱 놀라 한 승지를 부르되 종시 대답이 없는지라 그냥 흉복을 움켜쥐고 안고 정신없이 어찌할 줄 모르고 황황하는 중이다.

이때 총소리를 들은 행순하던 순사들은 암등을 들고 공원으로 들어와서 조 참위가 한 승지를 안고 있는 곳으로 향해 오더니 암등을 번쩍 들면서 조 참위를 대하여

"어떤 사람이여! 어찌 된 일이냐 말이여!"

조 참위는 황황거리면서

"시방 친구가 총을 맞아 죽었는데 이, 이 지경이올시다."

"응, 총을 맞아 죽었어?"

"네, 그렇습니다."

"그러면 아까 그 총소리에?"

"네, 그렇습니다."

여러 순사 서 있는 중에 사복을 입고 급히 헤치고 들어오는데, 이는 곧 형사 탐정 방규일이다. 급한 말로 조 참위를 대하여

"노형은 누구시며 죽은 사람은 누구시오?"

"네, 나는 조명중이오. 죽은 사람은 한동열이라 하는 사람이올시다."

방 순사는 일일이 수첩에다 기입하고 또 연해서

"총알은 어디서 들어온 줄 아시오?"

"네, 아마 뒤에서 들어온 것 같습니다."

"응, 그러면 저 나무 사이에서 나온 것이로군. 그러면 여러분은 저쪽 숲속으로 들어가서 수색해 보시오."

하면서 방 순사는 여러 순사로 하여금 범인 수색하러 보내고 자기는 혼자 다시 조 참위를 대하여

"한동열이라 하는 사람은 종래로 남에게 무슨 원수를 맺은 일은 없었던가요?"

"그런 일은 없었지요."

"그러면 그 이상한 일이로군."

"이 사람의 생각에는 사냥하는 총알에 헛맞은 듯합니다."

"아니, 그 말은 신용할 수 없는 것이여. 이 저문 밤에 공원에서 사냥총을 발포할 리가 만무한걸. 아마 살해할 행위로

준비하였던 것이지. 다시 한번 생각해 보시오. 필시 무슨 사실이 있는 것이여."

조 참위는 무엇 생각한 모양으로

"네, 그리 말씀하시니 이상하다는 생각이 듭니다. 그는 다른 일이 아니라, 최초에 한 승지와 제가 다른 담화를 하지 않고 그, 저, 이숙자의 범죄사건……."

"응, 하하. 정 남작 살해에 대한 일?"

"그렇습니다. 그 말을 할 때에 한 승지의 말은 이숙자는 아주 무죄하다고 주장을 하는데."

이 말을 듣더니 방 순사는 이맛살을 찡그리며

"무엇이오? 이숙자가 무죄하다고? 그 참 별말이로군. 그리고 또?"

"나 역시 별말인 줄 생각하고 그 이유를 물은즉 한 승지는 막 말을 내어 "정 남작을 살해한 실지 범죄인은 다른 사람이 아니라 저, 그……." 이렇게 말을 미처 끝내지 못했는데, 별안간 총소리가 나더니 이와 같이 한 승지로 하여금 귀적94)에다 이전을 시켰습니다."

"그러면 실상 범죄인을 입 밖으로 말을 낼 것 같으면 큰일이 날 터이니 말을 못 내도록 한 승지를 죽인 것이로군. 그러니 노형은 한 승지를 죽인 사람은 곧 정 남작을 죽인 사람이라고 생각하겠지요?"

"네, 그렇게 짐작합니다."

94) 귀적(鬼籍): 저승에 있다고 하는 귀신들의 명부

"그것은 그럴듯도 하지마는 자세히 생각해 볼 것 같으면 그것도 오해라고 할 수 있지요. 이숙자가 범죄를 한 증거는 다시 변통 없이 확실한 터인데, 달리 범죄자가 있을 이유가 만무한 것인즉 시방 이 한 승지를 죽인 사람은 이 사건에 관계없는 사람이겠지요."

한 승지를 살해한 사람과 정 남작을 살해한 사람은 전연히 다른 사람이라고 추상하는 방 순사의 말에, 일정한 마음 없이 남의 말만 따르는 조 참위는 역시 그러한 듯 생각하고 둘이서 수작을 하는데, 아까 범죄 수색하러 숲속으로 들어갔던 여러 순사가 돌아와서 범죄인의 행위는 불명하다고 말을 하니 방 순사는 불쾌한 기색을 띠고 무료하게 서서 무엇을 생각하는 모양이다.

아, 독자 제씨여. 한 승지를 총살한 범인은 어떠한 사람인지, 구의청산(九疑靑山)이 눈앞에 높으락낮으락 진실로 무중95) 방황이다.

한 승지를 총살한 범인은 종시 행위 불명이라 하는 말을 듣고 방 순사는 불만족한 모양으로 여러 순사를 대하여 잘못했다고 책망을 하니 여러 순사들은 차례로 말을 한다.

"우리 순사 됨이 7~8년 혹은 근 10년이나 되었음에 범죄 수색이라면 가히 서툴지 아니하다 할 수 있는데, 생각이 미치는 곳에는 볼 만큼 보았으되 종시 알 수 없으니 우리는 이상 더 할 수 없어요."

95) 무중(霧中): 어떤 일이 전혀 실마리나 전망이 보이지 아니하여 알 수 없는 상태

"아무리 생각하여도 그 범인은 벌써 다른 곳으로 달아날 데가 없는 터인데, 필시 이 공원에서 산보하는 것같이 시침 뚝 떼고 배회할 것이오."

"그러면 방 순사가 한번 가 보시구려."

"내가 나가 보겠어요."

하면서 공원 속으로 들어가니 여러 순사들은 그 뒤를 보고 비웃고 섰다.

암흑한 공원, 어스름밤에 등불이 번적번적 비치는 곳에 재판소, 경찰서의 관리가 출장하여 한 승지의 시체를 검시하는데, 탄환이 뒷등갈이를 쏘아서 위장의 횡격막에 박혀 있고 이 탄환은 오연발 단총에서 난 것이라고 경찰의가 검증을 자세히 한 뒤에 윤 순사는 이때까지 옆에 서 있는 조 참위를 대하여 신문을 하다가

"한 승지가 정 남작을 살해한 실상 범죄자의 이름을 말하려 할 때에 별안간 총을 맞아 죽었다."

말을 듣더니 마음에 절통하고 애석한 생각으로

"에, 그 참 크게 유감인 일이로군. 나는 한 승지가 정 남작 살해한 사람을 알고 있는 줄은 벌써부터 짐작하고 그 말을 듣고 싶어서 세 번이나 한 승지를 찾아 갔다가 만나지 못하고. 에, 그 참 이리 될 줄만 알았으면 하루 열두 번씩이라도 기어이 찾아 만나서 자세히 말을 들을 것을. 참 절통하고 애석한 일이로군."

하면서 돌돌이 탄식한다. 검시하는 옆에 서서 말을 듣던

여러 순사 중에

"그러면 윤 순사는 한 승지가 정 남작 살해한 범인을 아는 줄 짐작하였습니까?"

"네, 그는 일전에 내가 무슨 일로 이 협판 집에 숙자를 방문하고 돌아 나오다가 무슨 짐작이 생겨서 다시 들어가서 그 집 사랑 옆 어떤 빈방 안에 몸을 숨기고 앉았으니 그때 마침 한 승지가 그 방 앞으로 지나가면서 "그 아주 무례한 처녀로군. 고만두어. 저는 저요 나는 나다. 저가 방금 정 남작 살해 사건의 혐의로 어떠한 지경에 빠지더라도 나는 구경할 따름이라 내가 저를 위해서 발명할 필요가 없다 그런 말이여." 하는 혼잣말로 비웃으며 사랑으로 나가니 내 생각에도 한 승지가 이런 말을 할 때는 필시 정 남작 살해한 범죄자를 아는 것으로 인정한 것이오. 어째 그러냐 하면 저가 저대로 할 것 같으면 나도 나대로 할 것이라 하는 의미로 하는 말이니 이것을 볼 것 같으면 나도 한 승지가 처음에는 숙자를 비호할 생각으로 갔더니 무슨 일인지 숙자가 대접을 잘못한 고로 그리하는 말인 듯한데, 만일 그때 숙자가 한 승지의 마음에 들도록 잘 대접했더라면 정녕코 한 승지는 숙자를 무죄케 할 확실한 증거를 말했을 것이오."

여러 순사를 대해서 이같이 신신이 말을 하니, 조 참위는 역시 윤 순사의 말을 따라

"그는 꼭 그렇습니다. 아까도 한 승지가 그와 같이 말을 합디다."

윤 순사는 다시 조 참위를 향하여

"무슨 말을? 무엇이라고 합디까?"

"네, 다른 말이 아니라, 숙자는 실상 무죄한 사람이라 정 남작을 살해한 자는 내가 자세하게 알지마는 저가 나를 대하면 매양 무례하게 하는 고로 아직 내가 변만 보고 말은 하지 아니했다고 말을 합니다."

"응, 그러므로 말이여. 그런데 또 내가 잊고 있었습니다. 그때 한 승지가 그 방을 지나갈 때에 나도 불각 중 마음이 기쁜 고로 "흥, 그 말은 감사하오. 좌우간 사실은 아는 듯……."이라고 말하였더니 한 승지는 놀라서 그 빈방 안으로 들어오려 할 때에 내가 있어서는 재미없는 일이라 그 방 뒤 창문으로 달아났지요. 그러니 나는 그때 벌써 한 승지가 사실을 분명히 아는 줄 생각하였지요."

이제 와서 전편 기사 중 빈방 안의 수상한 사람이 누구임을 간파.

이 장황한 이야기 가운데 한 승지의 시체는 수습하고 검시관도 모두 돌아갔다.

이때 방 순사는 한 승지를 총살한 범죄자를 수색하기 위하여 공원 안으로 배회하면서 혼잣말로

"그 이상하다. 종시 알 수 없다 말이냐."

하고 남편으로 깊이 들어가니 남산 밑으로 울밀한 나무

사이에 사람은 보이지 않고 무슨 말소리가 들리는데, 이것 수상하다. 들었던 암등에 불을 끄고 가만히 말소리 나는 곳으로 향해 가서 무슨 말을 하는지 들어보려 할 때에, 벌써 말을 그치고 큰 소리로

"아, 참 이야기를 많이 했습니다. 그러면 할멈, 내일은 기어이 오시구려. 기다리겠으니."

"네, 내일은 꼭 가겠습니다. 안녕히 돌아가십시다."

하면서 둘이 말을 마치고 각기 돌아가는 모양이라 이때 마음에 도적이나 잡은 듯이 반갑게 향해 가던 방 순사는 이 말을 들으니 둘이 다 여자의 음성인데, 무슨 이야기를 하고 놀다 돌아가는 듯하되 역시 여자의 음성이라 한편 이상한 생각도 없지 아니하다. 좌우간 이까지 왔으니 그 자리나 한 번 가볼 밖에, 하는 마음으로 그냥 천천히 나아가는데, 어두운 나무 사이에서 무엇이 맞받아 "아!" 하며 엎어지는지라 방 순사는 깜짝 놀라 암등에 불을 붙여 엎어진 사람을 일으켜서 자세히 본즉 별사람이 아니라 전일 경찰서에서 이숙자의 머리카락을 감정하고 또 탐정상 유익한 여러 말을 방 순사에게 밀고하던 여결발 영업하는 노파 '옥동 할멈'이다. 방 순사는 깜짝 놀라

"아, 할멈. 이것 뜻밖이구려. 그런데 몸이나 상하지 아니했소?"

노파는 겨우 일어나서 한 손으로 먼지를 털면서

"아, 방 순사 나리. 네, 몸은 상하지 아니했습니다마는 아

니, 참 뜻밖이올시다."

"응, 나는 무슨 급한 일이 있어 이까지 왔지마는, 할멈은?"

"네, 나는 벌써 저 공원지기 집까지 갔다가 돌아가는 길에 누구를 만나서 이야기하느라고 저문 줄 모르고 놀다가 이제 집으로 가는 길입니다."

"그러면 어둡기도 한데, 이 암등 불을 따라서 나와 같이 나갑시다."

"네, 그리합시다."

노파는 등불을 따라 방 순사와 함께 나가면서 별말을 많이 한다.

"그런데 나리께서 전일 우리 영감을 구호해 주셔서 대단 감사합디다."

"응, 영감을 구호했다? 나는 자세히 알 수 없는걸."

"아, 나리께서 몰랐습니까? 공원지기 이삼팔인즉 우리 영감입니다. 그런데 전일 남산정 한길 가에서 말에 채어 죽을 뻔한 것을 나리와 윤 순사 나리께서 구호해서 살렸다고요."

"아, 그렇던가. 나는 전연히 몰랐어. 그런데 내가 혹 그 집 앞으로 지나다니지마는 당초에 할멈은 볼 수 없던걸."

"네, 나는 영업을 하자니 종로에 사는 터인데, 오늘 마침 영감에게 갔다 오는 길입니다."

"응, 그러면 자세히 알았어. 나는 시방까지 공원지기 집에 갔다기로 이상한 생각이 나서 무엇 조금 자세히 물어볼까 했더니. 응, 그러니 영감을 찾아갔다 오는 길이로군."

"암, 그렇지요. 내가 무슨 나리께 거짓말을 하며 또 일없이 이 밤에 공원에 혼자 있을 리가 없지 않습니까. 영감이 있자 니까 종종 이같이 다닙니다."

"응, 그는 그럴 터이지. 인제는 내가 의심을 확실히 타파했 다 말이여."

"네, 그렇습니까."

하면서 노파는 잠시 말을 중지하고 무엇을 생각한 듯 다 시 방 순사에게 말을 한다.

"그런데 방 순사 나리, 아무도 없으니 말씀이지요마는 저, 그, 숙자 아씨 일은 어떻게 되었습니까?"

"아직 어찌 될 것 없이 저, 김 백작 댁에 숨어 있다오."

"네, 어째서 그리로 피했습니까?"

"경찰서로 잡혀갈까 해서 그런 것이지."

"그것 참 이상한 일이올시다그려."

"무엇이 이상하다 말이여?"

"무엇이든지요. 나리, 그 아씨께서 김 백작 댁에만 숨어 있 으면 경찰서에서는 잡아가지 못한다니 그것이 이상치 않습 니까. 죄 있는 사람이면 어디 가서 숨어 있더라도 그곳만 알 게 되면 곧 잡아가지 않습니까."

"그렇지마는 다른 집과 다르니까 그냥 돌입해서 가택 수 사를 할 것 같으면 혹 무슨 별영향이 미칠까 해서……."

"네, 그런 일이 있습니까. 그럴 것 같으면 그 아씨께서 실 상 죄인이라도 그 댁 안에만 숨어 있게 되면 남이 손가락질도 못 하겠습니다그려."

"아니, 그런 것은 아니여. 그럴 이유가 있어. 그러나 일간 김 백작께서 댁으로 돌아오신다니 그때는 정당하게 집행하는 법이 있다 말이여. 그런데 이 말은 꼭 혼자만 알고 있어야지, 만일 다른 사람에게 말을 해서는 안 된다 말이오, 응?"

"천만의 말씀입니다. 남에게 말을 하다니요."

은근한 수작을 하면서 부지중 벌써 한길 가에 나서서 노파는 다시 방 순사를 향하여

"대단 감사합니다. 저는 이 길로 종로로 나가겠습니다."

"아, 그러면 종로까지 같이 가지요."

"아닙니다. 예서부터는 한길이요 또 전기등이 사방에 낮같이 밝으니, 일부러 오시지 않더라도 관계찮습니다."

"하, 그러면 조심히 가시오."

그길로 방 순사는 바로 남부경찰서로 향해 간다.

이숙자는 그 정다운 동류 김숙경의 집에 피해 있은 지가 벌써 일주일이 지났음에 심미자도 또한 숙자를 위하여 매일 숙경과 같이 재미있는 희롱도 하며 혹 우스운 이야기도 하여서 숙자의 마음을 위로하는 방법을 만들어 내기를 마지아니하니 두 영양의 친절한 거동은 진실로 동기의 형제라도 미칠 수 없었다. 또 김 백작의 부인께서도 때때로 나와서 위로하는 것이 범연치 않지마는 약하고 연한 간장에 깊이 든 겁나는 마음과 한 되는 생각을 어찌 일시인들 잊어버리리오. 숙자는 문전에 개만 짖어도 가슴이 두근두근, 낯선 사람

의 말소리가 들려도 마음이 깜짝깜짝 놀라면서도 외면으로
는 진중하고 천연하게 몸을 가지며 속마음으로는

'아, 슬프다. 다 같은 동류라도 숙경과 미자는 어찌해서 저
렇게 복을 잘 타고나서 인자하신 부모와 우의 많은 형제의
세력으로 저와 같이 세상을 기쁘게 지내는데, 나는 이 세상
에 나서 아버지의 얼굴도 모르고 무남독녀로 고독한 몸이
되어 또 혼자 계신 어머니께서도 자식의 평생을 생각지 아니
하시고 무리한 말씀으로 강제로 하신 일이 세상에 발각되어
이 결백 무죄한 내 몸이 살인 범죄의 혐의를 입고 이와 같이
남의 집에서 성가신 몸이 되어 내 마음대로 행동을 못 하니
차라리 죽느니만 같지 못하다. 또 정 남작의 손에 내 머리카
락이 어찌해서 쥐어졌는지.'

이것만 생각하면 자다가도 발끝이 저리도록 겁이 나고 놀
라는 터이다. 이러므로 자연 모양이 점점 수척하고 마음이
소란하여 이날 아침에도 전신에 힘이 없이 아득한 정신으로
난간을 의지하여 먼 산을 보고 묵묵히 섰으니, 숙경과 미자
는 숙자를 따라 나와 좋은 말로 위로하고 다른 이야기를 재
미있게 하고 놀다가도 김 백작께서 하루바삐 돌아오시기를
바라면서 난간 끝에 서서 멀리 살펴보니 이때 별당 현관 앞
으로 어떤 사람이 들어오는데, 이는 곧 윤 순사이다. 김숙경
은 윤 순사를 영접하여 들어오매 이때까지 기운 없이 난간
에 의지하고 있던 이숙자는 무거운 머리를 들어서 윤 순사
를 향하여 겨우 하는 말로 두어 말 수인사를 마치고

"일전에 제가 부탁한 일은 어찌하였습니까?"

"안동에 편지하라던 그 말씀 말입니까?"

"네."

"그날 진즉 편지했더니 그저께 제게로 전보가 왔는데, 2~3일 내로 대구 감영서 유명한 탐정을 데리고 상경하겠다고 했습디다."

"그러면 2~3일 내로는 꼭 상경하겠다고 하였습니까?"

"네, 그때는 아마 꼭 오겠지요. 그리고 데리고 온다는 탐정은 대구서뿐 아니라 조선에서 제일이라 하는 평판이 있는데, 우리 모양으로 대구에서 10여 년 순사 노릇을 하다가 작년에 사직하고 나와서 다른 일을 보고 있답디다마는 탐정으로는 아주 유명하여 혹 민간이든지, 관청에서라도 복잡하고 원앙한 사건이 있으면 상당한 보수를 주고라도 그 사람을 사서 쓰는 모양이랍디다."

이 말을 듣더니 숙자는 물론 김숙경, 심미자 두 영양까지도 홀연히 안색이 변하며 애교가 가득한 두 미간에 기쁜 빛을 떠었다. 같이 나오는 말로 윤 순사를 향하여

"그러고 보면, 숙자가 변명 될 날은 불일간의 일인즉 대단 반가운 소문입니다."

윤 순사는 다시 말을 연해서

"그런데 어젯밤에 진즉 전보를 가지고 올 터인데, 뜻밖에 남산공원에서 또 별 살옥이 나서 못 왔습니다."

안동 전보의 소문을 듣고 조금 마음을 놓고 앉았던 세 영

양은 또 별 살옥이 났다는 말에 다시 깜짝 놀라 함께 윤 순
사를 향하여

"그, 그 무슨 살옥이……."

"네, 다른 일이 아니라 한 승지가 총을 맞아 죽었습니다."

"한 승지라니요? 아니, 우리 집에 종종 오는 그 한동열 씨
말씀이십니까?"

숙자는 놀라면서 말을 하니 윤 순사 그 말을 따라

"네, 그렇습니다."

"그 참 큰 변입니다. 무슨 일인 줄 몰랐습니까?"

윤 순사의 대답이 미처 나기 전에 숙경은 놀라는 말로

"아니, 그 사람을 나는 알지 못하되 근일 남산공원에 칼
이며 총이며 살인이 자꾸 일어나니, 그것 어찌 된 일이에요?
그 무슨 큰 도적이 붙었는지 별일입니다그려."

숙자는 다시 앞말을 거푸하는 말로

"그런데 그것 무슨 일이며 어떤 사람이 죽였는지 조금도
알지 못했습니까?"

"네, 그 범죄자는 아직 명백하지는 아니하지마는 아마 정
남작을 죽인 그 사람인 듯합니다."

이숙자는 정 남작 살해한 그 사람인 듯하다는 말을 듣더니

"아!"

하면서 깜짝 놀라 전신을 떨며 능히 말을 못한다. 이 모양
을 보는 숙경은 더욱 갑갑한 마음을 이기지 못하는 듯 윤 순
사를 향하여

"그는 어찌해서 알았습니까?"

"한 승지가 조 참위라 하는 사람을 만나서 정 남작을 살해한 실지 범죄인은 숙자 아씨가 아니라 다른 사람인데, 그 사람은 누구라고 말을 하려고 할 때에 뒤로부터 총알이 들어와서 당각에 죽었다고 합디다."

하고 말을 연해 그 전후에 관계된 사실을 낱낱이 말을 하니 숙경은 그 말을 받아

"그러고 볼 것 같으면 당신이 인정하신 바와 같이 정 남작 살해한 사람이 정녕하지 않습니까. 그러나 속히 그 범죄인을 잡아야만 할 터인데……."

"네, 그는 불일간 알 도리가 있을 것입니다. 조금도 걱정하지 마시구려."

하면서 말을 마치고 곧 돌아가기를 고한다. 이때야 이숙자는 정신을 조금 진정해서 윤 순사를 향하여

"저도 궁금하니 조금 더 놀다 가시오."

"네, 그도 좋지마는 시방 말씀과 같이 그런 큰 변이 생겨서 사무가 매우 총망하니 부득이 하는 수 없습니다."

하고 윤 순사가 몸을 일으키는데, 김숙경은 다시 윤 순사를 대하여

"어떻게 하시더라도 실상 범죄인만 속히 잡도록……."

윤 순사는 김 백작 댁을 떠나 종로로 나오니 벌써 오정이 가까이 되었는데, 어떤 사람이 전차에서 뛰어내려 윤 순사를 부르며 손짓하고 오는데, 이는 역시 남부경찰서 순사로

윤 순사와 친밀하게 지내는 김용도 씨이다. 가까이 와서 윤 순사를 대하여

"나는 오늘 비번으로 나왔는데, 자네를 좀 찾아보려고 하였더니 마침 전차에서 지나가는 것을 보고 내려서 오는 길이여."

"아, 그러면 용하게 잘 만났어. 그런데 무슨 일이 있었던가?"

"응, 자네에게 조금 일러 줄 말이 있어서. 그런데 자네 시방 어디로 가는 길이여?"

"집에 잠깐 갔다가 경찰서로 들어갈 생각이여."

"그러면 가면서 말을 할까."

하면서 둘이 어깨를 대고 말을 하며 자취를 옮긴다.

"그런데 다른 일이 아니라 오늘 아침에 방 순사가 서에 들어와서 서장이 출근하기를 매우 궁금하게 기다리는 모양이라 그때 마침 서장께서 출근을 하셨는데, 방 순사가 그냥 서장실에 따라 들어가는데, 그 행동이 이상하게 보이는 고로 내 생각에 무슨 우리들의 참소[96]나 하지 아니한가 싶어 가만히 서장실 뒤로 가서 창 밑에 붙어 서서 말을 들어보니, 그 이숙자를 체포할 그 의논이여."

"이숙자를? 흥, 그래 어떻게 한다고?"

"글쎄, 들어보라 말이여. 이숙자가 시방 김 백작의 집에 피해 있는 줄을 번연히 알지마는 김 백작이 돌아오기 전에 가

---

96) 참소(讒訴): 남을 헐뜯어서 죄가 있는 것처럼 꾸며 윗사람에게 고하여 바침.

택 수사를 하고 볼 것 같으면 체면상에 당치 못할 뿐 아니라, 만약 김 백작께서 감정이나 내시게 되면 뒷일이 도리어 좋지 못할 것인즉 김 백작이 돌아오기를 불가불 기다릴 수밖에 없으니 돌아오는 그날에는 경시총감, 대심원검사장께도 말씀을 해서 정당하게 나인장97)을 가지고 말할 것 같으면 아무리 김 백작께서 이숙자를 생각하더라도 법률상이든지, 도리상으로 부득이 하는 수 없이 범인을 인도하실 터이니 그리만 작정하고 김 백작의 거취만 자세히 주의하라 하니 방 순사가 말하기로, "그는 그렇게 하면 되겠으나 윤 순사가 사이에 있어서 경찰의 비밀을 누설하고 여러 가지 못된 행위로써 중간에서 방해를 하니 시방 제일 선결 문제로 윤 순사부터 먼저 상당한 처치를 행한 연후에 범인 체포에 대한 준비를 하는 것이 좋을 듯합니다." 한즉 서장께서도 역시 그렇게 짐작하였던지 한참 생각하다가 "응, 그는 좋은 방책이 있다." 하면서 말소리를 낮추어서 자세히 들을 수가 없는데, 방 순사도 "그것이 대단 좋은 방책입니다." 하고 말을 그치는 고로 나도 돌아서 나오니 교번 순사도 모두 출근하였는데, 나는 그냥 하번 하고 나와서 자네를 찾은 것이라 말이여."

"아니, 나를 어떻게 한다, 그것을 자세히 들었으면. 정작 요진98) 처를 못 들었어."

<hr>

97) 나인장(拿引狀): 죄인을 잡아끌고 오도록 하기 위한 증서
98) 요진(要鎭): 요충지에 있는 진영

"글쎄 말이여. 그 말을 할 때는 아주 가는 목소리로 하니 알아들을 수가 없었어."

"나를 상당하게 처치하겠다. 고만두어. 그러나 대단 감사하네그려."

말을 마치고 각기 길을 나누어 돌아갔다.

아침 빛살이 봄과 같이 따뜻하게 유리창에 비치는데, 이 협판 집 정침[99] 머리방은 방 주인 숙자 아씨를 기다리는 듯 사람으로 하여금 이상한 감정을 일으킨다. 옥매는 남산공원에서 조 참위와 말을 하고 돌아온 후로 조 참위의 불량한 말이 아직 귀에 남아 있는 듯하다. 그러나 집안일이 총망하여 한 번도 숙자 아씨를 방문치 못하고 매우 궁금하게 지내는데, 이날은 마침 조용한 틈이 있어서 춘매와 둘이 숙자 아씨의 신상에 대한 말을 하고 노는 중인데, 이때 나이 한 오십 가량이나 된 어떤 여인이 그 방 앞으로 지나서 나갔다. 이는 다른 사람이 아니라, 곧 종로에서 여결발 영업하는 노파 옥동 할멈이다. 이 노파의 뒤를 보던 옥매는 깜짝 놀라면서

"아니, 저 옥동 할멈이 언제 왔다 말이여. 저같이 악하고 흉한 물건이 왜 다시 우리 댁 문안에 발을 들인다 말이여."

춘매 역시 동일한 어조로

"그렇다 뿐만……. 그, 저, 저것이 처음 정 남작의 손에 쥐여 있던 머리카락을 우리 아씨의 머리털이라고 말하였다지. 세상 저같이 몹쓸 악독한 것은 사람의 유에 비할 수 없이, 개

99) 정침(正寢): 거처하는 곳이 아니라 주로 일을 보는 곳으로 쓰는 몸채의 방

와 돼지 같은 마음이라고 할 것이여."

"아니여, 개 같은 짐승이라도 제 주인은 아는 터인데, 저것을 말하면 10여 년 우리 댁에 드나들며 돈도 많이 얻어 쓰고 또 우리 아씨께서 불쌍하게 여겨서 옷 같은 것도 많이 주셨을 뿐 아니라, 음식이라도 따뜻하게 먹게 하여 주셨는데, 그런 큰 은혜를 모르고 도리어 원수같이 그런 말을 지망[100] 없이 함부로 하였으니 세상에 무엇이라고 비해 말할 것도 없고 그 소위를 생각할수록 사지를 찢어 버리고 싶다 말이여."

"그렇고말고. 당장에 한입으로 물어 죽이고 싶어. 그는 그렇지마는 또 한 가지 이상한 일이 있지 않느냐 말이여."

"무슨 일이……."

"아니, 저 할멈으로 말하면 우리 생각과 같이 흉악할 뿐 아니라, 우리 아씨께는 곧 원수가 되었으니 아씨의 원수는 곧 우리 댁 원수인 터인데, 노마님께서는 어찌해서 이전과 같이 댁에 드나들게 하시며 또 전과 같이 말씀을 하시며 천연히 지내시는지 그것 참 알 수 없는 일이 아니냐 말이여."

"응, 그것 참 이상한 일이다. 아마 노마님께서는 또 그것에게 속은 모양이지. 그것이 무한히 사죄를 하고 또 그때는 겁이 나서 말을 했지마는 그 대신으로 실상 범죄자를 제가 발현하겠다고 장담하는 고로 혹시 그 범죄자를 찾아낼까 하고 노마님께서 그냥 두고 거동만 보신다고 말씀을 하시던걸."

100) 지망(志望): 뜻을 두어 바람. 또는 그 뜻

"너는 언제 들었어?"

"내가 그저께 마님께 여쭈어 보았더니 그리 말씀하시더라 말이여."

"응, 그러면 그렇지. 그러니 참 우리 마님께서 수단이 비상하시다 말이여."

옥매와 춘매가 말을 연해 하는데, 뜻밖에 지게문을 열고 어떤 사람이 들어오는데, 이는 곧 시방 평론하던 옥동 할멈이다. 옥매와 춘매는 한번 쳐다보고 싫어하는 기색으로 아무 말 없이 고개를 숙이고 앉았으니 옥동 할멈은 무료하게 앉으면서 반만 웃는 얼굴로 말을 한다.

"내가 아까 사랑에서 나와 돌아가다가 또 잊은 일이 있어 다시 들어올 때 이 방 밖에서 잠시 들어 보니 이때까지 하는 말이 모두 내 말이라 나도 역시 사람의 심장을 가졌으니 남의 은혜를 그같이 모를 리가 없는 터인데, 시방 와서 생각해 보면 후회가 나서 곧 죽고 싶은 마음뿐이다. 옥매와 춘매에게 도야지 같다, 개 같다 하는 말을 들어도 내가 조금도 원망하고 노여워할 것 없이 내 죄를 사례하자면 불가불 어디까지라도 내 몸 죽는 것을 아끼지 않고 정 남작을 죽인 정범을 발현할 결심인즉 아무쪼록 그렇게 원망 말고 전과 같이 생각해 주구려. 노마님께서도 그리 아시고 나를 붙여 두시는 것이라 말이여."

하면서 손이 닳도록 애걸하니 옥매는 말을 듣고

"그러면 아무쪼록 범죄인을 발현해서 하루라도 우리 아씨께서 백백하게 변명이 되도록 하시오. 그리만 할 것 같으면 우리도 욕할 필요가 없다 말이오."

"조만간에 아씨의 변백[101]은 될 것이니 걱정 마라 말이여."

하면서 노파는 사랑의 부인께로 향해 갔다. 이 노파를 보낸 뒤에 옥매와 춘매는 실상 범죄자를 발현하겠다는 말을 들으니 일변으로 마음에 그럴듯하여

"아마도 그것이 다른 여인과는 다르니 남의 눈치와 행동을 용하게 알아채는 능물이라 팔방을 돌아다니면서 혹 발현할지도 알 수 없는걸. 여하간 권 주사 나리가 대구 감영서 조선 제일이라 하는 탐정을 데리고 오실 뿐 아니라, 윤 순사 나리께서도 매우 진력하시는 터인즉 아무래도 우리 아씨의 신상에 별 환란은 미치지 아니할 터이지."

말을 달아 할 때에 문밖에서

"그는 그렇지. 윤 순사뿐 아니라, 삼각수도 있고 팔자미도 있고 육손이도 있다 말이여."

하면서 방 안으로 들어오는데, 놀라서 돌아보니 돌돌쇠이다. 춘매는 웃으면서

"어따, 이것 보아. 너 같은 신병정이 무엇을 안다고. 손톱만 빠져도 병신 값 한다더니 너는 손가락이 하나 더하고 함부로 노느냐. 그러나 삼각수, 팔자미 그것 다 무슨 소리여?"

"모르면 고만두지. 그러나 참 우리같이 시골 놈은 서울 와

101) 변백(辨白): 옳고 그름을 가려 사리를 밝힘.

서 하인 노릇도 못 하겠어. 툭하면 손가락 병신이니, 말을
못 알아듣겠다니, 또 무엇……. 아, 그 신병정, 신병정은 무
슨 의미냐 말이여."

"아, 그 참 멍충이여. 신병정을 모른다 말이냐. 그건 네가
근일 새로 들어온 하인이라고 신병정이라 하는 것이여."

"아, 옳지, 옳지. 그 참 유식한 문자로군. 그는 그렇지마는
내가 아까 생혼이 났어. 그, 저, 옥동 할멩이라던가."

"하하하하, 이 애, 저것 보아. 할멩이가 무슨 소리냐 말이
여, 하하하하하."

하며 옥매와 춘매는 크게 웃는다.

"하하, 그것참. 이러므로 시골 놈은 말도 못한다 말이여.
그러면 할멩이라 않고 무엇이라고 하느냐. 하, 하, 할멈, 할
멈. 옳지, 옳지, 할멈, 할멈은 또 무슨 말이냐 말이여. 그러면
서울말대로 할멈. 그런데 들어 보라 말이여. 그 옥동 할멈이
라 하는 노파가 사랑에 마님 계시는 방으로 들어가서 마님
과 무슨 이야기를 할 때에 내가 마침 그 앞으로 지나가니 아,
마님께서 그만 화증을 내서 문을 열고 꾸중을 하시는데, 다
른 말씀이 아니라, 공연히 그 방 앞에 숨어 서서 말을 엿듣는
다고 나를 꾸짖으시는데, 생혼이 났어."

"시골 물건이 어이없구나. 음흉하게 필시 무슨 말을 엿듣
고 있었던 것이지. 그런데 무슨 말씀을 하시더냐?"

"아니여, 실상이지 아무 말도 못 들었어. 설혹 들었기로
말할 리는 없지마는 정녕 못 들었어."

하면서 시골말로 어리숙한 체 말하고 앉았으니 대청에 걸린 시종은 12시를 땡땡 친다.

슬프다. 이숙자는 연약한 간장에 얼마큼 애를 쓰며 초조 급급하게 지내는지 독자 제씨가 가히 추측할 바이다.

유명 무쌍한 탐정을 중한 값을 주고 사서 데리고 온다는 권중식은 어찌 그리 늦으며 또 한갓 친구의 부탁을 듣고 성심성의로 극히 진력하며 보호하던 윤 순사도 이날 오전에 폭도 토벌단에 참가되어 강원도 춘천 지방으로 출장 명령을 받았는데, 이는 곧 숙자를 체포할 때까지 그 방해 행위를 제거하기 위하여 남부경찰서장이 임시로 파견한 터이다. 그런고로 명령한 즉시에 자기 집에도 들어가지 못하도록 순사부장을 붙여 꼭 앞세우고 직각에 출발을 명하였다. 아무리 마음이 간절한들 상관의 명령이 이렇듯이 엄중하고 또 부장을 대동하여 가는 터인즉 다시 숙자를 방문해서 이 말을 전하고 또 다소간 의견을 말할 기회가 없으니 무가내하[102]라 울울한 마음을 억지하고 우우하게[103] 떠났으니 뉘가 있어 숙자를 방문하고 궁금한 마음을 위로하며 바깥 사정을 통해줄까. 이로부터 숙자의 신변에 가장 유력한 우익을 잃었으니 고독한 숙자의 신세에 어떠한 위해가 미쳐 올는지 동정이 지극한 독자 제씨는 가히 염려될 바이다.

엄숙한 가을 기운, 소슬한 가을 소리, 처량한 가을빛은 이

102) 무가내하(無可奈何): 도무지 융통성이 없고 고집이 세어 어찌할 수 없음.
103) 우우(憂虞)하다: 근심하고 걱정하다.

숙자가 숨어 있는 대사동 김 백작 댁 후원 별당에 더욱 많은 것 같다. 원망과 겁과 울적함이 일종 한탄, 걱정, 수심이 되어 낮이면 눈물을 지어내고 밤이면 꿈이 화하여 일초일각이라도 마음에 떠나지 아니하고 우수사려[104]를 견디지 못한 이숙자는 그 눈에 보이고 귀에 들리는 천천만만 물의 빛과 물의 소리는 모두 비관 될 뿐이라 한갓 심회를 요란케 할 따름이다. 밤이 되면 내일은 무슨 좋은 소식이 올까, 날이 새면 하마 권 학사가 오는지, 윤 순사가 오는지, 좋은 기별이 있을는지, 방 순사가 잡으러 오는지. 이 두어 가지 생각으로 날을 보내고 밤을 새우는 터이다. 이날은 10월 11일이 되었는데, 이날도 역시 매일과 같이 지냈음에 오후 5시나 되어 햇빛은 서산으로 넘어가고 전기등의 불이 비쳤다. 별장 다락 위 한편 방에서 전일과 같이 김숙경과 이숙자는 머리를 맞추어 이야기를 하였다. 무심하게 앉았던 이숙자는 홀연히 하는 말로

"오늘이나 꼭 돌아오실까 하였더니 아마 오늘도 아니 돌아오시는가 보다."

숙경은 말을 듣더니 갑갑한 모양으로

"글쎄 말이여. 아버지께서는 내일 오신다고 편지가 왔으니 아마 내일은 오시겠지."

"아, 그 편지에 내일 오신다고 하였던가. 응, 그러면 내가 잘못 알았어."

104) 우수사려(憂愁思慮): 근심과 시름에 차 생각함. 또는 그런 생각

말을 마치지 못하여 밖에서 시비가 들어오더니 반갑고 기쁜 모양으로 급히 말을 하되

"아씨, 아씨님. 대감께서 방금 돌아오셨습니다. 그런데 아씨님을 조금 나오시라고 하십니다."

숙경은 급한 대답으로

"아니, 아버지께서. 아이고, 이제야⋯⋯."

하면서 자리에서 일어서며 다시 숙자를 향하여

"그러면 내 가서 문안 여쭙고 올 터이니 잠시 혼자⋯⋯."

하더니 시비를 데리고 급히 다락을 내려가 정침을 향해 간다. 이때 숙자는 숙경을 보내고 혼자 방 안에서 궁금하여 달빛을 따라서 난간을 의지하며 망연히 무엇을 생각하다가 다시 혼잣말로

"세상에 나는 어찌 이와 같이 액운이 많은지 꿈에도 그런 일이 없는 내 몸을 살인 정범이라 하여 기어이 나를 잡으려 하는 방 순사는 나와 무슨 불공대천의 원수기로 나를 미워하는지. 다 같은 형사 순사라도 윤 순사 같은 사람은 다만 그 친구의 부탁으로 나를 보호하고 친형제같이 친절하게 생각하니 그런 사람은 어찌 그리 동정이 후하며 또 숙경 아씨를 말하면 한갓 한 학교의 동창생 될 뿐인데, 그 친절하고 우애하는 것은 형제보다 더하니 세상에 나같이 불행한 사람도 없을 것이요 또 나같이 동류의 덕을 보는 사람도 없을 것이다. 이제 내가 살인 범죄의 혐의를 받아 두말없이 감옥의 귀신이 되었을 터인데, 아직 별일 없이 지내는 것은 한갓 숙

혈가사

경과 윤 순사의 덕이라 어찌 감사치 아니하리오. 이 일을 장
차 어찌하면 좋을는지……."

탄식하며 혼잣말을 할 때에 사닥다리 위로 가만히 올라오
는 사람, 신장이 팔 척이나 되고 구레 수염이 삼각 체로 난
어떤 남자이다. 그냥 뒤에 서서 무슨 옷 보퉁이 같은 것을 놓
으며 말을 하되

"네, 급한 말씀이오니 필시 놀라실 터이지오마는 아써께
서는 벌써 이 댁에 계시지 못할 절박한 경우에 당하였으니
그런 말씀만 하실 것 아니라 이 길로써 이 옷을 입으시고 저
와 같이 다른 데로 도망을 하시는 것이 상책입니다."

무심히 섰던 숙자는 혼이 나도록 놀라서 방 안으로 달려
들어가니, 삼각수[105] 수염 난 사람은 다시 방을 향해 난간
끝에서 민망한 기색으로 말을 한다.

"그리 놀라실 것 없습니다. 저는 다른 사람이 아니라 권중
식이 고빙한 탐정 김응록의 부하 되는 사람으로 아써를 보
호하려는 터이오니 조금도 다른 염려는 하실 것 없습니다."

숙자는 놀라서 방 안으로 뛰어 들어가서 근근 정신을 진
정하여 떠는 목소리로

"응, 그런 말을 해서 나를 잡아가려고 계책을 하지마는 그
꾀에 내가 속지 아니해요. 아마 당신이 방 순사의 부하인 듯
하구려."

이때 정침으로부터 사람이 나오는 발자취 소리가 난다.

105) 삼각수(三角鬚): 두 뺨과 턱에 세 갈래로 난 수염

이 삼각 수염 난 사람은 급히 다락을 내려가서 홀연히 그 형적이 보이지 아니한다.

정침으로부터 나오는 사람은 곧 숙경 영양이 시비를 데리고 별당으로 나오는 것이라 무심히 다락 위로 올라오니, 무슨 옷 보퉁이 같은 것이 난간 밑에 놓여 있어 시비로 하여금 주워 가지고 방 안에 들어가서 숙자를 향하여

"잠시 궁금하였지. 그런데 아버지께서 별당으로 곧 오시겠다 하시고 아직 별말씀은 아니 하신다. 이것은 무엇이여?"

하면서 옷 보퉁이를 내어놓으니 숙자는 깜짝 놀라는 듯하더니 다시 말을 한다.

"그것은 아까 어떠한 사람이 가지고 온 것이여."

그 사람이 다른 곳으로 도망하지 아니하면 안 될 것이니 옷을 바꾸어 입고 저를 따라 도망하자고 했던 말과 또 방 순사의 부하라고 응치 아니한 말을 다 하니, 숙경 아씨 역시 크게 놀라 하는 말로

"그러면 그 사람이 어디로 갔다 말인가?"

"글쎄, 어디로 갔는지 알 수 없어."

"하, 탐정하는 사람들은 그와 같이 별일을 다 행하며 또 출입이 비상한 것이 그 한 재주라 하지마는 그놈 뉘를 속이려고 그런 일을 한다 말인가."

"그러면 윤 순사도 탐정이라 하니 역시 저와 같이 일을 행하겠지."

"글쎄 말이여. 혹 하겠지. 그런데 참 요사이 몇 날 동안은

윤 순사가 한 번도 오지 아니하니 무슨 일인지 알 수 없군."

"글쎄, 참, 그……."

숙자가 말을 미처 끝내기 전에 다락 아래서 또 무슨 큰 소리로

"아니, 윤 순사는 폭도 토벌하러 강원도 출장. 이 사건 완결할 때까지."

하는 말이 들린다. 두 영양은 크게 놀라 시비로 요령(搖鈴)을 흔들며 하인을 불러 그 사람의 뒤를 쫓아 잡으라 하되 그 사람은 벌써 날 듯이 단장을 넘어 도망하였다. 이 소동을 들은 김 백작은 별당으로 나와 숙자를 위로하며 한편으로는 속히 돌아오지 못한 사고를 이야기하였다. 숙경은 그 수상한 사람이 하던 말, 먼저 숙자에게 하던 말까지 고하니 김 백작은 그 말을 듣고 머리를 두르며 한참 이상하게 생각하더니 숙경과 숙자를 향하여 말을 한다.

"숙자는 그 단아한 마음으로 이와 같이 범죄의 혐의를 입어서 가엾고 불행한 일은 다 말할 수가 없게 되었지마는 또 내 집에 와서 있으니 대단 반가운 일이나 내가 진작 돌아오지 못해서 그동안 궁금하게 지낸 일은 가히 짐작할 일이다. 너도 숙경을 형제같이 생각하겠지마는 나 역시 너를 친자식과 다름없이 생각하는 터인즉 조금이라도 네 일에 대해서 범연하게 할 리가 없다 말이여. 그러니 너도 무슨 별생각이야 있겠느냐마는 나를 신앙해서 무슨 말이든지 내 말대로만 실행할 결심을 해야지, 만약 그러지 아니하면 좋지 못할 것

이어. 폐일언하고 너희들은 어떻게 생각하는지는 모르지마는 시방 와서 생각하건대 내가 속히 돌아오지 아니한 것이 도리어 다행한 일이 되었다 말이여. 응, 왜 그러냐 하면 우리가 알기로는 숙자가 범죄 할 리가 만무하다 하지만 다른 사람은 확실한 증거물이 있으니 어디까지라도 혐의자로 인정하는 터인데, 경찰서에서도 기어이 체포는 하고 말 일이되 내 집에 가서 있는 줄 알고 조금 주저하는 것은 내가 집에 없는 연고라 필시 내 오기를 기다리는 모양인데, 경찰서에서 만약 내가 돌아온 줄만 알 것 같으면 분각을 주저치 않고 이리로 올 터이니 만약 정당한 영장을 가지고 와서 말을 할 것 같으면 내가 두말할 수 없다 그런 말이여."

두 영양은 존전[106]이라 매우 조심하는 체하지마는 이런 말을 들을 때마다 깜짝깜짝 놀라며 서로 마주 본다.

김 백작은 인해 말을 달아

"너희들 어린 생각에는 나를 세상없이 중하게 생각하겠지마는 근일은 법률이 그러할 뿐 아니라, 일반 백성의 첨시[107]에도 하는 수가 없다 말이여. 그런 고로 내가 아까 말하기 전에 무슨 일이라도 내 말대로만 실행치 아니하지 못한다 한 것이여. 응, 어떻게 하였으면 좋을까 하는 말이냐. 글쎄 말이여, 내 말대로만 하면 물론 좋을 것이여. 그런데 아까 그 수상한 사람은 너희들의 말과 같이 방 순사의 부하가 아

106) 존전(尊前): 존귀한 사람의 앞
107) 첨시(瞻視): 이리저리 둘러봄.

니라 그 사람의 말과 같이 정녕코 숙자를 보호하러 들어온 사람이다. 시방 내가 한 말과 같이 경찰서에서 내가 돌아온 줄만 알게 되면 이 밤이라도 곧 올 것이니 다른 곳으로 도망을 해야 하겠다 하는 말이 사실상 당연한 지도라 그런 말이여. 이 일이 결말날 때까지 숙자가 내 집에서 숙경과 있게 되면 나 역시 좋을 것이지마는 한갓 사랑하는 마음과 섭섭한 생각으로만 너를 만류해 두었다가 만일 불행한 환란을 당할 것 같으면 내 눈으로 차마 볼 수 없고 당하는 너야 더구나 말할 수 있겠느냐. 그때야 모두 후회할 터이지. 또 그렇다고 내가 다시 시골로 여행하지도 못할 것은 다른 것이 아니라 체면(體面)은 사정(私情)이요 법률(法律)은 공사(公事)라 얼마 동안 나를 기다리는 것은 한갓 체면에 지나지 아니한 일인데, 그로만 믿을 수가 없으니 말이여. 일이 이미 이같이 급한 경우를 당하였으니 무슨 방책을 쓰더라도 환을 피하느니만 같지 못하니 뒷일은 설혹 좋게 귀정이 된다 할지라도 우선 목전에 급한 환은 피해야 할 것이 아니냐."

이 말을 듣는 숙자는 얼굴빛이 변한다. 옥 같은 두 귀밑에 눈물만 떨어지고 망연하게 앉았다가 다시 눈물을 거두고 천연한 말로

"제 몸에 대해서 그같이 걱정을 하시는데, 제가 아무리 어린 마음이라도 별생각을 가질 리가 있겠습니까. 다른 곳으로 가지 아니하면 안 되겠다 하시니 제 집으로 돌아가는 것이 어떨까 합니다."

"응, 그러면 내 말대로만 실행하겠다 말이지? 그러나 네 집으로 돌아가는 것은 곧 화약을 지고 불 가운데를 들어가는 셈이다. 그럴진대 차라리 내 집에 있는 것이 낫겠지. 그런데 너 갈 곳은 내가 생각해 두었다 말이여. 다른 곳이 아니라 충청도 아산군에 내 농막[108]이 있으니 그리만 갈 것 같으면 남의 이목이 번거치 아니할 뿐 아니라 그 농막의 마름은 늙은 사람으로 매우 순직하고 점잖을 터이니 내 집에 있는 것과 조금도 다를 것 없고 안심될 편으로 말하면 그만한 곳이 없을 것이여. 그곳밖에는 갈 만한 곳이 없다고 생각한다 말이여."

이때까지 아버지의 말씀을 듣던 숙경은 사실은 그러한 듯하되 숙자가 어떻게 생각할까, 한편으로 불안한 마음과 섭섭한 생각을 금치 못하는 것 같다. 추연히 앉았다가 온순한 말로

"아버지, 그러면 저도 함께 가면 좋겠습니다."

백작 역시 딱하고 민망하여 하는 수 없는 모양으로 한숨 쉬며 다시 말을 한다.

"아니여, 네가 만일 갈 것 같으면 남의 이목이 두려울 터이여. 네가 가지 아니하더라도 내가 편지하고 또 심복한 청지기를 대동해서 보낼 터이니 조금도 다른 걱정은 마라. 불가불 의복을 변해야 할 터인데……."

잠시 말을 끊어 한숨을 길게 쉬며 비창한 모양으로 앉았

108) 농막(農幕): 농사짓는 데 편리하도록 논밭 근처에 간단하게 지은 집

더니 다시 숙자를 향해서

"숙자, 대저 사람이 남녀를 물론하고 임기응변이라 하는 것이 제일 귀한 일이다. 이미 그 기틀은 알았으니 응변을 잘해야 할 것이 아니냐. 응, 숙자. 내가 너를 친자식같이 여기는 터이라 너를 변복(變服)을 시키는 것을 차마 행치 못할 일이로되 만부득이 하는 수가 없는 일이다. 어떻게 하든지 내 목전에서 네가 경찰서로 잡혀가는 것을 보는 것보다는 오히려 가한 일인즉 조금도 다른 생각할 것 없지 아니하냐."

하면서 숙경을 향하여

"아까 그 수상한 사람이 가져온 옷 보퉁이를 내어라. 보자, 옳지. 이것을 보더라도 그 사람은 정녕 숙자를 보호하는 사람이여. 이같이 주밀하게 준비를 하였어. 허허, 그것참. 자, 속히 이 남복(男服)으로 바꾸어 입고 또 이 모자는 중절 모자이니 머리를 감추도록 이 모자를 쓰고. 또 이 구쓰[109] 는 발에 조금 크지마는 남자용이라 부득이 하는 수 없으니 이것을 신고. 또 이 안경을 쓰고. 자, 이것은 무엇이냐? 응, 오, 박하(薄荷) 파이프로군. 이것을 담뱃대로 입에다 물고. 아주 활발하게 해야 될 터이다. 만약 남의 안목에 수상한 모양을 보일 것 같으면 되지 못할 것이니 조금 무겁기는 하지마는 이 개화장 굵직한 것을 들고. 또 저 머리를 잘 감추자면 목도리를 높게 매야지. 때가 때요 경우가 경우라. 사세 부득이 행하는 일이니 부디 마음을 넉넉하게 가지고 다른 생각

109) 구쓰(くつ[靴]): 신, 신발, 구두 등을 뜻하는 일본어

은 하지 마라, 그런 말이여. 응, 숙자. 내 마음인들 어찌 유감이 없겠느냐. 응, 숙자. 사랑에 나가서 편지 쓰고 청지기에게 명령을 할 터이니 곧 행장을 차리라 말이여."

하면서 김 백작은 사랑으로 내려갔다. 이 말을 듣고 정신이 암암하며 가슴이 두근두근한 숙자가 생각하기에는

'산은 갈수록 점점 높고 물은 올수록 점점 깊다. 내 몸으로서 범죄의 혐의를 입고 이같이 지내는 것도 답답하고 분한 일은 측량할 수 없는 터인데, 이에 또 변복을 하고 다른 곳으로 도망하지 아니치 못할 박절한 경우를 당했으니 아, 이 일을 장차 어떻게 할까. 당장 자결해서 죽고 모를 일이지마는 이 흉악한 누명을 변백하기 전에는 남부끄러울 것이다. 이때까지 생각하기로는 김 백작께서 오시기만 하면 곧 당장에 변명이 될 줄 알고 주소[110]간 고대하였는데, 한 가지도 마음과 같이 되는 일은 없으니……. 아, 어머님께서 나오셨으면 의논이라도 할 터인데, 무슨 일로 한 번도 오시지 아니하니 혹 내 일을 깊이 걱정해서 병이나 나셨는지. 평일에 입는 내 옷이라도 남 손으로 지은 것은 잘 입지 아니하는데, 평생에 손에 닿아 보지도 못하던 남복을 이 내 몸에 입게 되니 원통하며 부끄러운 마음은 몸이 어스러지도록 절절하다. 그러나 사실상 능히 면치 못할 경우를 당했을 뿐 아니라, 김 백작의 애자하신 마음과 충후하신 말씀을 어찌 받들지 아니하며 또 숙경의 지극한 동정을……'

110) 주소(晝宵): 밤과 낮을 아울러 이르는 말

백번 생각다가 마지못하여 한 손으로 눈물을 닦으며 한 손으로 옷보를 펴 두고 변복을 하려 할 때, 이때까지 숙자의 얼굴만 보고 비창한 모양으로 망연하게 앉았던 숙경은 눈물에 목이 막혀 능히 말을 못 하더니 억지로 애연하게 하는 말이

"아버지의 말씀을 좇아서 옷을 바꾸어 입으니 내 보기에도 갑갑지는 아니하나 이 밤중에 두서없이 보낸 뒤에 내가 잠시라도 마음을 놓고 있지 못할 터인데."

말을 다하지 못하고 헐헐 느낀다.

아무리 강정으로써 결심한들 간장에서 소스라치는 진정을 이기겠는가. 남복을 바꾸어 입고 행장을 대강 수습하였으되 숙경이 우는 것을 보는 숙자는 그 자리에 다시 앉아 기가 막히고 정신이 맥맥하여[111] 능히 말을 못하면서 한 손으로는 숙경의 손을 잡고 한 손으로는 눈물을 거둔다. 두 영양은 서로 잡고 어찌할 줄 모른다. 이때 김 백작이 들어와서 출발을 재촉한다.

"왜 이러느냐. 몇 날만 지나면 또다시 와서 기쁘게 만날 것인데, 그리 과히 할 것 없다 말이여, 응. 이 애, 숙경아, 네가 진정해야지. 벌써 시간이 되어 오니 속히 떠나야지."

하면서 숙자를 붙들어 일으켜서 한 번 보더니

"하, 공연히 눈물만 흘려서 눈이 붉은걸. 이 안경을 이렇게 쓰고. 야, 인제야 훌륭한 남자로군. 남자라도 이 같은 미남

111) 맥맥하다: 생각이 잘 돌지 아니하여 답답하다.

자는 세상에 없을걸. 어, 똑똑하군그려."

숙자는 다시 숙경을 돌아보며

"아, 숙경. 자, 자, 잘……."

하면서 말끝이 사라지고 목이 메어 말을 못한다. 숙경 역시 느끼기만 하고 눈물을 머금어 분명치 못한 말로

"나는 집에 있는 사람이라 조, 조금도 거, 걱정을……."

하며 섧게 운다. 숙자는 다시 정신을 차려서 무엇을 결심한 모양으로 숙경에게

"내일은 우리 어머니에게 이로써 편지하고 또 권 학사가 오시거든 내 주소를 가르쳐 주고 미자에게도 섭섭한 말이나……."

"그는 내가 알아서 할 터이니 부디 잘 있다 오려무나."

이때 김 백작의 부인께서도 비감함을 견디지 못하는 듯

"숙자야, 오래될 것 같으면 모르지마는 몇 날 안 되리라 하시니 부디 마음을 잘 가져서 병이나 나지 않도록……."

하면서 김 백작과 같이 대문 밖까지 나와 숙자를 보낸다.

10월 초열흘 달은 점점 서산으로 기울어지고 찬바람은 소소한데, 물 같은 푸른 공중에 낄낄 외기러기 소리, 정히 처량하다.

이때 김 백작의 일가족을 하직하고 사직동을 떠나오는 이숙자의 생각에는

'아, 슬프다. 저 기러기는 뉘를 위해 저렇게 울고 가며 어디로 향하느냐. 갈꽃은 백설 같고 조수는 잔잔한데, 비단같

이 맑은 모래는 곧 내가 향해 가는 곳이다. 아, 나는 무슨 일로써 결백한 이 내 몸에 남복을 변착하고 모야[112] 도망으로 어디로 향하는지…….'

소스라치는 찬바람에 모자는 벗겨질 듯, 단장 짚은 걸음새는 어찌 이리 서투른가. 남대문 정거장의 전기등이 낮같이 밝은 대합실에 가득한 사람은 모두 다 자기만 쳐다보는 듯, 숙자는 서투른 행사로 대합실 한옆에 앉아 신문을 내려다보는데, 벌써 남행열차의 승객을 재촉하는 요령 소리가 랑당랑당랑당랑당.

아침부터 연해 불던 찬바람은 구름을 몰아 별안간에 천지가 음침하여 찬비가 슬슬 뿌리는데, 오후 2시나 되었다. 이 때 술이 반쯤이나 취한 모양으로 그냥 비를 맞고 어깨를 맞추어 탑골공원으로 들어가는 두 사람은 곧 서 참봉(서우현)과 조 참위(조명중)이다. 공원 육모정 안으로 들어가서 무슨 이야기를 한다. 조 참위는 붉은 얼굴을 들고 서 참봉을 향하여

"근일 어찌된 턱인지 골패만 하면 남의 돈 한 푼 맛볼 수 없고 잃기만 시작하니 그 참, 알다가도 모를 일이여. 정 남작이나 살아 있을 때 같으면 어떻게 한번 하지마는 이제는 그도 못하고 낭탁[113]이 버석 말랐으니 아주 큰일이여. 서 참봉, 자네는 나보다 수단이 있으니 혹 무슨 돈 생길 구멍이 더

112) 모야(暮夜): 이슥하여 어두운 밤
113) 낭탁(囊橐): 주머니와 전대를 아울러 이르는 말

164

러 없던가그려?"

"근래 돈 생길 구멍이 그리 용이할 수가 있다냐 말이여. 우리의 돈 생길 구멍이라 하는 것은 끔찍하면 사기 취재가 아니면 공갈에 지나지 아니한 터인데, 이 밝은 세상에 그것도 쉽지 않다 말이여."

"암, 그렇지, 그야. 그런데 아까 무슨 의논할 일이 있다더니, 무슨 일이냐?"

"그것도 역시 이러한 이야기에 지나지 아니한 일인데, 잘만 할 것 같으면 돈 만 원이나 생길 터여."

"돈 만 원이나? 그러한 자리만 있으면 하기야 범연히 하겠느냐. 그런데 그 무슨 일이냐?"

하면서 구미가 바싹 당기는 듯, 서 참봉의 옆으로 썩 들어선다. 서 참봉 대답하는 말이

"다른 일이 아니라, 내가 오늘 오전에 잠깐 이 협판 집에 가서 그 부인과 이야기를 다 하고 돌아오려 할 때에 마침 옥매가 편지를 부인께 드리는데, 그 피봉을 얼른 보니 사직동 김 백작의 영양 숙경으로부터 온 편지인데, 부인이 편지를 떼어 볼 때에 나는 먼눈으로 살피는 체하고 그 편지를 가만히 엿보니 자세히 다 보이지는 않고 그중 제일 요긴한 곳만 보았는데, 그는 다른 일이 아니라, "어젯밤에 김 백작께서 돌아오셨으나 방금 경찰서에서 민활하게 운동하는 터인데, 아무리 하여도 체포를 면할 도리가 없는 고로 부득이 숙자는 어젯밤에 충청남도 아산군 원남면 서원촌 이백십팔 번지

남대문 앞에서 남대문 정거장 방향으로 담아낸 거리 풍경

자기 집 농막으로 피해 갔으니 그리 아시고 안심하시오." 한 것이라 말이여."

"그런데 돈 생길 일은?"

"그러니 들어 보라 말이여. 이 편지 사실을 기화로 삼아서 그 부인에게 공갈을 할 것 같으면 아무리 인색한 부인이라도 우리 입을 막기 위해서 돈 만 원이나 내어놓을는지 알 수 없는 것이야."

"옳지, 옳지. 알아들었어. 꼭 되었다 말이여. 만약 돈을 내지 아니하면 이 길로 한걸음에 경찰서에 가서 숙자의 주소를 고발하겠다고 할 것 같으면 모자간의 애정에 돈을 곧 낼 터이지. 어떠하든지 자네의 수단이 비상하다 말이여. 자, 그러면 비도 조금 그쳤으니 속히 가서 담판을 한번 하여 보세."

이러한 의론으로 피차 만족하게 생각한 두 사람은 함께 공원을 떠나서 대사동 이 협판 집으로 바로 들어가 하인을 불러서 부인에게 통지를 하니 이때 춘매가 나와서 말을 한다.

"부인께서는 방금 출입하시고 안 계십니다."

서 참봉은 서위한[114] 기색으로

"그러면 어디로 가셨느냐?"

"저, 그, 종로에 있는 옥동 할멈 집에 잠깐 가셨다 오시겠다 합디다."

"응, 그, 결발 영업하는, 또 월자 장수도 하는 그 집 말이로군."

114) 서위(暑威)하다: 마음에 모자라 아쉽거나 섭섭한 느낌이 있다.

"네, 옳게 아셨습니다."

서 참봉과 조 참위는 춘매의 말을 듣고 그냥 돌아 나갔다.

때는 오후 6시가 되었는데, 이 협판 댁 김 씨 부인은 옥동 할멈 집으로부터 돌아온다. 이때 저녁밥을 먹던 돌돌쇠는 급히 뜰아래 내려서서 어리대며 부인을 맞아

"아, 이제 돌아오십니까? 제가 방금 우산을 가지고 종로까지 나가려 하였더니……. 아마 비를 많이 맞으셨지요."

부인은 웃으면서

"아니여, 우산을 얻어 쓰고 오다가 대문 거리에서 돌려보냈으니 비는 맞지 아니했어."

하면서 대청으로 올라가더니 다시 돌돌쇠를 불러서 말을 한다.

"이 애, 돌돌쇠야. 저 종로 옥동 할멈의 옆집에서 근일 새로 국수 장사하는 계집사람 말이여. 그 사람이 역시 영남 사람이라던데, 너 혹시 그 사람을 아느냐?"

"자세히 알 수는 없습니다마는 그 사람이 혹 무슨 말을 합디까?"

"아니여, 그 사람이 매일 옥동 할멈의 집에 와서 노는 모양인데, 오늘 마침 내가 가니 그 할멈과 서로 무슨 말로써 시비를 하는데, 그 사실인즉 다른 것이 아니라 어젯밤에 옥동 할멈이 무슨 물건을 잃어버렸는데, 아마 그 옆집 국수 장사가 가져갔다고 지목을 했던 모양이여. 그로써 와자지껄 떠들다가 나를 보더니 기색 없이 아주 공손하게 인사를 하고 또 행

사가 썩 영리하던걸. 그런데 영남 산다기로 혹시 네가 아는
지 물어본 것이여."

"네, 대하면 혹 알는지도 모르지요마는 시방은 알 수 없습
니다."

돌돌쇠의 말을 듣고 춘매가 웃으면서 말을 한다.

"너 시골에서 아는 사람 왔다고 하면서 놀러 나갔다가 어
떤 때는 새벽에도 들어오고 또 어젯밤에도 나갔다가 밤이
깊어서 돌아오지 아니했냐 말이여? 모른다고는 하지마는
병신 값 한다. 계집이라니 국수 사 먹는 체하고 또 한번 놀아
나는 것이지."

"아니여, 그는 다른 사람이여. 그렇지만 내가 병신 값 하
는 것이 무엇이냐 말이여."

부인은 웃으면서

"아니여, 그것은 춘매가 웃자고 하는 소리여."

하더니 다시 춘매를 향하여 말을 고쳐서

"이 애, 아까 뉘가 나를 찾아오지 아니했더냐?"

"아, 참, 잊었습니다. 저, 조 참위와 서 참봉이 왔습디다. 그
래서 마님 안 계신다 하니 그냥 나갔는데 아마 그 옥동 할멈
집으로 바로 가는 듯하던데, 만나 뵙지 못했습니까?"

"응, 그까지 왔더랬어. 미친놈들, 공연히 빌어먹다 못해서
별소리만 하고 돌아다닌다 말이여."

"무슨 말씀을 합디까? 또 돈 취해 달라고 합디까?"

"차라리 취해 달라고나 하면. 생도적놈들같이……."

"그러면 무엇을 어찌한다고 합디까?"

"아니여, 너들 알 일은 아니여. 가서 밥이나 마저 먹어."

돌돌쇠는 부엌으로 들어가며 혼잣말로

"흥, 흥. 그리되나, 그리 돼? 그러면 저녁이나 속히 먹고 놀러 나가 볼까."

구름 사이에 묻힌 달은 점점 서산으로 넘어가고 아산 서원촌의 밤빛은 벌써 오경이 지났다. 천봉만학의 떨어진 잎사귀에 울리는 바람 소리는 문풍지가 떨떨하게 불어오고 소소한 찬 빗방울은 봉창에 뿌리는데, 종래로 화각 단루[115] 수장[116] 나전[117]에서 호기롭게 생장한 이숙자는 이같이 소슬하고 고적한 촌에서 처음으로 밤을 보냈으니 심두에 생겨나는 천종만상의 우수 사려를 자연히 금치 못한다. 전전 뒤쳐 생각하니

'아, 정말 이것이 꿈 같으면 깨고 보면 그만이지마는 아, 이 뒷일이 어떻게 될는지. 권 학사가 유명한 탐정을 고빙해서 불일간 온다더니 속히 오셨으면 좋을 것인데 무슨 사고로 이때까지 기별이 없으니 어떻게 될 일인지. 할 말은 아니지마는 친환이 침중해서 혹 대고[118]나 당했는지, 그럴 것 같으면 나에게 다시 편지라도 할 것이요 우리 집으로 부고라도 할 터인데, 어찌 된 사실인지 정말 궁금해서 견디지 못할

115) 단루(丹樓): 붉은 칠을 한 누각
116) 수장(繡帳): 수를 놓은 휘장
117) 나전(羅氈): 비단과 모직물
118) 대고(大故): 부모의 상사(喪事), 큰 사고

일이로군. 그는 그렇지마는 또 윤 순사는 폭도 토벌단에 참가되어 강원도로 출장하였다니 그 난리 중에 들어가서 혹 생명에나 관계가 없는지. 그 사람으로 말하면 종래로 경찰계에 크게 신용이 있던 사람인데, 금번에 그 위험한 사지로 출장 된 것은 전수이[119] 나와 인연한 바이니 내가 어찌 남으로 하여금 이같이 불행함을 당케 하였는가. 아, 또 김 백작께서도 무한히 걱정을 하시고 숙경은 아무리 친한 동류라 하지마는 그같이 마음이 아리도록 걱정을 끼쳤으니, 세상에 나같이 죄악이 깊은 사람은 없을 것이여. 어찌하여 이 은혜를 다 갚고 남과 같이 살아 볼까.'

이런 생각, 저런 생각으로만 전전하는 중, 먼촌의 닭소리가 들린다.

"어, 이제야 날이 새는지. 차라리 날이나 속히 샜으면……."

하고 혼자 말할 때에 천만뜻밖에 어디서 사람의 말소리가 들린다.

아, 이상하고 아, 괴이하다. 적적요요한 아산 서원촌의 어젯밤 오늘 새벽 소리는 한갓 바람 소리, 빗소리, 물소리뿐이었는데. 아, 이상하고 괴이하다. 사람의 말소리? 이 괴이하고 이상한 사람의 말소리는 다른 사람이 아니라, 가련한 이 숙자를 감옥으로 인도코자 하여 경성 남부경찰서에서 파송한 염라대왕의 차사[120] 같은 순사이다. 김 백작의 계책으로 어디까지라도 극히 비밀하게 한 숙자의 잠복한 처소가 어찌

119) 전수(全數)이: 모두 다

해서 경찰관의 귀에 들어갔는지 진실로 괴이한 일이다. 누가 이 사실을 경관에게 밀고하였느냐 하면, 즉 서 참봉, 조 참위 두 악한 신사의 소위이다. 이 두 악한 신사는 어제 오후에 탑골공원에서 이 사실을 가지고 이 협판 댁 부인을 공갈하여 돈을 먹자고 약속한 바이니 그때 이 협판의 집에서 돌아 나와 종로 옥동 할멈 집에서 부인을 만나서 공원에서 둘이 의논한 바와 같은 방법으로써 말을 하니, 그 부인은 아주 모른다고 내밀 뿐 아니라, 크게 노증을 내어 필경에는 도적 같다 하는 말까지 하는지라 서 참봉과 조 참위는 자기들의 생각대로 성사를 못한 것도 크게 유감인 터인데, 그 위에 겸하여 도적이라는 말을 들었음에 당장 분한 마음이 등등하여 그길로 바로 경찰서로 향하다가 마침 중로에서 이 사건에 대하여 발분망식하고[121] 크게 활동하는 방 순사를 만나서 일일이 밀고한 것이다. 그때 방 순사는 역시 이숙자를 체포하기 위하여 경부 이하 순사 수인과 같이 김 백작 댁에 가서 영장을 보이고 가택 수색까지 하고도 숙자가 없음으로 체포치 못하고 아주 낙망이 되어 기운 없이 돌아오는 길이라 마침 이 말을 들으니 발끝이 들리고 어깨가 솟도록 기쁘고 반가워 한걸음에 경찰서에 가서 서장께 고하고 순사 셋을 데리고 그날 밤 남행열차로 천안역에 하차하여 아산 서

120) 차사(差使): 임금이 중요한 임무를 위하여 파견하던 임시 벼슬, 또는 고을 원이 죄인을 잡으려고 내보내던 관아의 하인
121) 발분망식(發憤忘食)하다: 끼니까지도 잊을 정도로 어떤 일에 열중하여 노력하다.

원촌의 김 백작의 농막을 찾아 들어오는 길이다. 이때 방 순사는 순사 셋을 데리고 사립문을 차 열고 마당에 썩 들어서서 큰 소리로

"주인, 주인!"

수삼 차 부르는 소리에 놀라 일어난 주인 영감은 잠이 미처 깨지 못하고 고의[122]를 추켜 들고 문을 열고

"아니, 그 어떤 사람이여?"

하면서 자세히 보더니 깜짝 놀라 왈칵 뛰어나오며

"아이고, 이것 큰일 났어, 큰일! 여보, 할멈. 아이고, 아씨! 순검이, 순검. 아이고, 이 일을 어찌하냐, 어찌하냐."

하면서 어찌할 줄을 모르고 미친 사람같이 마당 네 구석으로 이리저리 정신없이 뒤굿그러지면서 할멈만 부른다.

방 순사는 회중에서 전기등을 꺼내 불을 일으키더니 그냥 작은 방으로 들어가서 이숙자를 끌어내어 새끼 같은 포승으로, 힘센 손으로 두 팔이 끊어지도록 결박을 잔뜩 해서 놓으니 아까 방 안에서부터 주인이 부르는 소리에 벌써 혼이 나고 넋이 뜬 숙자가 독한 손의 결박을 어찌 견디겠는가. 그 자리에서 기절하였다. 주인 내외는 어찌할 줄을 모르고 황황급급하게 숙자에게 달려들어 입으로 포승을 물어 함부로 떼려 하니, 이때 방 순사는 검은 눈을 부릅뜨고

"왜 이리 덤비느냐!"

하면서 발길로 차서 던지니 옆에 서서 보던 여러 순사들이

122) 남자의 여름 홑바지. 한자를 빌려 '袴衣'로 적기도 한다.

유순한 말소리로

"아니, 여보, 노인장. 이리 하실 것 없으니 진정을 하시오 그려, 진정을. 그리고 또 아씨가 방금 기절을 하였으니 찬물이나 조금 마시게 해 주고 사지를 조금 주무르시구려."

하면서 숙자의 결박을 끌러 조금 늦추려 하니 방 순사는 화증을 내어

"아니, 이 사람들이 왜 이리 정신없는 짓을 하느냐 말이여. 살인 정범의 형사 피고를 보고 아써니 무엇이니 그것이 경찰 관리의 말이냐, 무엇이여. 요마한 처녀로 그같이 큰 범죄를 행하고도 또 이 세상에서 살아 볼 생각이더냐. 죽어도 관계없다 그런 말이여, 응. 사람마다 다 윤 순사 같은 줄만 알았더냐."

순사들은 그냥 민망한 모양으로

"아니, 그렇지마는 죽은 사람을 잡아가면 어떻게 한다 말이여. 글쎄, 살려서 잡아가야 일이 되지 않느냐 말이여."

하면서 결박을 조금 늦추어 놓고 응급수술을 행하니 숙자가 겨우 회생한다. 이때 방 순사는 숙자를 일으켜서 가기를 재촉하는데, 생래로 오 리[123] 행보도 못 했을뿐더러 이 같은 살풍경을 당한 숙자는 능히 바로 서지도 못하는데, 어찌 걸음을 걸을 수가 있으리오. 그 주인 내외는 순사를 향하여 애걸하는 말로

"아씨께서 이 지경에 도저히 행보하실 수가 없으니 날이

123) 리(里): 거리의 단위. 1리는 약 0.393km에 해당한다.

새면 저 건넛마을의 가마를 얻어 올 터이니 타고 가시도록 하시면 좋겠습니다."

방 순사는 눈을 흘겨서 쳐다보며

"너는 좋지마는 나는 좋지 않다 말이여."

여러 순사는 다시 동정의 말로 방 순사를 향하여

"아니, 저 주인 말도 무방하군. 좌우간 죽어가는 사람이 행보를 할 수 있어야지."

"이 사람들은 왜 이리 정신이 없다 말이여. 정말 못 걸을 것 같으면 내가 끌고라도 갈 터여."

순사끼리 서로 말을 달아 할 때에, 마침 문전에서 어떤 사람 둘이 가는 말소리로 말을 한다.

"아이고, 이것, 일 글렀어. 조금만 일쩍 왔더라면……. 이 일을 어찌하냐 말이여. 그렇지만 들어가서 임시변통을 해볼 수밖에……."

하면서 마당으로 들어오는데, 그 형색은 시골 일꾼 모양이다. 저희끼리 서로 하자니 말자니 승강이를 하던 여러 순사는 말을 그치고 이 두 사람을 이상하게 쳐다본다. 두 사람은 여러 순사에게 공손하게 절을 하더니 다시 말을 한다.

"우리는 이 댁에서 농사일을 품 드는 사람인데, 시방 저 초당 방에서 여러 나리께서 하시는 말씀과 우리 주인 영감님의 말씀을 듣고 왔습니다마는 이제 날은 다 새 가지요마는 가마를 얻어 오자면 시간이 늦을 것이오니 제가 아씨를 업고 천안 정거장까지 갔으면 좋을 듯 생각하옵니다."

하면서 주인 영감을 쳐다보니 주인 영감은 정신없이 두 사람을 쳐다보며 무슨 말을 하려다가 다시 짐작한 모양으로 순사를 향하여

"저 사람들 말이 제일 방편한 듯하니 그리하십시오."

순순히 말을 한다.

이때 여러 순사도 그 사람의 말이 방편이라고 여출일구로 방 순사의 허락을 청하니 방 순사 역시 숙자가 능히 행보를 못 할 것 같아 부득이 허락하니 그 두 사람 중에도 장대한 사람이 나서서 이숙자를 업고 앞뒤로 순사가 영라하여[124] 서원촌을 떠나니 이때에 벌써 동방이 밝은 빛을 띠어 날이 점점 새는데, 구름 사이에 두세 점 석근 별이 비친다.

괴이하다. 이 두 사람은 어떠한 사람이냐. 하나는 재작일 김 백작 댁 후원 별당에 출현하여 옷보를 가져와서 숙자에게 도망하자고 권유하던 삼각수의 수염 난 사람이요, 또 하나는 일전부터 이 협판 집에 새로 들어온 하인 돌돌쇠(일명 육손이)이다. 그러나 삼각수와 육손이는 어떠한 사람이며 가련한 숙자의 신상은 어떻게 변천이 되는지……. 정 남작 피살 이후로 각 방면에 영향이 많이 미쳤으나, 아직까지 구의산중(九疑山中)에서 방황하는 진실한 범죄인의 행위는 방금 각 방면에 향하여 일대 탐정의 암중비약하는 신출귀몰한 행동으로 인하여 발현될 것이니 불가불 한 편을 기다려서 해석할 것이다.

124) 영라(領拿)하다: 붙잡아서 끌고 가다.

下

상편에서 연재한 사실을 참작하여 시험조로 한번 추측하여
볼진대 옥중에서 고통을 받는 이숙자가 과연 정 남작을 살
해하였는지, 원래 이숙자는 심중에 연애를 굳게 맺은 권중
식이가 있으므로 그 모친의 권유를 응종치 않고 정 남작과
결혼하기를 사절한 결과로 그 모친 김 씨 부인의 분노를 일
으켜서 필경에는 모친이 자살하겠다는 경우를 당함에 모자
간의 인정으로 가히 차마 못할 일이라 여러 가지 생각하던
나머지에 차라리 정 남작을 죽여서 없애면 이같이 민박함은
피할 줄로만 생각하고 어시호[125] 범죄의 의사가 생겼는지,
또는 피살한 정 남작의 손에 쥐여 있던 머리카락이 이숙자
의 것이라는 증거가 확실한 이상에 이르렀으니 이숙자를 범
죄자라고 인정하는 방 순사도 또한 무리한 바 아니라고 할
것이다. 그러나 숙자의 소행으로써 살인 범죄의 악한 행위

125) 어시호(於是乎): 이 즈음. 또는 이에 있어서.

를 한 독부라고 지목하기는 또한 의문이 될뿐더러 방금 유명한 탐정의 주목으로 숙자를 무죄로 주장하는 터인즉 심히 복잡한 이 사건은 진실로 요량하기 어렵다.

악한 신사 서 참봉과 조 참위가 숙자가 잠복한 처소를 경찰서에 밀고하여 그 혹독한 방 순사의 손에 잡힌 가련한 이 숙자는 그물에 든 고기와 농에 든 새처럼 암흑한 옥방에 답답하게 갇혔는데, 안동 권중식은 아직 오지 아니하고 또 윤 순사는 출장이 되었으니 이제 뉘가 있어 숙자로 하여금 무죄케 하고자 하여 열심히 진력할까. 이같이 수일을 경과하면 가련한 숙자는 옥중의 귀신이 될는지도 알 수 없다.

아, 슬프다. 숙자는 세상에 아무 경험 없는 어린 간장으로 이 같은 범죄의 혐의를 입었음에 놀라서라도 벌써 자진하였을 것이로되 한갓 이 범죄의 혐의를 변백하지 못하고 그냥 자진하는 것이 마음에 크게 유감이 될뿐더러 한 가지 기대하는 사람이 있는 고로 여러 가지 분함과 부끄러움을 참고 살아왔지마는 그 혹독한 방 순사의 손에 두 팔이 끊어지도록 결박을 당한 숙자는 그 현장에서 기절하여 근근 회생은 되었지마는 그로써 병이 나서 크게 고통을 받으니 실 끝 같은 생명이 오래 보존치 못할 것 같다.

아, 박명한 이숙자의 신세여. 뉘가 능히 보호해 줄까. 천지신명의 음호(陰護)로 벌써 어떠한 사람을 명하여 숙자를 구완하게 하여라. 알지 못한다. 구완하는 이 사람은 또한 누구인지?

이때 사직동 김 백작의 영양 숙경은 숙자를 보낸 후로 마음이 섭섭하고 궁금하여 견디지 못하는 중에 아산 서원촌 농막에서 숙자가 포박되었다 하는 기별을 듣고 원통하고 분한 마음을 스스로 금치 못하고 어찌할 바를 모르며 조급하게 지내는데, 이날은 마침 심미자가 와서 둘이 서로 숙자의 신상에 대하여 여러 가지 의논을 하다가 숙경은 탄식하고 말을 하되

"우리가 이같이 초심하기로[126] 숙자를 보호할 능력이 조금도 미치지 못하고 앉아서 용만 쓴들 어찌할 계책이 없으니 이때 윤 순사나 있었더라면 설혹 권중식 씨가 아니 온다 하더라도 윤 순사의 힘으로 능히 숙자를 구완할 터인데, 그 사람이 역시 출장이 되었으니 이같이 불행한 일은 어디 또 있으리오. 숙자는 참으로 액운이 많은 사람이로군."

하면서 쓰린 빛을 띤다.

미자 역시 느끼는 기색으로 숙경을 향하여

"그런데 권중식 씨는 어찌해서 이제까지 오지 아니하는지. 그 참, 알 수 없는 일이로군."

"참, 그래. 이같이 급한 때에 무엇을 그리 주저하는지 그 같은 큰 은혜를 베푼 숙자의 일인데……."

"참으로 할 말은 아니지마는 그동안 숙자가 견뎌서 살아날지, 만약 죽기나 하게 되면……."

하더니 부지중 구슬 같은 눈물이 두 귀밑에 떨어진다. 숙

126) 초심(焦心)하다: 마음을 졸여서 태우다.

경도 역시 눈물을 가려서

"참, 혹시 그리될는지도 알 수 없지. 그 악독한 방 순사는 숙자가 기절이 되도록 결박을 하였다니 그 연약한 몸에 어찌 살아나기를 바라겠느냐."

"세상에 그 사람은 무슨 원수가 맺혔기로 그렇게 심하게 하는가."

"아니, 우리가 이렇게만 할 것이 아니라, 숙자를 한번 면회하는 것이 어떠하냐?"

"그것 좋은 일이여. 우리가 가서 그 마음을 만분의 일이라도 위로하는 것이 좋지 않으냐."

"그러면 우리 아무도 모르게 한번 갔다 오자."

"그러나 감옥에서 그 같은 사람을 면회하는 수속이 대단 어렵다는데, 그것을 어떻게 한다 말이여."

"아니, 거저 들어가서 그냥 못 보는 것인가? 우리 둘이 다 그 수속을 알지 못하니 어떻게 한다 말이여."

생각이 망연하여 어떻게 할 줄을 모르고 잠자코 앉았던 미자는 다시 말을 한다.

"그러면 숙경, 좋은 일이 있다."

"무슨 좋은 일이여?"

"우리 오라버님께 내가 말씀을 하고 같이 가실 것 같으면 그 수속도 가르쳐 주실 뿐 아니라, 감옥의 관리들에게 소개를 잘 해 주시면 다른 사람보다는 면회도 잘 될 듯하니 그리하면 좋지 않겠느냐."

"응, 그리만 하면 참 좋겠군. 그리고 또 숙자를 잘 보호해 달라고 감옥 관리에게 부탁을 잘 하시도록 말씀도 드리면 겸해 좋은 일이로군."

소슬한 높은 바람은 먼지를 불어 일으키고 때는 오후 12시쯤 되었다. 경성 감옥의 큰 문 앞에 인력거 세 채가 닿았는데, 이는 곧 숙자를 면회하러 오는 숙경, 미자 두 영양과 또 인도하기 위하여 따라온 육군 정령 심천식 씨이다. 감옥 문전에서 함께 인력거에서 내려서 감옥으로 들어가더니 두 영양은 대합실에서 기다리고 심 정령은 바로 사무실에 들어가서 한 10분이나 지나 다시 나와 대합실에 있는 자기의 누이 미자를 대하여

"숙자는 방금 병이 나서 능히 기동을 못 하니 면회실에서 공식으로 면회를 허가하기가 어려운 터인데, 오늘 나만 와서 말할 뿐 아니라 어저께 김 백작 대감께서도 전옥[127]에게 부탁하신 일이 있었던 고로 오늘은 특별한 처치로 감방 안에서 면회하도록 하였으니 너무 과히 분주하게 하지 말고 조심하여 속히 보고 나오도록……."

이 말을 들은 미자는 기쁜 마음으로 숙경과 함께 간수의 안내를 받으며 감방으로 들어간다. 이때 서늘한 옥방의 이불 속에서 드러누워 정신없이 앓는 이숙자는 사람이 들어오는 줄 깨치고 무거운 머리를 들고 눈을 반쯤 떠서 본다. 이 모습을 본 숙경과 미자는 좌우로 달려들어 숙자를 안고 아

127) 전옥(典獄): 교도소의 우두머리

무 말도 못 하면서 한갓 울기만 하더니 김숙경은 겨우 정신을 차려 눈물을 거두고 숙자의 손을 잡고 말을 한다.

"숙자! 아, 숙자야. 어떻게 견디느냐? 아무 죄도 없는 숙자가 어찌해서 이 모양으로 되었느냐. 무엇이 어떻다고 말할 수 없으니 가엾고 박절하다그려. 그러나 이왕 이같이 된 이상에는 하는 수가 없으니 한갓 마음을 잘 가지고 부디 병이나 속히 낫도록 하려무나. 그런데 약이나 먹느냐? 세상에 이같이 절박한 일이 또 어디 있겠느냐."

목이 막혀서 능히 말을 못 한다.

이때까지 숙자의 팔을 만지면서 느끼던 심미자는 숙경의 말을 따라 말을 한다.

"숙자, 숙자. 나는 너를 보니 어떠하다고 할 말이 없다그려. 내가 가슴이 벌어지듯이 마음이 아리는데, 당한 너는 범연하겠느냐. 죄 없는 숙자가 이러한 지옥에 들어와서 병이 난들 약 한 첩 주는 사람이 없으니 아, 가엾다. 꿈에도 듣지 못한 살인 범죄의 혐의로서 듣기만 해도 몸이 떨리는 어두운 옥방에 갇혔으니 아, 이것이 꿈인지. 꿈이거든 속하게 깨워다오."

하면서 헐헐 느끼는데, 금치 못한 두 영양의 눈물에 이불 깃이 젖었다.

이 두 영양이 하는 말과 거동을 보며 숙자는 눈물을 가리고 울울한 한숨을 내리 쉬며 말을 한다.

"아, 세상에 누구든지 동류는 다 있다 하지마는 친형제보다도 더 정다운 숙경과 미자 같은 동류가 어디 또 있으리오. 내가 죽더라도 가히 잊지 못할 것이다. 이같이 친절한 인정을 내가 이 세상에 살아서 갚지 못하게 되었으니 어찌 애석하고 원통치 아니하리오. 그러나 저 생에 가서라도 갚을 것이다. 나는 이제 이 세상에 몇 날 동안 부지하기 어려우나 다행히 오늘 서로 만나보니 이로써 이 세상의 영결이 될지 알 수 없군. 아, 슬프다. 숙경아, 미자야. 손이나 한번 쥐어 보자."

하면서 두 영양의 손을 잡고 다시 말을 연해 한다.

"그동안에 여러 가지 걱정을 많이 끼쳤으니 아무리 친한 동류끼리라도 어찌 불안치 아니하랴. 숙경아, 돌아가서 아버지와 어머님께 말씀이나 잘 하여 다오. 또 권 학사가 오시거든 이 말을 잘 전해 주려무나. 그리고 내가 죽어도 잊지 못할 일은 그, 저, 아산 서원 농막의 노인 내외분이 나 때문에 그 모진 방 순사의 발길에 차여 기절을 하고 죽지는 아니하였으며 또 윤 순사도 사지에 출장을 보내져서 어떻게 되었는지. 모두 내 한 몸으로 인연해서 여러 사람에게 좋지 못한 영향을 미쳤으니 무엇이라고 사죄할 수가 없게 되었다그려. 이것이 내 마음에 제일 쓰이는 것이다. 부디 내 대신으로 말이나 잘 하여 다오. 나는 아무리 생각하여도 이로써 회생이 못 될 것 같다. 아, 숙경아, 미자야. 장래의 큰 행복을 많이 받아 기쁘게 잘 살아라. 나는 또⋯⋯."

무슨 말을 달아 하려다가 울음이 목에 걸려 말을 못 하고 눈물만 떨군다.

이때 숙경은 슬퍼하는 숙자의 말을 듣고 눈에 가득한 눈물을 닦고 다시 말을 한다.

"아, 숙자야. 어찌해서 이같이 슬피 생각하냐. 천지신명이 계시니 설마 너로 하여금 이 옥중에서 원앙한 죽음이 되도록 하실 리가 있겠느냐. 아무쪼록 마음을 넉넉하게 가지고 조금도 낙심할 것 없이 하루라도 병이나 속히 낫도록 하여 다오. 또 아산 농막의 할멈은 벌써 회생이 되었으니 그같은 세쇄한[128] 생각은 하지 마라. 집에 가서 의원을 곧 보낼 터이니 약이나 먹고 조리나 잘 하여 다오. 숙자가 만일 마음을 약하게 가져서 불행한 일이 있을 것 같으면 나도 질색이 되어 죽을 것이라 말이여. 동류가 허다히 많이 있다 할지라도 숙자와 미자는 정말 나의 동생과 같이 서로 친애하는 터인데, 만약 숙자가 이 세상을 버리고 갈 것 같으면 나는 물론 미자도 질색해 죽을 것이니 숙자가 우리를 세상에 살려 두고 싶거든 부디 마음을 강하게 가져서 병이나 쾌복되어 전과 같이 고운 얼굴을 다시 한번 보게 하여 다오. 그동안 안동에서 권 학사나 오시게 되면 좋은 소문이 멀지 아니했으니."

미처 숙경이 말을 다 마치기 전에 말끝을 달아 미자도 말을 한다.

"금방 숙경이 한 말과 같이 만약 숙자가 죽게 되면 우리는 같이 저생으로 돌아갈 수밖에……. 서로 형제같이 무슨 말이라도 사양 없이 통정하며 매일 추축하고 노는 것이 우리

128) 세쇄(細瑣)하다: 시시하고 자질구레하다.

의 가장 낙 되는 일인데, 이제 만약 숙자가 불행하게 죽을 것 같으면 우리는 기가 막혀서 살 수가 없을 것이니 부디 마음을 약하게 먹지 말고 병이나 낫도록 하여 다오. 그리고 또 숙경의 아버지께서 어저께 전옥에게 편지로 부탁하신 일도 있고 오늘 우리를 데리고 오신 내 오라버님께서 그 감옥 관리에게 말씀을 잘 하셨을뿐더러 감옥 안에도 의사도 있고 약도 있다. 조금도 사양할 것 없이 의사에게 진찰을 청해서 때때로 약을 얻어먹고 하루라도 속히 몸이 쾌하도록 조리를 잘 하여 다오."

숙자는 숙경과 미자의 말을 듣더니 더욱 슬픈 마음을 이기지 못한다. 무엇을 생각하였는지 다시 마음을 강작하여 하는 말이

"숙경과 미자의 친절한 인정을 위하여 아무쪼록 마음을 잘 먹고 견뎌 내도록 결심하겠으니 부디 과히 걱정하지 마라. 이같이 불행한 몸이 저 같은 정다운 동류를 가졌으니 한편으로는 기쁠뿐더러 한갓 동류라고만 할 것 아니라 큰 은인이라고 할 터인데, 진실로 우리 어머님보다 몇 배나 더 친절하다그려. 어머님께서는 아직 한 번도 면회하러 오시지 않았고 어저께 옥매와 춘매가 와서 보고 갔을 뿐이다. 나에게는 어찌해서 친어머니보다 다른 사람이 친절하게 하는지……."

이때 밖에서 심 정령이 들어와 미자를 불러서 무슨 말을 하더니 다시 밖으로 나가고 미자는 혼자 감방으로 들어와서

말을 한다.

"금방 내 오라버님께서 말씀하시기로, 벌써 시간이 늦어 가니 남의 첨시에 너무 과히 하지 못하겠으니 이 다음날 또다시 와서 보고 오늘은 고만 돌아가는 것이 좋을 듯하다고 하시니 어떻게 할까?"

숙자는 다소간 미안하게 생각하던 차에 미자의 말을 듣고 속한 대답으로

"이 다음날에 또 올 것도 없으니 고만 잊고 돌아가 있으면 내가 죽지 아니하게 조리를 할 터이니. 자, 그만 속히 돌아가는 것이 내게도 얼마큼 편할 듯하다그려."

숙경과 미자는 사세부득이하여 숙자를 하직하는 바이다. 이때까지 면회를 입회하기 위하여 옆에 있던 여간수도 그 애연한 말과 거동을 보더니 절로 흐르는 뜨거운 눈물이 동정을 이기지 못하는 것 같다.

해는 벌써 서산에 떨어지고 별당의 빈 난간에 찬 달빛이 비치는데, 숙경은 미자와 같이 낮에 가 보던 감옥의 모든 설비에 대한 이야기를 하고 또 숙자의 일에 대하여 무한히 걱정하며 여러 가지 좋은 계책을 의논하는 때에 마침 시비가 들어와서 기쁜 모양을 띠고 급한 말로

"아씨님, 안동 권 학사 나리께서 시방 와서 계십니다."

하면서 통지를 들인다. 숙경과 미자는 이 말을 듣고 급히 나가 권중식을 맞으러 간다. 권중식은 자리에 앉아 두 영양을 향하여 온순한 말로 오래 못 뵌 인사를 한 뒤에 말을 달

아 한다.

"원념하신[129] 덕으로 가친의 병환은 속히 쾌복이 되었기로 저는 급히 상경할 터인데, 윤 순사의 편지를 보고 즉시 대구로 가서 돈을 천 원이나 주고 고빙해서 같이 상경하자고 약속을 하였던 탐정 김응록은 그냥 행위 불명으로 도망하고 없어서 그 사람을 찾다 못해서 또 다른 사람을 고빙했더니 아, 이 사람 역시 돈만 받고 간 곳이 없으니 나 혼자 간다면 별 효력이 없을 것 같은 고로 기어이 탐정을 찾아서 함께 오려고 하다가 필경 찾지도 못하고 이리저리 날만 늦었습니다. 그러나 저는 신문을 보고 자세히 알았습니다. 숙자 아씨의 환란은 다시 말할 수도 없거니와 그 영향으로 아산 농막의 마름 내외분이 무참하게 죽을 뻔하였고 또 윤 순사는 폭도 토벌로 출장이 되었다고요. 그같이 불안한 일은 다시없을 것이에요. 또 그는 그렇지만 금번 이 사건에 대해서 두 아씨께서 매우 수고를 많이 하시고 무한히 걱정을 하셨으니 대단 감사합니다."

숙경은 이 말을 듣고 얼굴을 고쳐서 권 학사를 대하여

"무슨 그런 말씀을 하십니까. 우리에게는 친동생의 일과 조금도 다름없는 친한 동류의 일인데, 그것을 남의 일 보듯 수고롭다니, 걱정이니 하는 생각이 있겠습니까. 말씀드릴 것 같으면 우리가 도리어 당신에게 사죄할 일입니다. 왜 그러냐 하면 우리가 좋은 계책을 잘하였으면 숙자가 오늘 옥

129) 원념(遠念)하다: 멀리 떨어져 있는 사람의 신상을 생각하거나 걱정하다.

중에서 저같이 고통을 받을 리가 있겠습니까. 이 일을 생각하면 마음에 후회가 나서 견디지 못하겠습니다."

"무슨 그러할 리가 있겠습니까. 막비130) 운수로 하는 수가 있습니까. 그런데 오늘 낮차로 와서 바로 대사동 이 협판 댁으로 가서 부인을 방문하고 다시 나와 경성 감옥에 숙자 아씨를 면회하였습니다마는 그때 두 아씨께서 면회하시고 돌아가신 지가 얼마 되지 아니했다고 그럽디다. 그 어려운 곳까지 가셔서 면회를 하셨다니 그 친애하시는 정분은 어떻다 할 수 없습니다."

"네, 그런데 벌써 숙자를 면회하시고 오시는 길입니까? 이제는 숙자도 마음을 조금 넉넉하게 가지겠습니다. 그러나 병이 속히 나아야 할 터인데……."

"네, 숙자 아씨는 제가 아까 면회할 때에 감옥 의사를 청하여 진찰까지 하고 약을 먹였습니다. 그러고 또 약도 약이지마는 제일 음식을 먹어야 될 터인데, 우유며 계란 같은 것도 때때로 들여 주라고 감옥에다 돈을 차입해 두었어요."

권중식의 말을 듣고 심미자 또한 말을 한다.

"네, 그렇습니까. 그 참 잘 하셨습니다. 우리야 그런 법을 알 수가 있어야지요. 마음에 겁부터 먼저 나서 근근이 면회만 하고 돌아왔습니다마는 당신은 그만큼 준비를 하셨을뿐더러 제일 숙자가 당신을 보았으니 병도 차차 효험이 있을 것입니다. 학교 선생님의 말씀과 같이 대저 병이라 하는 것

130) 막비(莫非): '아닌 게 아니라'를 한문 투로 이르는 말

은 무엇보다도 정신의 작용으로 신경에서 생겨나는 것이니 마음만 조금 너그럽게 가지면 병도 쉬이 나을 것이에요."

숙경이 다시 말을 한다.

"그런데 이 협판 댁에 가니 그 부인께서 말씀을 많이 하시지요?"

"아니요, 조금 걱정하실 뿐이지, 별 장황한 말씀은 그리 없습디다. 저는 신문을 보고 자세히 알았습니다."

"네, 그렇습니까. 그러나 시방은 무엇이 어떻다 하는 것보다 제일 진실한 범죄자를 수사해서 숙자의 혐의를 하루바삐 변백하고 속히 출옥을 해야 할 터인데 무슨 좋은 방책이 있습니까?"

"네, 이제 말씀한 바와 같이 처음 대구에서 고빙한 탐정은 다 간 곳을 모르고 저 혼자 올라올 때에 어떻게 할까 생각하다가 아까 감옥에서 나오는 길에 어떤 변호사를 찾아서 이야기를 하였더니 그 변호사의 말이, 동대문 밖에 있는 이 선달이라 하는 사람이 있는데, 이 사람은 이왕 경시청 탐정장으로 10여 년 근무하던 사람인데 탐정으로는 경성 내에서 제일이라 합디다. 그런데 그 사람은 자기의 부하로 탐정을 십여 명씩 두고 매양 경성 시내로 돌아다니면서 무슨 일이든지 탐정하는 고로 남의 비밀한 일은 무슨 일이라도 알고 있어 매양 변호사에게도 중상을 받고 민·형사 간에 탐정을 잘한다 합디다. 그런데 그 변호사의 말로 이 사건에 대해서도 벌써 진정한 범죄인을 알고 있는지도 모른다고 합니다.

그러니 제가 내일 아침에 동대문 밖 이 선달을 찾아가서 돈은 얼마든지 그가 청구하는 대로 주고 고빙을 할 수밖에 없습니다."

"네, 그렇습니까. 그 사람이 이 선달이라 했습니까? 그런데 오늘 아침에 아버지께서 하인을 보내서 이 선달이라 하는 사람을 데리고 오라고 하셨는데, 마침 그 사람이 없어서 불러오지 못했습니다. 저는 무슨 일인가 하였더니 이제 들으니 짐작하겠습니다. 그 변호사의 말이 맞다면 정 남작을 살해한 죄인도 벌써 탐정해서 아는지도 모르지요. 그 말씀을 들으니 우리도 조금 안심이 되겠습니다."

미자 역시 말을 달아

"그 말씀을 들으니 이제는 내가 살았는가 싶습니다."

두 영양은 기쁜 마음으로 밤이 새면 숙자가 곧 출옥이 될 것같이 생각하는 터이다.

이때 마침 밖에서 시비가 들어와서 숙경 아씨에게 어떤 편지 한 장을 드리는데, 숙경은 이 편지를 받아서 보더니 다시 시비를 불러서 묻되

"이 편지를 누가 전하더냐?"

"어떤 낯선 사람이 가져와서 아씨께 드리라 합디다."

"그런데 이 피봉에 출신인의 성명을 쓰지 아니했으니 알 수 없다 말이여."

미자는 그 말을 듣고 편지를 받아 보면서

"그러나 수신인은 숙경 아씨라 하였으니 한번 떼어 보자."

동대문

숙경은 괴이하게 생각하며 다소간 의심이 나되 이왕 자기에게 전한 편지이다. 미자의 말을 좇아 봉투를 떼어 보니 그 편지는 순언문으로 썼으되 그 사실은 즉 아래와 같다.

제례하옵고 두 아씨께서는 근일 숙자 영양의 혐의 사건에 대하여 잠시라도 마음을 놓지 않고 크게 걱정하시며 여러 가지로 수고하시는 일은 저 역시 무한한 동정을 표시하는 바입니다. 그러나 숙자 아씨의 무죄한 증거가 벌써 충분하게 발각되었으니 두 아씨께서는 이로써 영위 안심하시고 일간 제가 방문하기를 기다리심을 바랍니다.

직일 ○ ○ ○ 상함

이 편지를 본 숙경과 미자는 뉘가 보낸 편지인지 이상하게 생각하여 묵묵히 앉았는데, 이때 권중식이 말을 한다.

"아마 이 편지를 한 사람은 누구든지 우리와 관계있는 사람으로 숙자 아씨를 보호하는 사람인 듯한데, 혹 생각 가는 곳이 없습니까?"

숙경은 다시 고개를 들어 권중식을 향하여

"아무도 그런 사람은 없습니다."

미자도 말을 따라 한다.

"그 사람이 일간 방문하겠다 하였으니 이다음에 오면 알겠지요."

이 말을 듣던 숙경은 웃으면서

"그야 물론 오면 알겠지마는."

하더니 또다시 무엇을 짐작한 모양으로

"그러나 이 편지가 악한 사람의 독한 계책이나 아닌지 알수 없습니다. 왜 그러냐 하면 오랫동안 숙자를 옥중에 두고보면 정녕코 병으로 죽을 것이라고 바깥사람들이 평론하는터인데, 이제 우리가 자기의 편지만 믿고 안심하여서 급하게 여기지 않고 몇 날을 지날 것 같으면 숙자는 그냥 옥중에서 죽을 것이니 숙자만 죽게 되면 아무도 진정한 범죄자를열심히 수색도 아니 할 줄 알고 우리가 급하게 운동을 아니하도록 저희하는[131] 것일 수도 있습니다."

권중식은 숙경의 말을 듣고 웃으면서 하는 말이

"한편 생각하면 그럴듯하지마는 숙자 아씨가 만일 불행하게 옥중에서 병사가 되어 그만 하는 수 없다고 자파할[132]것 같으면 혹 그럴지도 알 수 없지마는 죽으면 그때는 백 배나 더하게 격렬한 운동으로 기어이 범죄자를 발현해서 혼령이라도 범죄의 혐의를 변백하지 아니하지 못할 것인데, 아무리 악한 자이기로 그까지 생각이 미치지 못할 리가 있겠습니까."

"그와 같이 말씀을 하시니 그러할 듯합니다."

이때 말을 마치고 서로 무엇을 생각하는 듯 묵묵히 앉았

131) 저희(沮戲)하다: 귀찮게 굴어서 방해하다.
132) 자파(自罷)하다: 어떤 일을 스스로 그만두다.

는데, 이상하고 괴이하다. 밖에서 어떤 사람의 소리가 들리는데,

"그것은 조금도 의심하실 것 없습니다. 의심이 없어요."

하는 말소리가 두세 번 들린다. 방 안 사람이 모두 함께 놀라서 황급하던 중 권중식은 문밖으로 나와서 좌우를 살펴보니 사람은 간 곳 없고 적적한 빈 뜰에 소슬한 바람 소리와 창량한 달그림자뿐이다. 난간에서 방황하던 권중식은 방으로 들어오면서

"오냐. 아무리 하여도 나는 내 할 대로만 할 터이니 관계없다 그런 말이여."

말을 하고 다시 두 영양을 향하여

"밤도 벌써 깊어 가니 고만 돌아가겠습니다."

"조금 더 말씀하시다가 천천히 가십시오."

"네, 그런데 밤이 아직 그리 깊지 아니했으니 밤이라도 이 선달을 찾아가 볼까 합니다."

"네, 그러면 한시라도 속히 가서 보십시오."

권중식은 두 영양을 하직하고 종로에 나오니 때는 밤 9시가 되었다. 전차를 타고 바로 동대문 밖으로 나가서 이 선달의 집을 찾아 문밖에서 사환을 부르니 그때 한 육십이나 되어 보이는 노인이 나오는데, 한번 보니 성성한 백발에 서릿빛이 나되 얼굴은 아직 풍후하고 두 눈동자에는 일종 이상한 위엄이 있어 보이며 보통 사람과는 다른 듯하다.

'이 노인이 아마도 탐정으로 명성이 자자한 이 선달인가

보다.'

권중식은 이렇게 생각하고 공경하는 모양으로 상당하게 예를 하고 말을 한다.

"노인장이 이 선달이십니까? 제가 오늘 조금 의뢰할 일이 있어서 일부러 찾아온 바입니다."

노인은 반쯤 웃는 기색으로 권중식을 대하여

"내가 이 선달이라 하는 사람이지마는 의뢰하실 일은? 아마 생각하건대 탐정할 일인가 봅니다그려. 그러면 자, 이리 들어오시오."

하면서 안으로 들어간다. 이때 권중식도 뒤를 따라 사랑방으로 들어가서 그 노인만 쳐다보니 노인은 웃으면서 하는 말로

"무엇 그리 이상하게 보실 것 있소. 오늘 밤쯤 찾아올 줄은 짐작하였지만 노형이 안동 권 학사지요?"

권중식은 괴이하다 생각하고 노인에게 대답한다.

"네, 그렇습니다마는 노인장께서 저를 어찌 알았습니까?"

"허허, 아는 도리가 있습니다. 그러나 오늘은 매우 거북하실걸. 낮에 기차로 와서 대사동 이 협판 댁으로, 또 감옥으로, 변호사 집으로, 사직동 김 백작 댁으로, 또 이 밤에 내 집까지 와서……."

권중식은 더욱 놀라면서

"아, 그 일까지?"

노인은 다시 말을 달아

"오늘 나를 찾아온 것은 변호사 ○○○의 지도로 온 것이지요? 또 아까 김 백작 댁에서 어떤 편지를 보고 숙경 아씨와 서로 논란을 많이 하였지요?"

"하, 그 일을 다 알았습니까? 그러면 그때 밖에서 무슨 말하던 사람은 당신이셨습니까?"

"허허허허, 혹 그런지도 알 수 없어."

"하하, 그 참……."

하면서 권중식은 더욱 이상하게 생각한다. 노인은 또 말을 내어 웃으면서

"그런데 권 학사, 그렇지마는 정 남작을 죽인 사람은 이숙자가 확실하다 그런 말이여."

"아, 아니, 무, 무, 무엇이?"

하면서 눈동자가 둥그레진다.

"하하하, 그것은 농담이오. 그리 놀랄 것 없어요."

"그런데 정 남작을 살해한 범죄자는 이미 짐작하시는 것 같은데, 누구인지 말씀을 조금."

"네, 그는 내가 말을 하더라도 별 관계는 없겠지마는 내가 미리 말할 것 같으면 모처럼 죽을힘을 내어서 이때까지 탐정한 사람이 조금 섭섭할 터이라 내가 시방 말을 못 하는 것이라오. 아마 내일쯤은 그 탐정이 노형을 찾아서 범죄인의 성명을 말할 것이니 조금 기다리시구려. 그 탐정을 말할 것 같으면 귀신같이 일을 하는 터인데, 19년 전의 옛적에 발생한 복잡하고 흉악한 범죄사건의 원인을 낱낱이 말할 것이

오. 아까 김 백작의 댁으로 보낸 편지도 역시 그 탐정이 한 것이라오. 그리고 그 탐정은 감옥에 들어가서 열쇠를 도적질하기도 하고 혹은 남의 집 하인이 되어서 심부름도 하고 혹 경찰서에 들어가서 경찰의 비밀한 일도 알고 또 때때로 가쓰라[133] 머리틀을 쓰고 계집이 되었다가 늙은 사람도 되었다가 여러 가지 행동이 참으로 기이하고 괴이하여 귀신이 탄복을 할 것이오. 또 밤중에 남의 집에 들어가서 무엇을 도적질한 일도 있어요."

"그러면 그 탐정의 성명은 무엇이라 합니까?"

"아이, 벌써 잊었어요."

"그럴 것 없습니다. 말씀하십시오."

"아니, 아주 잊었다니. 그러면 다른 사람에게 말을 해서는 안 될 것이오. 그 사람은 팔자미라고 하는데, 그의 부하로 탐정하는 사람이 또 둘이 있소그려. 그 두 사람은 삼각수, 육손이라 하오그려."

"그런데 그 이름이 모두 별 이상한 이름입니다그려."

"응, 혹 이상하기도 하지. 그런데 그리만 알고 계시오. 나는 시방 또 다른 일이 있으니 밖으로 조금 나가야 하겠소."

"네, 그렇습니까. 대단히 감사합니다. 저도 돌아가겠습니다."

권중식은 이 선달을 하직하고 나와서 이 선달이 한 말을 다시 한번 생각하니 마음이 자연 기쁘다. 이같이 기쁜 소식을 숙경 영양에게도 가르쳐 줄 생각으로 다시 사직동을 향

133) 가쓰라(かつら[鬘]): 가발을 뜻하는 일본어

하려다가 밤이 벌써 늦은 고로 바로 여관을 향해 돌아갔다.

　서산으로 넘어가는 쇠잔한 찬 날빛은 점점 그림자를 거두고 사무실의 시계는 새벽 두 점을 치는 소리가 멀리 들리는데, 사랑하고 우애하는 부모, 형제, 처자와 이별하고 몇 달, 혹 몇 해 오랫동안 옥중에 굳이 갇혀 일동일정을 마음대로 못 하고 무한한 고통을 받는 수백 명의 수인들은 모두 다 잠이 들어 꿈과 같이 고향으로 돌아가고 취체하던[134] 간수들도 종일토록 근로한 나머지 다 첫잠이 깊이 들어 감옥이 적적요요하다. 쇠 봉창 틈 사이로 들어오는 찬바람이 살을 에는 듯 서늘한 이불 속에서 누워 앓는 이숙자는 숙경과 미자, 또 권중식, 여러 친애하는 사람들이 면회하고 간 뒤로 정신이 더욱 황홀하고 초민하여 잠 한숨 자지 못하고 전전반측에 이것저것 생각한다. 이때 천만뜻밖에 이 감방 밖에서 어떤 사람의 말소리가 들리는데, 아주 낮은 목소리로

　"아씨, 아씨님. 주무십니까. 저는 아씨에게 좋은 소식을 전하러 왔습니다. 조금도 저를 의심하시지 말고 또 겁내지 마시오."

　하니, 숙자는 무심히 누웠다 깜짝 놀라서 생각하되

　'철통같은 옥중에 낮이라도 사람의 출입이 어려운 터인데, 하물며 밤에 사람이 들어올 리가 만무한 것이다. 혹 옥중에서 원앙하게 죽은 귀신이나 아닌지.'

　몸이 소스라치도록 혼이 나서 한 말도 못하고 이불을 덮

134) 취체(取締)하다: 규칙, 법령, 명령 따위를 지키도록 통제하다.

어 쓰고 누웠다. 그 사람은 연해 말을 하되

"저는 탐정 김응록의 부하에 있는 사람인데, 아무리 철통 같은 감옥이라도 남의 눈을 속이고 출입하는 재주가 있습니다. 오늘 낮에 감옥의 열쇠를 도적질해서 두었습니다. 탐정 하는 사람의 행위가 원래 이같이 괴이한 일이 많습니다. 조금도 겁내고 의심하시지 마시오. 일전에 제가 대구에서 도적한 안동 권 학사의 의복과 또 여러 가지를 준비해서 삼각수로 하여금 김 백작 댁 별당에 들여보내서 아씨에게 다른 곳으로 도망하시자고 권고한 일이 있었지요. 그때 아씨께서 그 삼각수를 방 순사의 부하라고 생각하시고 도망을 아니 하셨기 때문에 오늘 이 같은 고생을 하십니다. 그뿐 아니라, 우리 일에도 방해가 많이 되었습니다. 그리고 또 김 백작 대감의 계책으로 아산 농막에 가신 줄 알고 우리도 안심하였더니 뜻밖에 조 참위와 서 참봉의 밀고로 경찰서에 발각이된 것까지 알고 아씨를 구완하기 위하여 삼각수와 같이 아산 서원으로 내려가니 벌써 때가 늦어서 목적대로 행치 못하고 부득이 아씨를 업고 천안 정거장까지 오지 아니하였습니까. 폐일언하고 이제 와서는 아씨의 무죄한 증거가 발각이 되었으니 안심하십시오. 그러나 아씨께서 무죄로 방면이 되는 동시에 또 아씨께서 슬퍼하시고 분하실 일이 생길 것입니다."

이때야 숙자도 조금 마음을 진정하여 가는 목소리로 하는 말이

"네, 그리 말을 하시니 대강 짐작하겠습니다마는 그 슬프고 또 분할 일은 무엇인지 그것까지 말씀해 주십시오. 궁금해서 견딜 수가 없습니다."

"네, 말씀하기는 어렵지 않습니다마는 아씨께서 병이 다 나은 뒤에 말씀하겠습니다. 그만 저는 돌아가겠으니 부디 병 조리나 잘 하십시오."

"아니, 조금만 계십시오. 그런데 당신은 누구시오? 당신이 김응록의 부하라고는 하지마는 당신이 곧 김응록 씨가 아니오?"

"누구든지 좋지 않습니까?"

"그렇지마는 조금 알았으면 좋겠습니다."

"네, 그러실 것 같으면 저는 곧 아씨 댁 하인입니다."

"아니, 그러면 내가 모를 리가 없는 터인데, 바로 말씀을 하시구려."

"아니, 참말입니다. 저는 아씨께서 저 사직동 김 백작 댁에 계실 그때에 새로 든 하인인데, 옥매, 춘매는 저를 '신병정'이라고 부르지마는 제 이름은 '돌돌쇠'라 합니다. 그러나 만일 간수가 잠이 깨게 되면 좋지 못할 것이니 속히 돌아가겠습니다."

하더니 홀연 간곳없이 나갔다. 숙자는 망연하게 누워서 괴이하고 이상한 생각으로

'돌돌쇠, 돌돌쇠. 그 이름부터 이상한 모양인데, 아마 대구서 온다는 탐정 김응록의 별호인지도 알 수 없군. 그는 그렇

지만 내가 무죄 방면되는 동시에 슬프고 분한 일이 또 생길 것이라 하니 그것 무슨 일인지……. 무죄 방면이 되면 물론 기쁘고 좋을 것인데, 그 참 알 수 없는 일이다.'

이리저리 뒤쳐 생각할 때에 악악한 닭소리는 사면에 들린다. 연일 소슬하게 부는 찬바람은 아침부터 홀연히 그치고 봄날같이 따뜻한데, 진실로 소춘 천기(小春 天氣)이다. 때는 오전 11시쯤 되었는데, 권중식은 숙경 영양을 방문하여 어젯밤에 이 선달이 하던 말을 자세히 전하고 그 이 선달의 비범한 일을 탄복하니 숙경도 역시 기쁜 말로

"그러나 그 탐정의 이름까지 이상합니다그려. 뜻밖에 생각에도 없는 어떤 사람이 그같이 진력을 한다니 정말 신명이 지시하신 일인지, 이제는 숙자가 살았습니다. 나는 걱정이 되고 걱정이 되어서 밤에 잠도 잘 못 잤습니다마는 지성이면 감천이라 하는 옛적 성현의 말씀이 옳습니다그려. 제 마음이 이같이 기쁠 때야 권 학사께서도 매우 기쁘시겠지요."

"정말 이제는 마음을 놓았습니다. 그런데 미자 아씨께도 말씀을 드렸으면……."

"네, 미자도 하마 올 때가 되었으니, 오면 말을 전하겠습니다."

서로 기쁜 말로 이야기를 하는데, 마침 밖에서부터 하인이 들어오면서

"방금 어떤 사람이 가져왔습니다."

하고 편지 한 장을 숙경에게 전하니 숙경은 편지를 받아

봉투를 떼어 보니 역시 어젯밤에 온 편지와 같이 출신인의 성명이 없고 '○○○ 상함'이라고만 적혀 있다. 이상하게 생각하고 권 학사에게 보이니 권 학사 역시 편지를 받아 이상하게 생각하는 모양으로

"이것도 역시 어젯밤에 편지한 그 사람인 듯하니 좌우간 무슨 사실인지 한번 읽어나 봅시다."

하면서 편지를 방바닥에다 놓고 둘이서 자세하게 읽어 보니 그 편지의 사실은

어젯밤에 초초하게135) 두어 말로 편지한 바와 같이 숙자 영양이 무죄한 증거가 전부 발각되어 이제 비로소 탐정을 다 마쳤으니 오늘 오후 1시에는 제가 아씨를 방문하고 탐정 상황을 설명하겠습니다. 이 탐정 상황의 설명이 한번 사회에 발표될 것 같으면 의기양양한 방 순사는 놀라서 기겁이 될 터이오. 가련한 숙자 영양은 청천백일로 당장에 무죄 방면이 될 정 남작 살해 사건—전고미증유136)의 흉악하고 희한하고 복잡한 범죄 사실의 원인이 발각되었습니다. 그러나 제가 이 탐정 상황을 설명할 때 좌기 제씨(左記 諸氏)의 면전에서 하겠으니 오늘 오후 1시까지 좌기 제씨를 초대하심을 바랍니다.

135) 초초(草草)하다: 바쁘고 급하다.
136) 전고미증유(前古未曾有): 전에 전혀 있어 본 적이 없음.

일. 김 백작 대감

이. 권 학사

삼. 심미자 영양

사. 옥매, 춘매

오. 탐정장 이 선달

이 중에 이 선달과 옥매, 춘매는 제가 통지하겠으니 따로 초대하실 것 없습니다.

○ ○ ○ 상함

편지를 펴 놓고 두세 번 읽으면서 무한 기뻐할 때에, 마침 심미자가 들어오더니

"또 무슨 편지가 어디서 왔습니까?"

하고 숙경에게 말을 하며 앉으니 숙경은 미자를 향하여

"아, 미자. 잘 왔군. 마침 사환을 보내려 하였더니. 이 편지를 한번 보아."

하면서 편지를 보이니 미자는 편지를 다 보고 기쁜 기색으로

"그 참, 이상한 일이로군. 어젯밤에 그 편지를 우리는 공연히 의심했지. 뜻밖에 이같이 좋은 소식이 왔으니 이제야 무슨 의심이 있겠느냐."

권 학사 역시 그 말을 따라

"정말 그렇습니다. 모두 다 두 아씨께서 걱정하신 덕으로써 천우신조로 된 일입니다."

하고 말을 연해서 어젯밤 이 선달이 하던 말을 전하니 숙경은 무엇을 생각다가 하는 말로

"그러나 권 학사께서 여기 계시고 미자도 역시 왔고 아버지께서는 사랑에 계시고 또 이 선달과 옥매, 춘매는 그 사람이 통지한다 했으니 더는 초대할 사람이 없습니다그려. 그런데 사람이 여럿이 올 터이니 아버지께 말씀 여쭙고 저 사랑 응접실로 자리를 정해야 하겠습니다."

하더니 바깥사랑으로 나간다.

아, 반갑고 기쁘다. 뜻밖에 전해 온 편지 한 장에 가련한 이숙자가 죽어서 회생한 듯 설리[137] 춘풍 매화가 피었다. 이제까지 숙자의 신상에 대하여 무한한 동정으로 비상하게 걱정하던 숙경, 미자 두 영양과 김 백작, 권 학사는 모두 기쁜 모양으로 바깥사랑 응접실에 자리를 정하고 시간만 기다리는데, 응접실 시계는 벌써 오후 1시를 친다. 이때 하인의 안내로 응접실로 들어오는 노인은 곧 이 선달이다. 제일 수석[138]에 앉은 김 백작에게 인사를 하면서

"대감께서도 아시는 바와 같이 저는 오늘 '팔자미'라 하는 사람의 편지를 보고 왔습니다."

하더니 바로 권 학사의 옆에 가서 다시 앉으며

137) 설리(雪裏): 눈이 쌓인 속
138) 수석(首席): 등급이나 직위 따위에서 맨 윗자리

"어젯밤에는 매우 실례를 하였습니다, 하하."

권 학사 역시 웃으면서 노인을 향하여

"천만의 말씀입니다. 그러나 참 이 선달께서 알기는 소강절[139] 선생이 항복하실 터여, 허허. 그런데 선달, 오늘 그 팔자미라니 삼각수라니 하는 그 사람들의 성명을 말씀해 주시구려."

"아니, 시방 곧 올 터이니 보면 알 것인데. 기어이 말하라면 하지요만. 그, 저, 팔자미라는 사람은 눈썹이 팔자 체 격으로 났다고 별호를 팔자미라 하는데, 그 참 성명은 김응록이오. 그런데 권 학사가 알기로 그자가 돈만 먹고 그냥 도망한 줄 생각하지마는 일도 급하고 또 권 학사와 함께 와서는 탐정상에 혹 방해될 일이 있는 고로 그 사람은 아무도 모르게 보조할 부하만 데리고 진즉 올라왔지요. 또 육손이라 하는 사람은 왼 손가락이 여섯 났어요. 그런 고로 육손이라 하는데, 그는 김응록이가 데리고 온 사람으로 어떤 집에서 하인으로 일하고 삼각수는 수염이 삼각수 체로 났다고 삼각수라 하는데, 그는 권 학사가 김응록을 잃고 두 번째 고빙한 사람으로 그 역시 김응록과 서로 기맥을 통하고 당신 모르게 혼자 왔었지요."

"하하, 그러니 김응록이가 진즉 서울로 바로 왔습니다그려."

[139] 소강절(邵康節): 소옹. 중국 북송의 학자(1011~1077). 자는 요부(堯夫). 호는 안락 선생(安樂 先生). 시호는 강절(康節)

이 선달의 말을 듣던 김 백작과 두 영양은 모두 놀라면서 그 탐정의 행위를 돌돌하게 탄복한다.

이때 이 협판 댁 시비 옥매, 춘매가 들어와서 문밖에서 문안하고 가장 말석에 앉았다. 마침 문밖에서 활발한 구쓰 소리가 들리더니 하인의 안내로써 응접실에 들어오는 세 사람은 과시 듣던 바와 같이 하나는 눈썹이 팔자로 곱게 난 호남자요, 하나는 삼각 수염이 벌어지고 위엄이 늠름한 쾌남자요, 하나는 온당한 선비와 같은 미남자로 왼손을 감추었는데, 대구서 유명한 탐정 김응록과 그 부하의 두 탐정이다. 이 세 사람은 김 백작을 시작으로 좌중 모든 사람에게 차례로 인사를 하고 권중식의 옆으로 나아가 앉으니 권중식은 반가운 모양으로

"왜 나를 이렇게 속이시오그려."

김응록은 한편 반갑고 한편 미안한 기색으로

"하하하, 대단 실례하였습니다마는 그러할 필요도 있었습니다그려, 하하하하하."

이 선달은 다시 자리를 고쳐서 김응록을 대하여

"김응록 씨, 그 장황한 사실을 말씀하게 되면 여러 시간이 걸릴 터이고 또 대감께서든지 두 영양께서도 매우 궁금하신 모양이신데, 이로써 속히 말씀을 시작하시구려."

김응록은

"네."

하면서 얼굴을 고치고 앉은 자리에 다시 고쳐 앉더니 좌

중을 두루 한번 살피며

"오전에 편지한 바와 같이 이제부터 전고미증유한 희한하고 복잡한 범죄사건의 말씀을 하겠습니다. 사실이 매우 장황하오니 조금 가쁘시겠지마는 자세히 들어 주시기를 바랍니다. 그런데 이 이야기는 19년 전에 발생한 사실로 마치 진실로 재미있는 소설과도 같습니다. 만일 이 사실로 소설을 만들 것 같으면 경성서 종이 값이 당장에 오를 것입니다. 조금 장황한 듯하지마는 정 남작 살해 사건의 중요한 원인으로 범죄의 동기가 되었으니 불가불 말씀치 아니하지 못할 일이요 또 제가 이 사실을 탐정하기 위해서 그동안 고심한 일은 말로써 능히 하지 못하겠고 글로써 다 기록지 못할 터이니 시방 그까지 말씀은 할 수 없습니다마는 저 이 선달께서 짐작하신 바입니다. 그런데 이 선달께서는 탐정의 경험이 많이 있어 금번 이 사건에도 크게 진력하였습니다. 만일 이 선달의 힘을 빌리지 아니했더라면 이같이 심오한 일을 쉽게 발각하지 못했을 것입니다. 그러나 이로부터 범죄 사실의 원인을 이야기하겠습니다."

하면서 목소리를 가다듬어 장황한 일대 기담을 첩첩하게 말을 한다.

차회부터 연술한 사실은 전부 탐정단의 출몰자재[140]로

---

140) 출몰자재(出沒自在): 어떤 현상이나 대상이 장애 없이 마음대로 나타났다 사라졌다 함.

활동하여 탐지한 탐정조서의 기담이설(奇談異說)로서 19
년 전에 발생한 사실

———————————

전라남도 목포항에 한 기생이 있으되 이름은 농파이다. 인
물이 절색이요 가무가 구비한데, 제일 언변이 능하고 수단
이 비범하여 남녀 간 교제를 잘하는 터이라 일소일노에 백
가지 애교가 전신에 흐르는 듯, 능대능소[141])에 비상한 변화
가 흉중에 가득하여 사나이를 농락하고 또 조종하는 법은
남이 능히 미치지 못할 곳이 많은지라 아무리 정남절사[142])
라도 한번 교제하여서 그 뜻을 앗기지 아니하는 사람이 없
으므로 당시 목포항의 화류계에서 그 방성이 자자하다.

　대저 미인은 박명하기 쉽고 절색에 독부가 많다 함은 자
고로 있는 말이다. 농파는 원래로 간녕한[143]) 수단과 요악한
심술이 과한 까닭인지라 누구라도 한번 결연한 사람은 그
생명, 재산에 환란을 면치 못한 이가 많아 이로써 화류계의
비평이 낭자하여 문전 안마[144])가 자연 희소하다. 단장 밖
버들가지에 꾀꼬리는 지지 울고 앞뜰 철쭉화 사이로 범나비
는 쌍쌍이 날아들 제, 살구꽃 늦은 그늘에 주렴을 드리우고

141) 능대능소(能大能小): 큰일이나 작은 일이나 임기응변으로 잘 처리해 냄.
142) 정남절사(貞男節士): 숫총각과 절개를 지키는 선비
143) 간녕(奸佞)하다: 아첨을 잘하고 간사하다.
144) 안마(鞍馬): 안장을 얹은 말

210

홀로 앉은 농파는 무정한 봄바람 편에 전해 오는 이웃집 풍류 소리, 진실로 듣기 싫어 무단히 투기심이 생겨나서 두 귀를 틀어막고 힘없이 경대를 의지하여 한 손으로 턱을 괴고 신세를 생각한다.

"아, 이같이 좋은 때에 전과 같게 되면 산놀이, 들놀이, 신사야랑[145]의 가무주석에 농파가 참여치 아니할 것 같으면 노름이 안 될 것 같더니 에, 이제 와서는 옛날 농파가 아니군. 지나간 일을 생각한들 무슨 유익한 일이 있으랴. 도리어 마음만 산란할 뿐이다. 이 물결같이 흐르는 세월에 내 나이가 벌써 삼십이 되었으니 기생의 나이로는 늙었다고 할 수도 있는 터인데 더군다나 남의 비평이 좋지 못하니 이 일을 장차 어찌하나. 그러나 남의 마음을 다 좋도록 하자니 돈을 먹지 못할 것이요, 돈을 조금 먹자 하면 남의 소문이 또 좋지 못하니 참 기생 노릇 하기 정말 어렵군. 그만 이 노릇을 자파하고 어디 얌전한 홀아비나 얻어서 살아 볼까. 그리하자니 여간 저금 냥이나 해 둔 저것만 가지고는 도저히 평생을 잘 지내지 못할뿐더러 그래도 이때까지 기생의 안목으로 자라나서 아직 나이가 그리 늙지 아니한 터인데, 그같이 국척하게 지내기도 어려울 것이다. 그리 말고 어디 어리석고 조금 방탕한 듯한 시골 촌부자 자식이나 하나 얻어서 무슨 묘한 꾀를 써서 한꺼번에 몇만 원이나 크게 속여 가지고 풍타낭타[146]로 내 마음대로 한번 놀다가 죽어 볼까. 그도 용이하

145) 신사야랑(紳士冶郎): 주색잡기에 빠진 남자

게 되지 아니할 것 같으면 차라리 기생의 말계로 술장사나 한번 하여 볼까. 그러나 술장사든지 밥장사든지 무엇을 하더라도 이 목포 땅에서는 벌써 신용을 잃었으니 도저히 성공할 여망이 없는 것 같으니 어떻게 하면 좋을는지. 에, 고만 무엇을 하든지, 무엇이 어떻게 되든지 좌우간 이 목포 땅을 아주 '사요나라'를 부르고 어디든지 물 좋고 정자 좋은 곳으로 떠나갈 수밖에……."

이때 농파는 혼자 말한 바와 같이 목포항을 떠나지 아니하지 못할 경우를 당하였으니 진실로 삼십육계에 주위상책으로 결심하고 불일내로 목포를 떠나서 전주 읍내로 이사하여 몇 달 지낸 후에 자기의 목적과 같이 전주군 우림 사는 김 감역의 아들 김천일이라 하는 어리석고 방탕한 듯한 촌부자의 자식을 얻어서 지내는 터인데, 그 간녕한 수단과 요악한 심지를 가진 농파의 장래가 어떻게 변화가 되는지 하회를 보아서 해득할 것이다.

선명하게 갠 가을 날씨는 봄과 같이 따뜻한데 큰 들에서 추수하는 농부들은 풍년을 자랑한다. 어떤 농부 둘이 논두렁에다 지게를 받쳐 두고 따뜻한 늦은 볕살을 향하여 담배를 먹으면서 무슨 이야기를 한다.

"아니, 이 사람. 이 세상에 부자든지 가난한 사람이든지 한 가지 걱정은 다 있는 것이여. 아, 그 우리 동리 김 감역 영

146) 풍타낭타(風打浪打): 바람이 치고 물결이 친다는 뜻으로, 일정한 주의나 주장 없이 그저 대세에 따라 행동함을 이르는 말

감 말일세. 그 영감을 말할 것 같으면 세간이 수천 석 군이라 우리 보기에는 참 그같이 복조가 좋은 사람은 없는 줄 아는 터인데, 아, 근일 와서 그 아들 천일이가 본처를 보내고자 그, 무엇이라던가. 아, 농파라던가 하는 기생을 얻어서 그 집에다 들여 놓고 부모가 꾸짖어도 안 듣고 이웃 사람이 욕을 해도 안 되고 아주 미친 모양인데, 이로써 그 김 감역 영감은 크게 걱정이 되어서 생병이 났다네그려."

"그 김 감역 영감도 노래에 팔자가 좋지 못한 이여. 그만큼 재산이 있고 또 장성한 자식을 두었으니 다른 사람 같으면 살림을 여위 맡겨 두고 아무 걱정 없이 들어앉아서 평안하게 지낼 터인데, 젊은 때에는 살림살이에 골몰하고 늙어서는 자식이 방탕한 연고로 그 굽은 허리에 지팡이를 짚고 산으로 들로 돌아다니면서 농사 감독하고 또 아들의 빚 갚으러 부산하게 애를 쓰니 그 집 일도 아마 그 영감만 없으면 말이 못 될걸."

"아, 이 사람, 참 기생 오입이라 하는 것은 정말 두려운 것이여. 그 사람 천일이를 말하면 얌전하다고 한 터인데, 그 계집과 상관한 뒤로는 그냥 환장이 된 모양이여."

이때 그들 가운데로 어떤 남녀 두 사람이 서로 손을 잡고 나오는데, 남자는 나이 한 삼십여 세 되어 보이고 얼굴빛이 검고 코가 낮으며 키는 매우 작은 사람이요, 여자는 나이 한 이십팔구 세나 되어 보이는데, 얼굴이 썩 잘났고 태도가 얌전한데, 그 남자는 곧 김천일이요, 여자는 즉 농파이다. 둘이서 교외 산책으로 슬슬 두루 거닐면서 무슨 이야기를 하는데 천일은 만족한 얼굴빛으로 헛웃음을 하고 농파를 향하여 말을 한다.

"이러한 좋은 날씨에 슬슬 산보를 하면 마음이 매우 상쾌하다 말이여, 허허."

"암, 그렇지. 야외 산보라 하는 것이 위생상에 대단 유익한 일이에요. 집 안에 들어앉아서 매일 그 늙은이 때문에 마음만 잔뜩 상하고. 에, 정말 싫어요."

"글쎄, 아버지께서는 아주 완고 중에도 대완고라 말이여. 참으로 민망한걸. 내가 너를 집에다 들여놓았기로 좋지 않으냐 말이여. 자유결혼이라 하는 것은 시방 세상에 의례로 하는 일인데, 아버지께서는 저, 그, 한문학자처럼 그 무엇, 육례(六禮)를 갖추어서 부모가 허락지 아니한 사람은 아내를 삼지 못하는 법이라 하는 호호창창한¹⁴⁷⁾ 말씀만 하시니, 참 견디고 참을 수가 없다 말이여."

"정말 그래요. 자유결혼은 아주 문명한 풍속이라고 할 수 있는 것이요 또 우리들은 서로 마음이 합당해서 행하는 일인데, 누구든지 간섭할 이유가 없다 말이에요. 우리의 자유와 연애를 뉘가 방해할 사람이 있다 말이오. 아무리 부모라도 상관할 필요가 무엇이오그려. 제일 당신이 너무 약하고 유순해서 그렇지요. 이제는 당신도 마음을 조금 강하게 가지고 늙은이를 이길 생각을 하시구려. 위협을 써서라도 속

147) 호호창창(浩浩蒼蒼)하다: 광대하고 어슴푸레하다.

히 은거를 시키고 재산만 상속할 것 같으면 그때야 김 감역 집이 흥하든지 망하든지 모든 권리가 당신의 장중에 있지 않습니까. 무엇 그리 겁나고 두려워할 것 있습니까."

"그렇다 뿐이여. 그러면 아버지께서 은거하시도록 권고를 할 수밖에……. 그렇지마는 아버지께서 잘 승낙을 아니 하실걸."

"그것이야 무엇이든지 꾀만 잘 쓰게 되면 당장에 은거를 할 터이지."

"그러면 무슨 꾀를 쓴다 말이여?"

"이렇게만 하면 곧 될 터이지."

하더니 김천일의 귀에다 대고 무슨 말을 비밀하게 하니 김천일은 기쁜 빛을 띠고 탄복하는 말로

"옳지, 옳지. 꼭 되었어, 꼭 되어. 그 참 자네의 지혜는 비범하다 말이여."

농파는 다시 천연한 기색으로

"과찬이 비례[148]라오. 너무 과히 하십니다그려, 하하하."

"아니, 과찬이 아니라 실상이라 말이여. 그러나 내가 상속을 받을 때까지는 자네는 어디 다른 곳에 가서 있어야지."

"암, 그것이야 정한 일이지요."

"그러면 어디로 갈 터여?"

"저, 그, 이동 이 주사 집으로 갈 수밖에 없지요."

김천일은 그 말을 듣고 다시 얼굴을 고쳐서

148) 비례(非禮): 예의에 어긋남.

"아니, 농파. 어디로 간다?"

"왜 그러십니까. 참 이상한 얼굴로……."

"이 주사에게 속아서는 안 된다 말이여."

"아, 참 별말씀을 하시는구려."

"관계없다 말이냐."

"당신을 두고 누구에게 속는다 말씀이오. 농담이라도 분수가 있지요."

"아, 그러면 내가 마음을 놓을 수밖에……."

하면서 또 무슨 사담을 하더니 그길로 김과 농파는 서로 손을 잡고 돌아갔다.

저녁 날빛은 점점 서산으로 넘어가고 동산에 붉은 감나무 잎은 점점이 떨어져서 앞뜰에 둘렀는데, 어느 남향집 정침 안방에서 무슨 이야기를 하는 사람은 곧 김 감역 노부처[149]이다. 이때 김 감역은 앞뜰에 떨어진 나뭇잎을 보더니 초연하게 눈물을 머금으니 그 노부인은 영감의 모양을 보고 민망한 기색으로 말을 한다.

"아, 무슨 일입니까? 별안간에 무슨 슬픈 일이 있습니까? 눈물을 어찌해서……."

김 감역은 부인의 말을 듣더니 눈물을 닦고 다시 정색하여 하는 말로 한숨을 섞어서

"아, 저 앞뜰의 낙엽을 보니 저같이 서리에 병이 들어 바람을 맞아서 편편이 떨어지니 우리 늙은 사람도 저 서리에 병

149) 노부처(老夫妻): 늙은 부부

든 잎과 같이 떨어질 날이 멀지 아니한 터이라, 자연 마음이 비감하다 말이오."

"그것을 그리 생각하실 것이 무엇 있습니까. 사람이 세상에 나서 한 번 죽는 것은 정한 일인데, 무엇 새삼스럽게 슬퍼할 것 있습니까. 더군다나 우리같이 파사하게150) 늙은 몸으로…… 나야말로 이 번뇌한 세상일을 생각하면 하루라도 일찍 죽어서 극락세계로 돌아가는 것이 좋을 줄 생각하오그려."

"나 역시 죽는 것을 싫어해서 눈물을 흘리는 것이 아니라오. 바로 말을 하면 하루라도 속히 죽고 싶지마는 내가 죽은 뒤에 자식의 일이 어떻게 될 것인지 생각하니 실상 죽고 싶지 않다 말이여. 내가 만일 죽는 때에는 저놈 천일이는 물론 집안이 멸망할 것이요, 저는 거지 중에도 상거지가 될 터이니 자식의 신세를 생각한즉 하루라도 더 살고 싶다 말이여. 실로 내 자식같이 제 부모의 걱정을 시키는 불효자는 세상에 다시없을 것이여. 한 번, 두 번이 아니고 이것, 사람이 견뎌 낼 수가 있느냐 말이여. 내 들으니 근년 농파는 저 목포서 여러 놈의 신세를 망치고 목포서는 아주 독한 년이라고 소문이 나서 살 수 없어 전주 읍내로 떠나 왔다는데, 그런 악한 계집을 집안에다 들여다 두고 그 무엇이라더냐, 난 처음 듣는 문자여. 아, 자유결혼이라던가, 그따위 못된 소리만 하고 도무지 아비의 말은 듣지를 않고 이웃 사람이 욕을 하는지 웃는지 도무지 관계치 않고 술이나 처먹고 돌아다니니 그놈

150) 파사(婆娑)하다: 세력이나 형세 따위가 쇠하여 약하다.

을 무엇이라 하면 좋을는지…….”

고개를 숙이고 영감의 말을 듣던 노부인은 다시 고개를 들어 탄식하며 하는 말이

“그렇다 뿐이겠습니까. 자식의 장래를 생각할진대 정말 죽기가 싫어요. 그러나 그것이 원래 천성이 그렇게 못되게 생기지는 아니했는데, 제일 그 계집년이 들어서 저같이 된 까닭인즉 이제라도 농파만 없을 것 같으면 우리 천일이는 본심이 돌아와 줄 것이요. 그러니 무슨 꾀를 쓰더라도 그 계집년과 관계를 끊어 버리도록 했으면…….”

“그것이야 그런 줄 알지마는 그년은 좋게 말을 해서는 도 저히 응종치 아니할 것이니 그것을 완력으로 끌어내지도 못 할 것인즉 어떻게 한다 말이냐그려.”

“그리해서는 안 될 것이요. 차라리 돈이나 얼마 주어서 보내도록 하시지요.”

“그리라도 하여 보지마는 마치 한 일이백 원 돈을 받고 그 냥 돌아서 갈는지 그도 또한 의문이여. 그러나 일이백 원이 아니라 사오백 원이라도 말만 들을 것 같으면 다행한 일이 지마는 좌우간 한번 말이나 해 볼 수밖에……. 그놈을 이리 부르시오.”

“아까 그년 농파와 함께 놀러 나갔다오.”

“그놈, 모양 좋겠군. 동네 가운데 그 빛 좋은 계집을 데리 고 돌아다니면 남이 웃는지 욕하는지 도무지 관계치 아니하 니 그렇게 못된 자식이 세상에……. 어, 그 참.”

하면서 혀를 끌끌 차며 사랑으로 나가더니 다시 돌아서서

"그놈 오거든 사랑으로 보내 주오."

날은 벌써 저물었는데, 김천일은 혼자 집에 돌아오니 집안사람이 모두 농파의 함께 돌아오지 아니함을 이상하게 생각하는 듯하다. 그 부친이 부르신다는 말을 듣고 바로 사랑으로 나아가서 자기를 기다리는 부친을 향하여

"이제 돌아왔습니다."

하고 방 안으로 들어가 앉으니 김 감역은 한 번 쳐다보더니 잠시 묵묵하게 먼눈을 보며 앉았다가 한 번 탄식하고 다시 천일을 향하여

"농파는 어디로 갔느냐?"

천일은 다시 자리를 고쳐서

"네, 농파는 저 갈 데로 갔습니다."

"아니, 저 갈 데로 갔다니, 응?"

"네, 그 계집 때문에 매일과 같이 아버지께서 걱정을 하시고 집안이 불평한 터인 고로 저는 오늘부터 농파와 관계를 끊었습니다."

"아니, 관계를 끊어? 너 그 참말이냐? 아마 나를 속이는 것이지, 응?"

"무슨 제가 아버지를 속일 리가 있겠습니까. 그는 참말입니다."

"응, 그러면 잘되었어. 내가 오늘 무슨 말을 하려 했더니……."

"저도 생각해 본즉 그런 천한 계집을 집안에다 두고 아내를 삼는다 하게 되면 제 몸은 고만두고라도 첫째, 아버지의 명예가 손상될 것이요, 둘째, 저는 조선[151]에까지라도 욕이 미쳐 갈 터인 고로 아주 결심하고 농파와는 관계를 영위 단절했습니다."

"응, 그렇지. 네가 그까지 잘 생각했다 말이여. 자식이 되어서 그렇게 생각할진대 무슨 걱정이 있겠느냐. 나도 이제는 크게 안심할 것이다. 또 네가 그같이 개과를 하였으니 우리 집 재산은 너에게 상속해도 좋을 것 같다."

"네, 그러면 재산을 저에게 다 상속하신다 그런 말씀입니까?"

"그것이야 네가 개과를 한 이상에 물론 우리 집 재산은 너에게 상속할 것이지."

"네, 그러면 아버지께서는 은거를 하신다는, 그런 말씀입니까?"

"그것은 물론이지. 내가 시방 나이 칠십이 지나도록 이 세상살이에 골몰할 때냐 말이여. 모두 네가 집안일을 모르니 내가 이때까지 하기 싫은 일을 하지 않았느냐. 나는 내일부터라도 은거를 하고 싶다 말이여."

"그러면 아버지께서 저에게 거짓 말씀을 하실 리는 없으니 내일부터 은거를 하시겠습니까?"

"좋은 일은 속히 하라는 말과 같이 내일부터 은거를 할 터

151) 조선(祖先): 돌아간 어버이 위로 대대의 어른

여. 그런데 은거한 이상에는 다시 집안일을 관계하기 싫으니 네 어머니 데리고 산정에 나가서 편하게 남은 세월을 보낼 터여. 그러니 너 혼자는 안팎살림을 감독하기 어려우니 네 처를 불러오는 것이 좋지 않으냐."

"네, 그는 저 역시 생각한 일입니다. 일간 처가로 가서 제가 전일 잘못한 일로 빙장께 사과 말씀도 하고 처를 데리고 오겠습니다."

"네가 그까지 생각하였으니 나는 아주 안심하겠다그려. 그러나 네 어머니도 매우 걱정을 하는 터인즉 안에 들어가서 어머니께도 농파와 아주 관계를 끊고 개과하였다고 전하여라."

김 감역은 그 자식에 대한 걱정으로 소우간 잊어버리지 못하더니 천만뜻밖에 천일이가 농파와 이별하고 번연 개과함을 크게 탄상하여 혼잣말로

"아. 천일이가 저같이 개과를 하였으니 진실로 조선의 음덕인지 나의 운수가 좋은 모양이다. 만약 천일이가 개과를 아니 하고 한결같이 방탕할 것 같으면 내가 죽어도 마음을 놓지 못할 터인데, 이제 와서 저것이 본심이 돌아왔으니 내가 죽더라도 잊어버릴 터이오. 또 이때 저의 마음을 만족하게 할 필요도 있으니 하루라도 일찍 천일에게 가독152)을 양도하고 나는 산정에 가서 세상을 잊어버리고 신선같이 여년

---

152) 가독(家督): 집안을 감독하는 사람이라는 뜻으로, 집안의 대를 이어 나갈 맏아들의 신분을 이르는 말

을 보낼 수밖에…….”

하면서 무한 기뻐하는 모양.

이때 농파는 김천일과 서로 헤어지고 이동 이 주사의 집을 향해 가는데, 이 이 주사인즉 원래가 분명치 못한 충청도 사람으로 이름은 인식이다. 전주 이동면에 와서 우거한 지가 한 1년 남짓 되었다. 무슨 일정한 직업도 없이 그 부근 동리로 돌아다니면서 토지증명사건이나 혹 소송사건 대리 위임의 소개 같은 것을 받아서 전주 읍내로 드나들며 건달 오입쟁이처럼 되었는데, 농파가 전주 읍내에 있을 때에 어째 교제를 하였던지 매우 정숙하게 되어서 김천일을 잘 꾀어 농파에게 중매를 하여 주고 더욱 친밀하게 되어 인제 와서는 농파의 애부가 되었다. 이런 고로 농파가 찾아가는 터이다. 찾아가는 농파는 한 걸음, 두 걸음 무엇을 생각하면서 혼잣말로

“아, 좋은 꾀를 가르치기는 했지마는 그 인충이 같은 것이 잘 행할는지……. 잘만 할 것 같으면 일간 곧 재산 상속이 될 터이지. 만일 되었다고 하면 곧 들어가서 돈을 마음대로 하겠구먼. 천일이 같은 인충이에게야 조금도 일이 없지마는 김 감역 집 돈에 일이 있다 말이여. 아, 김 감역 집 젊은 부인이 되어서 재산을 마음대로 할 터이요, 이 주사와 내통해서 재미있게 지낼 것이여. 아, 참 인제는 또 좋은 운수가 도는 모양이로군.”

혼자 말하며 길 가기 거북함과 해 지는 줄 깨닫지 못하고

벌써 이 주사 집에 이르러서

"여보, 나리."

"누구시오?"

"내가 왔어요."

"아, 농파 씨군. 자, 들어와. 내가 정말 기다리던 터인데 마침 용하게 왔군."

하면서 이인식은 농파를 맞아들였다. 둘이서 자리를 정하고 피차 반가운 모양으로 이인식은 다시 말을 달아

"무슨 일이여. 참 뜻밖이로군."

"나리께서 기다리시는 줄 알고 왔지요, 하하하. 그러나 오늘은 그 인충이에게 일전 우리 의논하던 말을 가르쳐 주었어요."

"아, 그래서 그동안 우선 내 집으로 온 모양이군."

"상속이 낙착될 때까지 싫더라도 하는 수 없으니 조금 먹여 주시구려, 하하하."

"아니, 자네가 내 집이 싫다 그런 말이지."

"그는 고만두고, 내가 만약 김가의 집 부인이 될 것 같으면 우리는 어떻게 하면 좋을까요?"

"그는 그때 일인즉 그때 말하고, 시방은 다른 말을 하자그려."

"그러면 나리, 무슨 다른 이야기하시구려."

"이 같은 적막한 촌에 무슨 재미있는 이야기가 있겠냐 말이여. 촌사람이라 하는 것은 한갓 보수주의만 가지고 있으

니 백 년을 지내더라도 같은 일뿐이요 아무 별일 없는 것이여. 이야기라 하면 뉘 집 소가 송아지를 낳았다든지, 뉘 집 논에 벼가 잘되었다 하는 것이 촌사람의 이야기라 말이여."

"그러면 당신도 촌을 좋게 여기지 아니하는 것 같으나 당신도 역시 촌사람이 아니구려."

"흥, 그렇게 보이겠지마는 나도 근본을 말할 것 같으면 촌사람은 아니라 말이여. 고향은 공주 감영이지마는 일찍 서울 가서 법률 공부를 하고 어떤 은행 사무원이 되어서 돈도 많이 생겼지만 한참 잘 노는 바람에 저금이나 하였던 것은 다 소비하고 필경 빚을 수천 원 져서 견딜 수가 있어야지. 말경은 은행의 돈을 사오천 원 도적해 가지고 그냥 청국으로 도망했다가 이리저리 돈도 거의 없어지고 고향 생각이 나서 견딜 수 없어 작년에 집으로 나왔다가 남의 눈에 발각이 될까 염려가 되기로 전주로 내려와서 어쩌다가 이곳에 와서 촌놈이 되었다 말이여."

"응, 하면 그렇지. 어느 구석을 보아도 촌사람의 때는 썩 벗었다 말이여."

우림 김 감역은 그 아들 천일이가 개과한 줄 생각하고 노부인과 같이 산정에 은거하고 집안 살림은 전부 아들 천일에게 상속하였다. 이때 천일이는 자기 소원과 같이 일가의 전권이 자기 장중에 들어왔으니 그 기쁜 마음은 측량할 수 없고 의기양양하여 남녀 노비는 물론 집안에 드나드는 이웃 사람에게까지 아무 일 없이 무단히 꾸짖으며 위엄을 베푸는

데, 오늘도 시비를 대하여 공연히 성을 내어

"이년, 죽일 년! 무엇을 한다 말이냐. 내 거처하는 방은 하루 열 번씩 쓸고 닦으라 말이여."

"하루 세 번씩 쓸고 닦습니다. 그러니 먼지도 없는데, 열 번씩이나 쓸게 되면 자리만 떨어지지 않습니까."

"아니, 저년이 무엇이 어째? 어른의 말끝에……."

하더니 한 발길에 차서 떨어뜨려 힘껏 뚜드리고 모든 노비를 불러서

"어느 연놈이라도 내 명령을 잘 듣지 아니하면 이같이 할 터이니 각별히 조심을 하라 말이여."

하면서 사랑으로 나아가서 혼잣말로

"인제는 내가 이 집 호주가 되었는데, 이 연놈들이 나를 이전만 여겨서……. 그는 그렇지마는 농파는 어찌 된 일인지 가독 상속이 잘 되었으니 들어오라고 편지까지 했는데, 아직 오지 아니하니 무슨 일이 있어서 그러냐. 농파가 속히 와서 내 곁에 있지 아니하면 궁금해서 견딜 수가 없는걸. 나는 세상에 쾌하고 낙 되는 일은 농파의 얼굴을 보는 것이 제일인데, 어찌해서 오지 아니하냐. 내 마음에 그렇게 좋은 인물인즉 필시 다른 사람도 보면 좋아할 터이다. 혹 이 주사 그 사람에게 홀리지나 아니했는지, 또는 혹시 병이나 나서 누웠는지……. 에, 그 대단 궁금한걸. 남은 일일이 여삼추(如三秋)라 하더니 나는 일분(一分)이 여삼추라. 2~3일 동안 가독이니 상속이니 하는 이 까닭으로 농파를 못 보았더니

한 3년이나 못 본 것같이 생발광증이 나게 되었어."

하면서 망연하게 앉아서 기다릴 때 마침 농파가 반쯤 얼굴에 애교를 띠고 들어온다. 천일은 한편 놀라는 듯 반가운 기색으로

"오, 농파. 나는 시방 고대하는 중이여. 다시 또 사환을 보낼까 했더니, 어찌 이리 늦었어, 응? 아마 이 주사에게 속지나 아니했나 하고 걱정을 하였다 말이여."

농파는 얼굴에 반쯤 붉은빛을 띠고 조금 노여워하는 기색으로

"그것 무슨 말씀이오? 남의 속도 모르고……. 내가 당신을 두고 어떤 잡놈에게 속겠소. 이 통에 똑 사람이 분하다 말이여. 속히 오지 못한 것은 내가 앓아서 못 왔습니다."

"앓다니? 벼, 병이 났다 말이지?"

"그저께 그길로 가서 대저 당신을 잊을 수가 있어야지요. 한 이틀 밤잠을 못 잤더니 자연히 몸이 괴로워요."

"하하하, 나를 생각해서 잠을 못 잤다, 하하하. 꼭 그럴 것이여. 내 마음을 추측할 것 같으면, 하하하."

"그래도 당신은 멀쩡합니다그려."

"나도 하마터면 병이 날 뻔하였어. 허허허허."

"그러나 늙은이는 다 어디로 가셨소?"

"모두 저 산정으로 이전했다 말이여."

"네, 그렇습니까. 그러면 당신도 매우 기쁘겠습니다그려."

"그것이야 물론이지. 기쁜 사람이야 나뿐일라고? 이제야

깃을 펴고 마음대로 할 터이지."

"그러면 나를 속히 민적에다 본처로 얹어 주구려, 하하."

"그것은 물론이지. 내일 당장 할 터여."

"저, 늙은이가 알게 되면 또 별 야단이 나지 않겠습니까."

"인제 아무리 하더라도 쓸데없다 말이여. 만일 또 야단을 할 것 같으면 먹을 양식까지 보내 주지 아니할 터여. 하하하하."

"그러면 인제는 나도 크게 안심하겠습니다."

"아무려면 오늘부터 아무도 겁낼 사람이 없으니 자네도 기탄 말고 아주 깃을 펴고 지내는 것이 좋다 말이여."

"그것은 당신이 말할 것까지 없이 나는 오늘부터 김 씨의 집 부인이 되었으니 의기양양하게 위엄을 베풀지 못할 일이 무엇 있습니까."

"그렇다 뿐이여. 아주 위엄을 베풀고 어른 노릇을 하라 말이여. 만약 하인들이 명령을 배반할 것 같으면 내가 큰 거조를 낼 터이니."

"네, 네. 좋습니다."

김 감역 집에 농파가 들어온 지가 벌써 5일이나 지났는데, 이날은 아침부터 모든 하인끼리 행랑방 안에 모여 앉아서 서로 분기가 등등하게 무슨 말을 한다.

갑 "속담에 마구가 망하려면 당나귀가 들어온다더니 우리 집에도 별일이 났네그려. 농파가 한걸음 껑충 뛰어서 부인님이 되었다니."

을 "참 별일이어. 노영감님께서 만일 알았을 것 같으면 집 안에 큰 소동이 일어날 터이지."

병 "그것이야 물론이지. 서방님을 당장에 내쫓으실걸."

갑 "그러고 보면 참 큰 야단이 날 것이어. 그러나 서방님이 집안 상속을 받은 후로는 한갓 우리를 못 견디게 하시니 그는 무슨 일이어. 내야 정말 알 수 없군."

을 "그것이 곧 위엄을 내보이고 우리한테 복종하라는 것이어. 참 우스운 일도 하도 많으니."

병 "서방님은 서방님이지마는 그 농파의 놀아나는 것은 참 눈이 시어서 못 보겠다 말이여."

을 "아니, 그 농파 말을 당초에 입 밖으로 내지도 말라 말이여. 말만 들어도 사람이 속이 상해서…… 어저께 정침 마루에서 나를 부르는데, 왜 그러십니까, 하고 나아간즉 고만 얼굴이 대풍창[153] 들린 놈같이 잔뜩 부어오르더니 "무엇이 어째야 상전의 말끝에 '왜 그러십니까?' 그따위 말씨를 어디서 배운 것이야? 천하 무례한 년같이. 너가 시방 내 앞에서 사죄를 아니 할 것 같으면 당장에 쫓아 내칠 터이니 쫓기어 나가기 싫거든 사죄를 하라 말이여!" 하면서 땅땅 어르는데, 사람이 생분이 나서 가슴이 터질 듯하되 당장 쫓겨 나갈 일을 생각하니 갈 곳이 없는 고로 그 분함을 참고 부득이 사죄를 하기는 했지마는 참 사람이 차마 못 할 노릇이여."

병 "나는 그것보다 더한 일이 있어요. 어제 아침에 사랑방

153) 대풍창(大風瘡): '나병'을 한방에서 이르는 말

을 쓸고 나오면서 한 번 쳐다보았더니, 공연히 옆눈짓한다고. 야, 그 사랑 청에 있던 서방님의 개화장이 부러지도록 나를 뚜드리는데, 사람이 분이 나서 견딜 수가 없어서 한번 밀어 던졌더니, 고만 악이 나서 그 화로에 놓였던 불손으로 뺨을 때려서……. 이것 보아, 이렇게 부르텄다 말이여."

이같이 노비들의 말이 끝나기도 전에 뜻밖에 김 감역이 문을 열고 들어오지는 않고 행랑방 문턱에 걸앉아서 숨길이 천촉하여154) 급한 말로 하인을 대하여

"어제 어떤 사람이 산정에 와서 말하기로 농파가 또 집에 들어왔다 하던데, 그것 참말이냐?"

"참말입니다."

"응, 참말이여."

"네, 농파가 인제는 마누라님이 되었습니다."

"무엇? 아니, 그 못된 자식이 농파를 처로 삼았다? 그, 그 참말이냐?"

"참말입니다."

"불효한 놈. 그러면 너희 서방님인지 남방님인지 그것 조금 불러오라 말이여."

"그렇지마는 여기서 부르실 것 같으면 저희들이 무슨 말씀이나 사뢴 것 같아서 나중에 서방님께서 꾸중이나 하실지 알 수 없습니다. 조그마한 일이라도 죽일 거조를 하시는 터인데, 만약 여기서 말씀을 하시게 되면 저희들은 곧 죽는 변

154) 천촉(喘促)하다: 숨을 몹시 가쁘게 쉬며 헐떡거리다.

이 날 것입니다."

"그러면 너희 서방님이 그렇게 심하게 한다 말이냐?"

"서방님께서야 설혹 조금 무리하게 하시더라도 저희들은 별반 노엽게 생각할 것 없지요마는 저, 그, 농파에게 놀아나는 것은 정말 당할 수가 없습니다."

김 감역은 하인들의 말을 듣더니 크게 성을 내서 분한 기색을 띠고 행랑방에서 나와 정침으로 올라가더니 천일과 농파를 불러서 크게 화증을 내어 말을 한다.

"아, 이놈아, 천일아. 네가 이것이 개과를 한 것이냐, 응? 어찌해서 농파를 또 집에다 들여 놓았느냐, 응?"

아무리 불효 무상한[155] 천일이라도 양심이 부끄러운지 아무 대답도 못 하고 가만히 섰는데, 옆에서 머리를 긁으면서 천일의 대답 못 하는 것을 민망하게 여기는 농파는 발연히[156] 기색을 변하여

"나는 김 석사가 들어오라고 기별을 하였기에 부득이 따라 들어온 것이오. 그러나 나를 이 집에 들여 놓고 아니 하기는 김 석사의 자유로 할 일인데, 그리 여러 말씀 할 것 없습니다."

"무, 무엇이야? 제일 너 때문에 내 자식이 이같이 판탕하게 된 것이여."

"하하하, 참 별말을 다 들어보겠습니다그려. 그러면 이 김

---

155) 무상(無狀)하다: 아무렇게나 함부로 행동하여 버릇이 없다.
156) 발연(勃然)히: 왈칵 성을 내는 태도나 일어나는 모양이 세차고 갑작스럽게

석사를 어린아이인 줄 생각하십니까? 나이 벌써 삼십이 넘었으니 자기의 요량은 다 있답니다. 나이 어린 계집의 말만 듣고 세상일을 분별치 못할 김 석사가 아니오. 그러나 제일 당신이 오해를 하십니다. 시방 세월은 이왕과 다릅니다. 자유결혼이며 연애결혼이라 하는 것을 숭상하는 터인데, 서로 연애만 깊을 것 같으면 기생 아니라 갈보와 결혼하더라도 세상이 천하게 여기지 아니한다 말씀이에요. 정말 그것이 보기 싫거든 공자가 생겨난 청국이나 가서 살아 보시든지 하시오."

이 말을 듣더니 김 감역은 더욱 화증을 왈칵 내면서 급한 말로

"아, 아니, 무, 무엇이여? 이 악독한 계집년."

농파는 이 욕설의 말을 듣더니 그 외면은 새삼스럽게 태연하게 가지며

"무엇이에요? 응, 악독한 년이라고 하셨지요? 이것 참 질문해 볼 만한 일이로군. 내가 어찌해서 악독하다 말씀이오. 당신에게 악독하다는 말을 들을 만한 일이 없으니 그냥 듣고 있을 일이 아니오. 시방 나와 같이 재판소로 갑시다. 그런 말에 대한 명예 손상의 재판이라도 하겠어요. 자, 갑시다. 응, 그래도 감히 가지는 못하겠지요. 다음부터는 함부로 말을 마시구려."

하면서 천일을 돌아보더니

"당신은 벙어리가 되었소? 등신처럼 아무 말도 못 하고

망연히 섰기만 하였소? 정말 보기 싫어요! 저리 나갑시다."

하더니 천일의 옷깃을 잡아끌고 밖으로 나갔다.

아무리 김 감역이 순후한 노인이라도 그 아들 천일의 불효함은 고사하고 농파에게 그같이 패설을 듣고 어찌 용서하는 마음이 생기리오. 크게 성을 내어 천일에게 한 상속과 자기의 은거를 취소하는 동시에 천일에게 낭비자 선고의 청구까지 할 생각으로 방금 그 수속을 행하고자 하여 그 면장에게 통지를 하려 한다. 농파는 그 거동을 보더니 요악한 마음에 김 감역을 곧 죽이고라도 그 집 재산을 탈취하고 싶지마는 도저히 생각과 같이 되지 못할뿐더러 김 감역은 원래 순후한 노인으로 덕망과 신용이 있는 터이요 또 그 아들 천일을 말하면 방탕자인 줄 일반이 다 아는 터인즉 신고만 하게 되면 곧 일이 될 터이다. 이때까지 생각하기로 한번 가독을 양수하면 다시 변통하지 못할 줄만 알았더니 뜻밖에 일이 이같이 될 것 같으면 자기가 희망하던 일은 모두 허탕에 돌아갈 줄 생각하고 한편으로 놀라는 듯, 한편으로는 원망하는 듯 선후방책을 생각하느라고 망연하게 있다가 다시 천일을 대하여 말을 한다.

"아니, 일이 이같이 되었으니 당신은 어떻게 할 생각이오?"

"글쎄 말이여. 그까짓 가독이야 어떻게 되든지 관계없지마는 제일 돈을 쓸 수가 없게 되니 그것이 절통한 일이여."

"그러므로 어떻게 할 터이냐 하는 말이에요."

"그렇지마는 어떻게 하는 수가 있느냐 말이여."

"에, 그 참 속이 상해서. 그것이 남자가 할 말이여?"

하면서 농파는 얼굴빛이 변한다.

"그렇지만……."

"그렇지만이 무엇이오? 그러면 내가 좋은 꾀를 가르쳐 줄 터이니 우리 목적물인즉 곧 돈 하나뿐인즉 다른 것 없이 종이를 한 장 가져오시오."

"뜻밖에 종이는 무엇을 한다……."

"글쎄, 무엇을 하든지 종이만 가져오면 좋은 일이 있다 말이여."

어리석은 천일은 농파의 말을 들어 종이를 가져다주니 농파는 그 종이를 받아서 다음과 같은 증서를 쓴다.

증서

일(一). 금 팔만 원

우 금액은 본인이 귀하에 대하여 종래로 수십 차 계속해서 차용한 바인데, 현금으로써는 반상(返償)할 수 없음으로 본인 실부(實父)로부터 상속한 재산의 동·부동산을 합하여 귀하에게 인도하고 후일의 빙거하기 위하여 증서를 작성함.

본 증서는 가부(家父)로부터 재산 상속하던 당일에 작성한 사실이 무위함.

년　　월　　일　증주 김천일

채권자　　　이인식 전

무섭고 비범하다. 계집의 생각으로 어찌 이 같은 사술을 행
하는가. 채권자 이인식은 곧 자기의 애부 이 주사라 하는 사
람이라 증서의 안초를 써서 천일을 보이고 그대로 쓰기를
재촉하니 이때 천일은 증서 안초를 보더니 농파를 쳐다보며
말을 한다.

"이같이 하면 공연히 우리 집 재산을 이 주사에게 인도한
다 말이냐?"

"아니여, 이것은 한갓 형식으로 그 명의만 빌리는 것이요
나중에는 당신 손에 들어오는 것이오."

"그러면 관계없다 말이여. 미상불 농파의 수단이 용하다
말이여."

농파의 독계를 짐작지 못하고 한갓 좋은 꾀라고만 칭찬하
고 자필로서 증서를 쓴 후에 도장을 쳐서 농파를 주는 김천
일의 위인은 진실로 가련하다. 아무리 상식이 밝지 못하고
생각이 숙맥 같다 하더라도 자기에 대한 직접 이해를 분별
할 수 있을 터인데, 이것 모두 계집에게 미쳐서 양심을 앗기
었던 소치이다. 역발산[157]하는 힘은 장사의 힘이지만 능히
백만금을 탈취하는 힘은 잔약한 계집이 장사보다 더 힘센
것이다. 농파는 천일의 자필로 쓴 증서를 받아 가지고 양양

157) 역발산(力拔山): 힘이 산을 뽑을 만큼 매우 셈을 비유적으로 이르는 말

하게 기쁜 기색을 두 미간에 떠고 천일을 향하여

"인제야 증서가 있는 이상에는 가독은 작소가 된다 하더라도 재산은 벌써 김 감역 집 재산이 아닌즉 늙은이가 어떻게 하더라도 우리가 관계할 필요가 없다 말이오. 그러나 이 주사에게도 이 증서를 보이고 사실을 미리 말을 해야 뒤 주선이 잘될 터이니 내가 이 주사에게 잠시 갔다 오겠습니다."

하면서 나가다가 다시 들어와서 천일의 귀에다 대고 무슨 사담을 하더니 김 감역 집 문전을 나와서 한 번 돌아보지도 않고 속한 걸음으로 이동을 향해 갔다.

김 감역은 성난 나머지 다시 천일을 불러 말을 한다.

"너는 이로부터 가독 상속을 작소하였으니 그리 알고 오늘 위시하여 농파는 쫓아내고 아주 관계를 끊어야지 만약 그러지 아니하면 너까지 쫓아낼 터여."

천일은 불공한 말로

"그러실 터이면 하는 수 없으니 저도 농파와 같이 함께 나가겠습니다."

김 감역은 이 말을 듣고 더욱 화증을 내어

"아, 아니 무, 무엇이 어째? 함께 나가겠다? 이 불효 망측한 놈. 당장 나가, 당장!"

"네, 나가겠습니다. 제가 한번 나가면 다시 뵙지 아니할 터이니 한 말씀 사뢰고 나가겠습니다. 그는 다른 일이 아니라 우리 집 재산은 다른 사람의 소유로 돌아갔습니다."

"무엇이여, 듣기 싫어. 한결같이 거짓말만······."

"거짓말이라 하시지만 일간 아실 것입니다."

하면서 밖으로 나와 그냥 농파의 뒤를 따라 이동으로 향했다.

김 감역은 그 아들 천일이 나가는 뒤를 보더니 돌돌이 혀를 차며 망연히 앉아서 혼잣말로

"아, 세상에 나같이 팔자가 험한 사람은 없을 터여. 철석같이 믿었던 자식이 저같이 불효자. 아, 이 늙은 몸이 무엇을 낙을 삼으며 무엇을 의탁하랴."

불각 중 눈물을 흘린다. 이때 마침 노부인이 산정에서 그 소문을 듣고 황망하게 쫓아 와서 김 감역에게 눈물을 머금고 말을 한다.

"영감, 천일을 기어이 쫓아 내보냈다니 어찌 그리 심하게 하십니까? 이 일을 어찌한다 말씀이오. 아, 모두 내 팔자가 흉하자니 자식까지……. 아, 이 일을."

"아니, 그놈이 저가 원하고 나간 것이지 내가 쫓아 내친 것은 아녀. 늙은 부모를 모르는 불효 망측한 놈을 자식이라고 생각한다 말이여?"

"그놈이 천성이 변했다 하지마는 자식을 어떻게 한다 말이오. 이왕은 남이 다 착하다고 칭찬하던 자식으로 그 계집년 까닭에 조금 허랑하게 되었으나 개과할 날이 있을 터이니 생각하시고 용서하시구려."

"가만두어. 몇 날 지내면 제 걸음대로 들어올 터이니……."

동산의 고운 단풍잎에 아침 볕이 비치고 먼 들에 잠잔 안

개는 점점 흔적을 거두는데, 김 감역 집 문전에서 하인을 부르는 사람은 곧 이동 이 주사라 하는 사람이다. 이 주사는 하인의 안내를 따라 사랑으로 들어가서 김 감역을 대하여 공경하게 인사를 하니 김 감역은 자식의 걱정으로 뇌심[158] 이 되어 마음 없이 앉았다가 이 주사가 방문하는 것도 역시 괴이한 일이라 겨우 말을 열어 이 주사에게 묻는다.

"이같이 일찍 오신 일은 뜻밖이구려. 혹 무슨 일이 있습니까?"

"네, 다른 일이 아니라, 오늘은 당신 댁의 재산을 인수하러 왔습니다."

"아니 무엇이오? 내 집 재산을 인수하겠다고? 그 무슨 이유로 이 주사가 내 집 재산을 인수한다 말씀이오?"

"네, 그 이유는 다른 것이 아니라, 이 증서를 보시면 짐작하실 터이지요."

하면서 농파의 사특한 꾀로써 천일의 자필로 쓴 증서를 내어서 김 감역에게 보이니 김 감역은 이 증서를 한번 보더니 정신이 혼혼하여 능히 말을 못 하고 그 자리에 고만 기절을 하니 아무리 악한 일을 행하러 온 이인식이라도 일변 황급하여 김 감역을 안아 일으켜서 크게 부르니 밖에 있던 하인들도 역시 경급하여 소동을 하는데, 내정에서 노부인이 나와서 약과 물을 먹여 호흡을 재촉함에 비로소 김 감역은 근근 회생하여 노부인의 손을 잡고 그 증서의 사실을 말하

158) 뇌심(惱心): 마음속으로 괴로워함. 또는 그런 마음

였다. 노부인은 황급하고 또 분한 나머지라 과한 말로

"그것은 모두 위조문서입니다. 내 들으니 저 이 주사도 역시……."

"글쎄요. 그것이야 무엇이라고 말씀하든지 그 도장과 필적을 자세히 보면 위조인지 아닌지 알 수 있을 터입니다."

이때 김 감역은 점점 정신을 차려서 안경을 쓰고 그 도장과 필적을 자세히 상고하되 자기의 아들 천일의 도장과 필적이 분명한지라 다시 이 주사를 향하여 말을 고쳐 한다.

"그러면 천일이가 어찌해서 이같이 많은 돈을 차용했다는 말이오?"

"네, 그 자사(子舍)가 노름을 매우 좋아하는 터이라 골패나 화투하는 것으로써 매일 소일을 삼는데, 할 때마다 몇백 원씩 또 몇십 원씩 진 것이 합계해서 오만 원 돈이나 되었고 또 제가 현금으로 직접 취해 준 것이 삼만 원, 도합 팔만 원입니다."

"하하하하하……."

"어째서 웃습니까?"

"하하하, 허허허……."

"어찌해서 웃기만 하십니까? 좌우간 말씀을 하십시오그려."

"하하하, 여보, 이 주사. 나를 어린아이로 짐작하시오? 말을 꾸미더라도 가기지방[159]으로 그럴듯하게 말을 하시구

159) 가기지방(可欺之方): 속일 수 있는 방법

려. 아무리 천일이가 노름을 많이 졌다 하더라도 오만 원을 잃었다? 하하하. 또 겸해서 현금으로 삼만 원을 취해 주었다? 허허허. 그대의 모양을 볼 것 같으면 삼만 원은 고만두고 한꺼번에 삼백 원 돈을 구경한 일도 없을 것 같소그려. 그런데 현금 삼만 원을? 하하하. 여보, 이 주사. 이 밝은 세상에 그따위 어리석은 수작을 하다가는 경찰서가 있다 말이오, 경찰서. 돌아가서 천일에게 계책이 잘못되었다고 하고 증서는 나를 도로 주시구려. 허허, 그놈, 어제 말하기로 "우리 집 재산은 벌써 다른 사람의 소유로 돌아갔다."더니 이같은 어리석은 협잡을 꾸며서. 하하하, 하마터면 내가 크게 속을 뻔하였어."

김 감역의 짐작이 이같이 명석함은 진실로 뜻밖의 일이라 아무리 간녕한 이인식인들 다시 하는 수 없이 무료한 말로

"그러면 이 증서가 어디까지라도 효력이 없지 아니한즉 불가불 재판소의 판결로써 시행하겠습니다."

하더니 무료하게 그 자리를 떠난다.

아, 가히 두렵다. 독부 농파의 사술이 이제 와서 모두 와해가 되는 것 같으나 필경에 어떠한 영향이 미쳐 오며 어떠한 결과가 생길는지?

이인식은 복덕방을 놓친 듯 크게 실망한 기색으로 자기의 집에 돌아와서 자기가 돈을 가지고 오기를 같이 바라고 있던 농파와 김천일에게 뜻같이 되지 못한 사실을 말한즉 그 협잡이 탄로됨을 놀라서 망연하게 앉았다. 이 모양을 보는

이인식은 껄껄 웃으면서 말을 한다.

"그렇게 걱정하고 낙망할 일이 아니라, 이 증서가 있는 이상에는 아무리 김 감역이 불응할지라도 되는 도리가 있으니 염려 없다 말이여. 내가 시방 전주 읍내로 가서 어떤 변호사에게 사실을 감정하고 재판을 청구하고 올 터여."

하더니 즉시 행장을 차려 전주로 향해 가고 농파와 천일은 남아서 여러 가지 의논하는 중이다. 가을 해가 벌써 떨어지고 앞뜰 벌레 소리는 황혼 경색을 재촉한다. 이때 밖에서 어떤 여자가 이 주사를 부르는지라 신경과민한 농파가 속히 나와 본즉 나이가 십팔구 세나 된 계집이다. 원래로 호기하는 특성이 있는 농파는 부지중 투기하는 마음이 발연히 생겨서 금치 못하는 듯……. 그 계집을 대하여 천연한 외모와 유순한 언사로써 그 계집의 내력이며 이 주사를 찾아온 이유를 물으니 진실로 농파가 처음 짐작한 바와 조금도 다르지 않다. 이 계집은 이동 부근의 어떤 술집 여식으로 그 소행도 온자하고 인물도 반반한데, 이 주사에게 속아서 결혼한 지가 벌써 1년이 되었음에 자연히 연애도 깊을 뿐 아니라, 이날은 또한 무슨 일이 있어 일부러 찾아온 터이다. 이 주사와 이 계집과의 관계를 들은 농파의 마음은 투기가 생겨서 능히 견디지 못하되 외면으로는 그 기색을 나타내지 않고 무슨 악한 생각을 품은 듯 좋은 말로써 유인하여 방 안으로 데리고 들어오니 벌써 방 안이 어두운지라 불을 켜려고 등잔을 찾으니 이때 김천일은 그 거동만 보다가 무슨 말을 한다.

"아까부터 내가 불을 켜려 하니 기름이 없어 못 켜고 있는 중이여. 부득이 자네가 이웃집에 가서 기름을 좀 사 가지고 오구려."

"내가 어째 사러 간다 말이오. 당신이 좀 가십시오."

"그것 무슨 말이여. 내가 기름을 사러 간다 말이여? 그것, 되지 못한 말이여."

하면서 기어이 농파로 하여금 기름을 사 오라 하니 농파는 싫어하는 모양으로 부득이하여 기름 사러 나간다. 김천일은 농파의 뒤를 보고 웃으면서

"그전 같으면 기름 심부름뿐 아니라 무엇이라도 내가 행하여 네 마음 좋도록 하겠지마는 오늘 밤에는 조금 그럴 일이 있다 말이여."

혼자 말하더니 다시 문밖으로 한번 둘러보고 그 이 주사를 찾아 온 계집을 향하여 말을 한다.

"아까부터 밖에서 하던 말은 내가 대강 들었지마는 시방 기름 사러 간 여인은 즉 이 주사의 사랑하는 첩이라 말이여. 그러니 자네를 조금도 불쌍하게 생각지 아니할뿐더러 혹은 자네가 있어서 방해가 될까 해서 자네를 죽일는지도 알 수 없으니 그리하기 전에 자네가 먼저 이 주사를 죽이는 것이 좋을 줄 생각한다 말이여."

그 계집은 말을 듣더니 한편 부끄럽고 한편 겁내는 모양으로 대답하는 말,

"네, 그렇습니까. 그런 고로 그 여인이 관계를 그같이 자세

하게 묻는 것이올시다그려. 아, 내가 깨닫지 못했습니다. 남을 속여서 이같이 버린 사람을 만들어 놓고. 아, 가엾어라. 내 평생이 이뿐인가. 차라리 일찍 죽는 것만 못하군. 내가 죽게 되면 한 놈 먼저?"

벌벌 떠는 목소리로 말을 마치더니 얼굴빛이 창백하게 변하면서 무슨 악의를 품은 듯 급히 그 자리를 떠나서 밖으로 돌아 나간다. 이때 김천일은 빈방 안에서 그 계집이 나가는 뒤를 보면서 혼잣말로

"농파와 이 주사와의 사이가 괴이한 듯하여 자연 마음이 불쾌하더니 이제 저 술집 계집을 선동해서 이 주사를 죽이도록 하였으니 얼마큼 마음이 기쁜걸."

혼자 말할 때에 밖에서 농파가 오는 소리가 들리는지라 문을 열고 내다보며

"아, 매우 수고했네그려. 아까는 어째서 내가 가지 아니했는지. 하하하. 매우 수고했네그려."

웃으면서 기름을 받아 불을 붙이니 농파는 방 안을 살펴보더니 깜짝 놀라며

"아, 그 계집아이가 어디로 갔습니까?"

"알 수 없지. 아까 자네가 나간 뒤에 이왕 뒤따라 나갔는데, 내야 물을 필요도 없는 고로 그냥 두었더니 어디로 갔는지 알 수 없어."

"그러면 그 어디로 갔다 말인가. 혹시 죽으러 가지나 아니했는지. 그러나 죽으면 마음이 편하겠군."

천일은 농파가 혼자 하는 말을 듣고 졸연히 얼굴이 변하여

"아니 농파, 무엇이여. 어찌해서 마음이 편하다 말이냐? 그 계집아이가 죽는 것이 좋다고 생각할 때는 필연 이 주사와 관계가 있다는 말이 아니냐그려."

농파는 부지중 우어¹⁶⁰⁾간에 한 말을 천일이 들은 줄 생각하고 무안한 기색을 띠고도 천연하게 다시 애교 있는 모양으로

"아, 별안간 별말씀을 하십니다그려. 무슨 그러할 리가 있겠습니까."

"그것 무슨 소리여? 없을 것 같으면 어째서 그런 말을 하느냐 말이여, 응? 아무튼 이 주사와 무슨 밀접한 관계가 있는 줄은 벌써 짐작하는 터여. 아까 그 계집아이에게도 자세한 말을 들었다 말이여!"

하면서 천일은 성난 기색으로 넘어치기로 말을 하니 속설에 도적놈 제 발 저린다 함과 같이 농파는 그 계집아이가 무슨 말을 정말 밀고한 줄로만 알고 부지중 크게 놀라며 하는 말로

"그러면 그 계집아이가 무엇이라고 말을 합디까?"

"응, 그 계집이 말하기로 너와 이 주사와 이왕부터 결연이 된 터인데, 장래에 아주 사생결활의 부부가 될 약조까지 하였다고. 저도 그로써 이 주사에게 속은 일을 무한히 후회하는 중이라고 자세하게 말을 하던걸. 야, 농파, 그렇게 시침

160) 우어(偶語): 두 사람이 마주 대하여 이야기함.

뚝 떼고 있더라도 하는 수 없으니 사실대로 자복을 하는 것
이 좋지 아니하냐 말이여."

"그같이 발각된 이상에는 다시 은휘할 수 없으니 그리 짐
작하고 용서하십시오."

"그러면 정녕코 장래 부부가 될 약조를 했다 그런 말이
지? 이년, 악독무쌍한 계집년!"

농파의 말이라면 콩이 팥이라 해도 바로 듣고 그 마음을
거스르지 않기 위하여 늙은 부모에게까지 불효한 죄를 범한
어리석은 김천일은 계집에 대한 투기하는 마음은 어찌 이같
이 강성한지 당장에 불 칼이 늠름하게 발연히 분노하여 농
파의 머리카락을 힘껏 잡아 쥐고 그냥 방바닥에다 엎어 놓
고 힘센 다리로 고개를 누르고 쇠 같은 주먹으로 흉복을 대
지르면서 말을 하되

"이년, 독한 년. 종시 나를 멸시하는 모양이여."

하면서 다시 어깨를 물어뜯으니 아, 천일의 한주먹에 잔
약한 농파의 생명이 오락가락한다.

이때 뜻밖에 말 워낭소리가 들리더니 악한 이인식이가 돌
아오는 모양이다. 급히 들어와서 이 광경을 보더니 불문곡
직하고 천일을 한발로 차 눕히고 동줄로써 천일을 결박하여
놓고 즉시 농파를 안아 일으켜서 사지를 만지며 위로하더니
다시 천일을 차고 뚜드리면서

"이놈, 이 인충이 같은 놈! 어째서 내 아내를 친다 말이
냐!"

하고 난타를 하다가 다시 농파를 향하여 그 이유를 물으니 농파는 근근 정신을 진정하여 이인식을 흘겨보며

"그것 모두 당신의 음란한 관계 때문이에요."

"뜻밖에 그것 무슨 말이여?"

하고 망연히 앉았으니

"인제 십팔구 세 되는 술집 계집아이를 관계해서……. 그것 무슨 소위란 말이에요."

"하하, 그러면 그 계집아이가 왔었던가?"

"올 뿐만 아니라, 나와 당신과의 관계를 말한 것 때문에 저 못된 자에게 맞고 물린 것이오."

"아니, 그 계집에 대한 일은 나중에 사과를 하려니와 그 까닭으로 맞았단 말이로군."

하더니 다시 천일을 향하여

"아니, 이 못된 인충이 같은 놈. 나와 농파의 관계를 인제 알았느냐? 농파는 내 아내란 말이여. 함부로 놀다가 안 될 것이야."

인식은 농파의 손을 잡고 웃으면서

"이것 모두 내가 잘못한 탓이니 성을 참고 우리 술이나 한잔 먹어 볼까."

주반을 갖추어 술을 먹는데, 농파는 천일을 향하여 옆눈을 흘겨보며 말을 한다.

"천일아, 인제는 생각이 어떠하냐? 아마 술이 먹고 싶지야. 침이나 삼키고 술 먹는 구경이나 하란 말이여."

1920년대 전주읍 시가지

천일은 분이 나서 등이 터질 듯하나 하는 수 없이 말을 하되

"이 악독한 년, 너로 인해서 늙은 부모의 걱정을 시킨 일을 생각하건대 내 몸이 죽어도 후회가 남을 것이다. 한갓 부모에게 불효한 죄로 천벌을 받는 줄 생각하고 이와 같이 결박을 당하고도 견디고 있지마는 이년, 너는 어느 때라도 신명의 벌을 면치 못할 것이라 말이여."

이인식은 천일의 말을 듣고 술잔을 들고 껄껄 웃으면서

"허허허, 아따 그놈 참 큰소리하는군. 개소리같이 짖는 말을 관계할 필요가 없다 말이여. 그러나 오늘 밤 술맛은 특별히 좋다 그런 말이여."

하면서 농파의 어깨에 팔을 얹으며 몹시 기뻐한다. 농파는 인식의 팔을 밀쳐 내며

"싫어요, 싫어. 싫다는데 왜 이리하오그려. 나는 술집 계집이 아니라오."

"하하하하. 또 별말이 나왔군. 그러면 다른 이야기나 하자 말이여."

"다른 이야기는 무슨 이야기 말이에요? 당신 귀에는 술집 계집의 이야기밖에 더 기쁜 이야기가 또 있습니까?"

"아니여, 저, 그 증서에 대한 이야기 말이여."

"아, 참 깜빡 잊었소그려. 그런데 전주 가서 어떻게 되었습니까?"

"어떤 고등한 변호사에게 감정을 하니 그만하면 법률상

효력이 있다고. 재판만 하면 당장 승소한다고 하는 고로 전주 읍내에서 크게 전리[161] 하는 어떤 일본 사람에게 그 반절 사만 원을 받고 증서의 권리를 양도하였다 말이여."

"그것 잘 되었소그려. 열 말 구슬이라도 꿰어야 한다고 다만 반절이라도 손에 들어오는 것이 재물이지요. 그 참 잘하였소그려. 그런데 그 돈은 어떻게 하였습니까?"

"저 가방 안에 넣어 두었어. 보고 싶거든 가방을 이리 가져오라 말이여."

농파는 기뻐하는 모양으로 급히 가방을 옮겨서 인식을 주니 인식은 가방을 받아서 개화주머니 속에서 열쇠를 꺼내 가방을 열고 돈을 내어 보이면서

"자, 이것 보라 말이여. 참 큰돈이지? 농파는 아마 이렇게 많은 돈을 보지 못했을걸."

하며 웃으니 농파는 돈 빛만 보고도 욕심이 얼굴에 상기가 되는 듯하다. 다시 말을 연해서

"그러면 그 돈을 나를 주시구려."

인식은 돈을 싸서 다시 가방에 넣으면서 농파를 보고,

"농파, 그런 농담은 하지 마라 말이여. 이 돈은 내 돈이여."

"무, 무엇이에요? 당신이 참 농담을 하시는구려. 그 돈이 누구로 인해서 생긴 돈인데. 그런 농담 하시지 말고 나를 주시구려."

"참 어리석은 수작. 재산 임자가 누구라 말이여, 글쎄. 채

161) 전리(錢利): 고리대금을 하여 받는 돈의 이자, 또는 그 이자를 버는 일

권자는 당초부터 이인식이라 하였지."

"당신이 억지소리도 분수가 있지. 도적의 마음을 가졌소
그려. 차라리 말할 것 같으면 저기 저 결박한……."

"무엇이야. 도적의 마음이라? 누가 도적이라 말이냐! 천
하 대적년같이. 네가 돈을 달라면 주기는 줄 터여. 그렇지마
는 그 대신 나는 경찰서에 가서 너의 죄악을 고발할 터여."

이때 농파는 얼굴에 가득하게 독기가 상충되어 빛이 푸르
락희락 조그마한 눈동자로 한참 이인식을 투그려162) 보면
서 무엇을 생각한다. 돈에는 욕심이 탱천하되 죄악을 고발
하겠다는 소리에 얼이 없어 어찌할 줄을 모르는 듯하더니
벌벌 떠는 목소리로 말을 한다.

"나를 잔약한 계집이라고 능멸히 여겨서 그런 말을 하지
마는 내가 만일 너를 이렇게 하게 되면 어찌할……."

말끝을 눌러 소리를 지르면서 치마 밑에 넣고 있던 팔을
번쩍 드니 벌써 예비했던 서리 같은 칼날이 어느 사이에 이
인식의 흉복에 들어갔다. 아무리 강악한 이인식인들 "앗!"
하는 소리를 지르고 그만 그 자리에서 졸도하였다.

아, 슬프다. 애부애첩의 다정한 수작과 화락한 주석이 경
각에 변하여 살풍경을 지었으니 이 아니 탄식일까.

이때 농파는 칼을 빼어 들고 혼잣말로

"응, 내가 아까 술집 계집아이에게 말을 듣고부터 네가 싫
은 마음이 생겼으되 인제 어떻게 할지 변만 보고 참으려 하

162) 싸우려고 으르대며 잔뜩 벼르다.

250

였더니 무엇이 어째? 돈을 아니 주면 나의 죄악을 고발하겠다? 너같이 악한 놈은 용서하지 못할 것이여. 인제라도 돈을 주어."

이인식의 시체를 보면서 말을 하더니 가방 안의 돈을 꺼내서 보에다 싸가지고 사면을 살피더니

"오, 저 인충이가……."

하면서 결박한 김천일의 앞으로 가서

"이 못된 인충. 네가 나를 죽이려고? 하하, 불쌍하기는 하지마는 너 같은 인생은 죽는 것이 차라리 편할 터여, 응. 아까 무어라고? 부모에게 불효한 천벌로 결박을 당했다고? 하하, 그런 것이 아니라 말이여. 너같이 못된 인충이가 천상 선녀 같은 이 농파를 계집이라고 몇 달 동안 네 마음대로 행하였으니 그 천벌은 곧 이러한 것이여."

하면서 피 묻은 단도로 그냥 김천일의 인후를 바로 찌르니 가련하다. 요마한 계집의 손에 건장한 두 사나이가 참혹하게 검혼(劍魂)이 화했다. 농파는 급한 손으로 칼을 빼어 피를 닦고 행장을 수습하여 등잔에 불을 켜고 밖으로 나가려 할 때에 구름 사이에 든 달빛은 침침한데, 서편 울타리 사이로 가만히 들어오는 계집이 반달같이 빛나는 낫을 한 손에 숨겨 가지고 점점 가까이 들어오는데, 자세히 그 모양을 살펴보던 농파는 으슥한 구석에 몸을 숨기고 혼자 생각으로

'아, 저것은 아까 왔던 술집 계집아이가 분명한데, 이인식을 크게 원망하여 죽이러 온 모양이군. 그렇지마는 오기는

좋은 때에 잘 왔다 그런 말이여. 오늘 밤 일은 참 내 뜻과 같이 잘 되는걸.'

이때 그 계집은

"아직 전주서 돌아오지 아니한 모양인지 불을 켜지 아니했다. 혹 곤해서 일찍 자는 줄도 알 수 없어."

혼자 말하면서 가만히 문을 열고 방 안에 들어서니 옆에서 기다리고 섰던 농파는 아무 말 없이 가졌던 칼로 그 계집의 옆구리를 찌르니 가련한 젊은 계집, 당각에 낙화되었다.

독부 농파는 혼잣말로

"하, 이년. 어린 계집아이가 이같이 악한 일을 행하려고. 그렇지만 나의 뒷갈망163)은 이로써 잘되었다 말이여. 이리해서 놓고 볼 것 같으면 모르는 사람은 모두 다 나도 함께 타서 죽었다고 생각할 터이지 뉘가 저 계집아이인 줄 짐작하리. 혹은 농파가 불쌍하게 죽었다고 말할 사람도 있을 것이여."

하면서 석유 기름을 사방에 뿌리더니 집 처마에다 불을 붙여 두고 간단한 행장으로 그 자리를 떠나서 한걸음에 돌아보더니

"아, 저만하면 다시 꺼질 염려는 없을 터이지."

하면서 속한 걸음으로 달려가니 침침한 달밤에 그림자가 홀연히 보이지 아니한다.

달빛은 은은하고 서늘한 바람은 슬슬 부는데, 바싹 마른

163) 일의 뒤끝을 맡아서 처리함.

초옥에 겸하여 석유로 뿌렸으니 진실로 화약같이 붙을 것이다. 네 처마에 불이 둘러 집 머리에 건넜으니 이때 비로소 이웃집 첨지가 알고 "불이야, 불이야!" 소리를 크게 지르나 방금 잠이 깊게 든 사람들이 급히 모이지 못하고 화세는 점점 맹렬하여 이웃집까지 연소할 염려가 없지 아니하니 혹시 급히 나온 사람이 있더라도 한갓 이웃집 연소 예방만 하고 있으니 하릴없이 이인식의 집은 재가 되었다. 그때야 불꽃이 점점 사라지는 것을 보고 두서너 이웃집 사람이 모여들어 서로 말을 한다.

"아니, 이 주사는 어디 갔는지 당초에 그림자도 보이지 아니하니 어찌 된 일이여?"

"글쎄 말이여. 또 술이나 먹고 취해서 타 죽지나 아니했는지. 그 사람은 술만 먹으면 당초에 천동을 하든지 지동을 하든지 모르고 잠만 자던걸."

"그러면 아마 화장이 되었나 보다."

"그러나 오늘은 이 집 주인 혼자뿐 아니라 다른 사람도 있었어."

"누가 또 있었던가?"

"저, 우림 김 감역 아들 또 그, 저, 농파라 하는 기생과 셋이 있는 것을 보았어."

"그러면 혹 자다가 죽었는지 알 수가 없으니 읍내 경찰서로 신고를 해야 할 터인데……."

"그러나 아직 불이 남아 있으니 우리가 이 자리에서 수직

혈가사 253

을 하다가 밤이 새거든 내일 아침에 신고를 할 수밖에……."

은은한 달빛은 점점 걷히고 이웃의 닭 소리는 새벽을 재촉한다. 서너 간 초옥이 몇 시간 동안에 흔적이 없이 더운 재에 숯덩이가 되었고 빈터에 울타리만 남아 있어 그 경색이 참담하고 처량하다.

물결같이 흐르는 세월은 진실로 사람을 기다리지 아니한다. 독부 농파가 전주 이동에서 살인 방화한 후에 그 종적을 감추어 도망한 지가 벌써 2년을 지나고 3년째 돌아오는 3월 중순이 되었다. 이때 경성 대사동 안 막창 어느 솟을대문 집 문전에 병목164)으로 마주 서 있는 사쿠라 나무, 가지가 터지도록 아름다운 꽃이 만개하여 봄빛이 정히 찬란하다. 그 가옥의 구조와 정원의 장식은 이미 상편에서 기술한 바 있다. 다시 더할 것 없거니와 이는 곧 이상하 씨의 사택인 줄 알 것이다. 이상하 씨는 일찍 부모를 잃고 형제자매도 없이 단신 척영165)의 혈혈한 몸이며 두어 집 되는 원족들은 다 시골에 낙향해서 사는 고로 비록 부모의 유산은 풍부하더라도 아무도 고시할 곳이 없었다. 그러나 원래 천성이 명민하고 제품이 출중한지라 학문에 힘을 써서 평지돌출로 당세 유위한 인물이 되었음에 일찍 환로166)에 출신하여 금년 내부협판의 중요한 관위에 초천이 되었으니 소년 명사로 그

164) 병목(並木): 거리의 미관과 국민 보건 따위를 위하여 길을 따라 줄지어 심은 나무
165) 척영(隻影): 오직 한 사람을 비유적으로 이르는 말
166) 환로(宦路): 벼슬아치 노릇을 하는 길

영예가 자자하였다. 그런데 씨는 조선 자래의 조혼하는 관습이 크게 폐해가 되는 줄 깨달아서 이 폐습을 혁(革)하기 위하여 자기부터 그 모범이 되고자 하는 생각으로 자신하는 바였다. 혹은 자기와 같이 고혈한 몸으로 선사[167] 예절 기타 가정상에 불편불의함은 다른 사람에게 비할진대 특별한 사정이 있는 고로 여러 친구 간에 권고도 많이 하지마는 다시 응종치 아니하고 이십오 세까지 독신으로 지내 왔다.

그때 당시 명재상으로 유명하던 홍 판서는 노퇴하여 수년 전에 수원 향제로 내려가서 한거하게 여년을 보내는데, 아직 미가한 영양이 있으니 이름은 애자이다. 지조가 정숙하고 용자는 절미한데, 겸하여 우수한 가정교육으로 침선 공부며 기타 학문을 넉넉하게 배워서 당세 걸등한 규수라 상당한 지벌의 아들을 둔 사람은 모두 경쟁하여 청혼을 하는 터로되 대저 인생의 연분은 천정한 바라 인력으로써 능히 억지로 못하였다. 이때 이상하 씨는 우연히 친구의 소개로 홍 애자 영양에게 장가를 들었으니 진실로 군자숙녀의 착한 배필을 만났다. 금슬이 화락하게 5년 동안을 하루아침같이 지냈음에 그 깊고 중한 애정은 이상 더할 수 없는 터인데 조물의 시기인지 홍 부인은 우연히 병이 나서 명의 양약의 치료를 극진히 하였으되 약석이 모두 무효라 수 삭을 신고하다가 필경 이 세상을 영결하였다.

아, 슬프다. 이 협판은 물론이거니와 홍 판서의 노부처며

167) 선사(先祀): 선조의 제사

기타 모든 가족까지 그 비참함을 견디지 못하였다. 장사한 후 4~5일이 지나고 홍 판서의 가족은 모두 수원으로 돌아가셨음에 차라리 초상 중에 드나드는 여러 사람의 효효하는 중에 얼마쯤 슬픔을 잊었던 이 협판은 새삼스럽게 슬픈 마음이 몇 배나 더하였다.

"방 안의 화려한 모든 장식품은 부인이 생전에 사랑하던 것들이라 여전하게 부인을 기다리는 듯건마는, 아."

하는 혼잣말에 부지중 더운 눈물이 자연히 솟아난다.

"아니다. 장부의 굳센 간장으로 이같이 약하게 느낄 것 없으니 생각한들 무엇 유익하랴. 마음을 태연하게 가지고 집안 살림이나 대강 정리해 놓고 다시 좋은 곳에 장가들면 그만이여."

그 마음을 번연하게 고쳐서 태연하게 지낼 듯하다. 그러나 뇌수에 깊게 든 연연한 생각이 어찌 졸연히 변하리오. 저녁밥 때가 점점 되어 오니 고친 마음은 간 곳이 없고 부지중 슬픈 회포가 다시 새롭다.

"아, 이같이 마음을 질정할 수 없고 정신이 산란하니 집안에서 울적하게 지내다가 혹 병이 될 염려가 없지 아니하다. 차라리 수석 좋고 공기 좋은 산중에 들어가서 총사냥이나 하고 얼마 동안 마음이나 수양할 수밖에……."

이로써 결심한 이 협판은 즉일 내부협판을 사직하고 대강 가사를 정리한 후에 금강산 탐승으로 간편한 행장에 표연하게 떠났다. 때는 3월 하순이라 따뜻한 일기가 벌써 석양이 되었는데, 비탈 그늘은 점점 옮기고 골바람은 선선하게 불어온다. 양편 높은 산의 층층한 기암촉석은 칼로 깎은 듯 반공에 솟아 있고 울울한 장송거백은 구름에 닿은 듯 절벽에 서 있다. 곳곳 바위 틈 사이에 붉은빛은 모두 두견화라 늦은 바람에 사람을 향해 웃으면서 춘색을 자랑하고 나무 사이로 난 고운 잎사귀는 윤채가 진진하여 푸른 안개가 서리었다. 천봉만학에 담홍연록의 새롭게 단장한 봄 산빛이 저녁 볕살에 비쳐서 채운이 웅크린 듯 숙기168) 영롱하다. 좁은 골 층절한 반석 위에 천회백곡의 맑게 흐르는 시냇물은 편편이 떨어진 꽃을 띄웠음에 진실로 벽계홍류이다. 절승한 경치와 유기한 산수는 별 인간을 지었는데, 그곳은 금강산 초입의 강원도 회양군 어느 산중이다.

이때 해는 점점 서산으로 넘어가는데, 시냇물을 따라 돌사이 굽은 길에 누른 양복을 입고 운동모자, 각반, 와라지169)를 한 엽부 모양으로 총을 메고 전신에 힘이 없이 먼 산을 바라보며 천천히 오는 사람은 곧 이 협판 상하 씨이다. 씨는 생각한 바와 같이 마음을 수양하기 위하여 금강산 탐승으로 가는 길인데, 이 같은 산중에 들어오니 심신이 더욱 산란하다. 청정한 지경과 절승한 경치가 가히 사람의 정신을 상쾌하게 할 만하건마는 이상하 씨의 뇌수에는 일종 번뇌한 생각이 깊이 들었으니 목전의 천상만태가 모두 비관에 지나

168) 숙기(淑氣): 이른 봄날의 화창하고 맑은 기운
169) 와라지(わらじ[草鞋]): 짚신을 뜻하는 일본어

지 아니한다. 걸음걸음 자취를 멈추면서

"아, 이같이 깊은 산중에 뉘를 바라서 들어가냐. 경치가 좋기는 하건마는 일찍 신혼여행으로 같이 한번 왔더라면⋯⋯. 수면에 떨어진 꽃은 질 때라 지지마는 젊은 사람은 어찌해서. 아, 새로 나는 풀과 잎은 철을 따라 연년이 나지마는 사람은 한 번 가면⋯⋯. 아, 무정하다. 숙궁 숙궁 두견새는 무슨 원한으로 저같이 슬피 우냐. 저 넓은 반석 위에 앉아서 조금 쉬어 갈까 보다."

하면서 메었던 총을 옆에 놓고 반석 위에 앉아서 담배를 피워 물고 먼 산을 바라보며 무엇을 생각한다. 생각하는 중 조금 피곤한 모양이라 부지중 석상에서 그냥 졸더니 어디서 사람의 자취 소리 나는지라 홀연히 깨어 본즉 나이가 한 이십이나 되어 보이는 처자가 나물 광주리를 옆에 끼고 산길로 내려오는데

"아, 흡사하다, 우리 부인⋯⋯."

연연하게 생각하던 나머지에 안화170)가 요란하고 정신이 황홀하다. 그 용모 자색이 사진으로 박은 듯 완연히 향해 온다. 심신이 홀려서 지나가는 치마 끝을 잡고

"아, 애자⋯⋯. 아, 부인, 부인⋯⋯. 꿈이냐 생시냐. 다시 환생하였느냐."

괴이한 이상하 씨의 거동을 보던 처자는 놀란 모양으로 정신없이 말도 못하고 망연하게 서 있다.

170) 안화(眼花): 눈앞에 불똥 같은 것이 어른어른 보이는 증세

이상하 씨는 다시 말을 연하여

"애자, 애자. 어찌해서 이곳에 왔느냐 말이여? 아니면 애자가 환생한 것이 아니라, 내가 저승 염라부로 들어온 것이냐."

더욱 괴이한 말로 환생이니, 저승이니, 염라부이니 하는 소리에 겁도 나고 이상하기도 하다. 처자는 급히 그 자리를 떠나고자 하니 이 협판은 당시 정신없는 말로

"아니, 어디로 도망을 하려느냐?"

하면서 옷을 잡고서 앉으라 한다. 처자는 겨우 정신 차려서 근근이 하는 말이

"아니, 무슨 말씀을 하시는지 알 수가 없습니다. 저는 애자라 하는 사람이 아닙니다."

이 협판은 이 말을 듣고 비로소 정신을 차리는 듯

"아니, 애자가 아니라니. 그러면 누구라 말이여?"

"저는 이 아래 동리 사는 사람으로 이름은 옥례라고 하고 또 이곳은 염라부가 아닙니다."

"응, 정말이여? 하, 어째서 애자를 저렇게 닮았는지……."

하면서 잡았던 치맛자락을 놓지 아니한다. 또 그 처자도 잡혀 있는 것을 한편으로 은근하게 생각하는 것 같다. 이때 처자는 놀라고 겁난 마음은 점점 멀어지고 부끄러운 생각이 다시 새롭다. 마지못해 하는 말이

"당신이 애자라고 말씀을 하시는데, 애자라 하는 사람은 어떠한 사람입니까?"

비록 촌가 처자라도 애교 있게 말을 물으니 이 협판은 애

자는 자기의 부인으로 불행하게 병으로 죽었다는 것이며 또 자기 생각을 낱낱이 말을 하니 처자 역시 동정을 표하는 듯 비창한 기색을 두 미간에 띠어서

"네, 그렇습니까. 제 마음이 이같이 비창할 때야……."

"아, 다시 아씨의 얼굴을 차마 보지 못하겠군. 그 슬픈 기색을 띤 얼굴은 흡사 애자가 임종할 때에 비감한 빛으로 나를 보는 것 같다 말이여. 아……."

하면서 두 눈에 눈물이 흐른다. 이 거동을 보는 처자도 같이 슬퍼하는 모양으로 다시 말을 한다.

"그러면 제가 조금도 다름없이 그 부인을 닮았습니까? 그 참, 이상합니다그려."

"정말 희한한 일이오. 그런데 아까도 말한 바이지마는 내가 죽기 전에는 애자를 잊지 못할 것인데, 뜻밖에 아씨를 만나 보니 진정한 애자를 대한 듯 부지중 마음이 위로가 되는 터이라 만약 아씨를 저, 그, 저, 말씀하기 어렵습니다마는 아씨를 아내로 삼는다면 다시 애자의 생전같이 화락하게 지낼 것 같은데, 생각이 어떠하십니까? 혹 저버리지 아니하실는지……."

처자는 고개를 숙이고 얼굴에 붉은빛을 띠고

"천만의 말씀입니다. 저같이 천루한[171) 것을……. 그러나 제가 설혹 마음이 저, 그……."

처자의 마음으로 부끄러운 기색이 적지 아니하다. 다시

171) 천루(賤陋)하다: 인품이 낮고 더럽다.

말을 달아 하되

"집에 어머니가 계시니 좌우간 제 집으로 함께 가시면 좋을 듯합니다. 그리고 또는 이같이 깊은 산중에서 날은 벌써 저물어 가니 조출치는 못하오나 불가불 제 집으로 가시면……."

떠나기를 재촉하니 이때 이 협판도 기쁜 모양으로 처자의 인도로 그 자리를 떠나서 처자의 집을 향해 갔다.

서산으로 넘어가는 저녁 날빛은 썩은 소나무 울타리에 걸려 있는데, 그 처자는 나물 광주리를 옆에 끼고 자기 집으로 들어가니 나이가 한 육십이나 된 노파가 마당에 나서면서 옥례를 향하여 말을 한다.

"아, 인제 돌아오느냐? 오늘 매우 거북했지? 이 늙은 어미를 먹이려고 매일 나물을 캐어서……. 아, 우리 옥례가 참 효녀라 말이여. 속히 들어가자."

하면서 사립문 밖으로 한번 보더니 다시 돌아서서

"아, 옥례야. 저 사립 곁에 같이 온 손님은 누구냐?"

이때 옥례는 같이 온 사람을 그 모친이 누구냐고 묻는 말에 부지중 부끄러운 마음이 생겨서 나물 광주리를 그 자리에 그냥 놓고 돌아서면서 고개를 숙이고

"……."

말을 못 하니 그 모친은 다시 묻되

"아니, 이 애야. 그 누구시냐, 말을 해야지."

"저, 저, 그……. 그, 무엇인가요. 마, 나중에 말씀하겠습니

다……."

"허허허, '저, 저, 그…….'라니 알 수가 있느냐 말이여. 그러나 손님을 들어오시도록 해야지. 나는 시방 하는 일이 바쁘니 네게 조금 미안한 터이지마는 사환도 없고 또 이왕 같이 온 손님인즉 저 초당방으로 들어오시도록 하려무나."

하면서 노파는 다시 부엌으로 들어간다.

옥례는 부끄러운 거동으로 부득이 이 협판을 안내하여 초당방으로 들어가니 방 안은 매우 불결하였지마는 자연 심신이 기쁘다.

옥례는 자리에 앉지 아니하고 그냥 서서 부끄러운 말로

"거처가 매우 불결해서 대단 불안합니다."

"천만의 말씀이오."

옆에 서서 주저거리는 옥례의 행동과 용자는 볼수록 애자와 조금도 틀림이 없다. 이 협판은 다시 옥례를 향하여 말을 한다.

"어떠시오, 생각이……. 아까도 말한 바로되 나는 어디까지라도 아씨에게 장가를 들지 못하면 다시 세상에 살지 못할까 하는 결심인즉 아씨의 생각에는 어떠시오. 나 같은 사람을 저버리지 아니하시겠습니까."

"……."

옥례는 고개를 숙이고 아무 말도 못 한다.

이 협판은 더욱 조급하여 다시 말을 달아

"어떠하시오? 매우 궁금하니 말씀을 하시구려."

"저는 생각이……. 저……. 어머니에게 말씀하시면…….
저는 저……."

"네, 알아들었습니다. 어머니에게는 물론 말씀할 터이니
어머니를 좀 뫼시고 오시구려."

옥례는 얼굴에 붉은빛을 띠고 밖으로 나와서 어머니가 일
하는 부엌으로 들어가더니 말을 하려다가 부끄러워서 못 하
고 주저거리면서 무슨 말을 한다.

"어머니, 무엇을 하십니까?"

"보면 알 터인데. 밥을 짓지 않느냐."

"네, 오늘은 날씨가 매우 따뜻합니다. 어머니, 무엇을 하
십니까?"

"하하하. 이 애가 왜 말을 다시 하고 또 하느냐. 그런데 그
손님은 떠나갔느냐?"

"아직 계십니다."

"그러면 손님을 혼자 두고 어째 나왔느냐?"

"조금 일이 있어 나온다 말을 하고 나왔으니 관계는 없습
니다마는……."

"그러면 무슨 일이 있느냐?"

"어머니에게……."

"그래, 무슨 일이라 말이냐?"

"어머니를 조금 오시라고……."

"누가? 그 손님이 말이냐? 그러면 왜 진작 말을 못 하고
이리저리 횡설을 하느냐?"

하더니 옥례를 따라서 초당방으로 향해 간다.

이때 초당방 안에 혼자 있어 노파를 기다리던 이 협판은 공경한 인사의 말을 마친 후에 다시 노파를 향하여 말을 고쳐 한다.

"당신을 좀 오시라 한 것은 다른 일이 아닙니다. 당신에게 청할 일이 있습니다."

노파는 얼굴을 고쳐서 천연하게 대답한다.

"나 같은 늙은것에게 청하실 일이 무엇 있습니까?"

"네, 제가 크게 원하는 일입니다. 그러나 잘 들어주실는지……."

"좌우간 무슨 말씀입니까?"

"실상인즉 다른 일이 아니라, 저……. 그, 저……. 실상인즉 다른 것이 아니라 저, 그, 당신 따님에게 장가들고자 하는 원입니다."

"헤, 이 옥례에게 장가들겠다 그런 말씀이오? 하하하하. 당신을 본즉 경화사부[172]의 모양이신데 이 산촌 생장으로 함부로 큰 여식을 데려다가 무엇을 하신다 말씀이오. 하인으로 심부름이나 시키실 것 같으면 모르지오마는……."

"그것 무슨 말씀이십니까. 제 아내를 삼을 터입니다."

"그러면 우리 옥례를 당신이 부인으로 삼겠다, 그런 말씀이시구려."

"네, 그렇습니다. 그런데 당신 따님에게 장가들려 하는 깊

172) 경화사부(京華士夫): 번화한 서울의 벼슬이나 문벌이 높은 집안 사람

264

은 인연이 있습니다."

하면서 이 협판은 한숨을 길게 쉬며 자기의 가장 사랑하던 처 애자가 병들어 죽은 후로 자기의 비창번울한 사실의 시종과 그 딸 옥례의 용자가 애자와 흡사하여 가히 보고 버리기 어려운 고로 어떻게 하여서라도 옥례에게 장가들 결심까지 장황한 말을 마친 후에 또 말을 달아서

"이러한 관계와 희한한 원인이 있으니 저의 심중을 역지하여 생각해 보시고 따님을 제게로 시집보내실 것 같으면 따님의 장래 영화는 물론 당신까지도 귀한 몸이 되어서 남에게 존경을 받을 터이오니…… 어머니, 어떠하십니까? 한 말씀 쾌하게 허락하시구려."

노파 역시 한편으로 이상하고 또 한편으로 그러할 듯하게 생각한 모양으로 대답한다.

"이러한 일은 여식의 평생 대사라 아무리 어미라고 하지마는 내 혼자 생각대로만 하기 어려우니 딸에게 한번 물어보아야지요."

하더니 노파는 옆에 앉아 있는 옥례를 돌아보며 말을 한다.

"옥례, 너도 이 손님이 하신 말씀을 들었지마는 네 생각은 어떠하냐 말이여."

옥례는 처자의 마음이라 크게 부끄러워서 두 뺨이 복숭아 꽃 빛같이 붉어지더니 고개를 숙이고 가는 말소리로 근근이 말을 한다.

"저……. 그, 저는 별생각이 없습니다. 소, 손님의……."

"하하하. 그러면 시집가겠다, 그런 말이지?"

"……."

"네 생각이 그러한 이상에는 나도 별반 이설이 없으니 혼인은 이로써 되는 모양이로군. 그러나 한 가지 어려운 문제가 있다 말이여. 그는 다른 것이 아니라, 너희 아버지가 생전에 유언하신 바도 있거니와 너로 말할 것 같으면 우리 집 무남독녀로 남의 집에 영위 보낼 수가 없으니 누구든지 너에게 장가드는 사람은 데릴사위로 내 집의 서양자173)가 되어서 우리 부처의 신후174)에 제사나 지내 줄 사람이라야 할 터인즉 그것이 어떠하실지?"

이 노파의 말을 들은 이 협판과 옥례는 조금 낙망한 기색을 띤다. 이 협판, 다시 말을 내어 순순히 노파를 권고한다.

"네, 자세히 알아들었습니다마는 구태여 그리하실 것 없으니 집으로 출가하시더라도 당신을 내가 뫼시고 가서 생전에는 극진히 봉양할 것이고 또 사후의 일을 말씀할 것 같으면 차차 외손자도 날 터이니 그 제사 등절도 진선진미로 잘할 터이오니 그것이 좋지 않습니까."

"그러나 우리 영감의 유언이 존중한 터이라 도저히 출가할 수는 없으니 당신이 우리 집으로 입양을 하시구려."

"그도 무방은 하지요마는 나 역시 우리 집 무매독자175)로

173) 서양자(壻養子): 사위를 양자로 삼음. 또는 그 양자
174) 신후(身後): 죽고 난 이후
175) 무매독자(無媒獨子): 딸이 없는 집안의 외아들

가독 상속인이 되었으니 그와 같이 행하기는 어려운 터이니 아무쪼록 좋은 방책을 생각하셔서 제 말과 같이 하시는 것이 좋을 듯합니다."

"그는 못 될 말씀이오. 우리 집 형편도 대단 딱한 사정이 있습니다. 그러니 혼인은 피차 안 되는 것이오. 더 할 말 없습니다."

하더니 노파는 급히 일어나서 밖으로 나간다.

이때 이 협판은 혼인은 파이라 하는 노파의 말을 듣고 민망한 기색으로 망연히 앉았으니 촌가 처자의 순일한 마음으로 이 협판에게 부지중 연애가 생긴 옥례도 역시 낙심천만이라 어찌할 바를 모르고 망연하게 아무 말도 없이 마주 대해 앉았을 때에 밖에서 노파가 성난 말소리로 크게 옥례를 부르더니

"벌써 해가 다 져가니 손님을 속히 가시라고……."

하는 말에 옥례가 더욱 기가 막혀서 무엇을 생각하더니 이 협판에게 말을 한다.

"부득이 하는 수 없으니 황송하지마는 제 집에서는 쉬어 가시지 못하겠으니 아까 오시던 길로 한참 들어가실 것 같으면 법화암이라 하는 조그마한 암자가 있으니 그 암자의 주지는 여승인데, 청심보살이라 하는 승각시입니다. 그런데 그 승각시와 우리 어머니 사이가 좋을뿐더러 범사에 의견이 비범하니 오늘 밤에 거기서 주무시고 의논을 잘하시면 혹 무슨 좋은 계책을 지시할 것 같습니다. 시방 해는 벌써 다 져

가매 멀리 가실 수는 없고 그 법화암으로 가시는 것이 좋을 듯합니다."

이 협판은 옥례의 말과 같이 그 집을 떠나 법화암으로 향해 갔다.

법화암은 원래로 여승이 많이 거주하던 암자인데, 이제 와서는 그 암자가 매우 영체하여[176] 모든 여승들은 다 떠나고 거의 폐사가 되었는데, 2년 전에 어떠한 여인이 머리도 깎지 아니하고 유발한 양으로 호왈(號曰) 청심보살이라 하며 다소간 재물을 내어 암자를 조금 중수하고는 주지가 되었는데, 나이는 한 삼십이나 되고 얼굴에는 탄 자국 같은 검은 사마귀가 많이 나서 보기 싫게 못난 여승이었다. 그러나 애교가 있고 교제를 잘하여 세상일에 서투르지 아니한 고로 속가 사람에게 사랑을 받는 터이다. 이때 이 협판은 옥례의 집을 떠나서 아까 오던 산길로 다시 들어오니 해는 서산에 떨어지고 골골에 연하는 자욱하고 새소리도 고요한데, 땡땡하는 늦은 쇠북소리가 번열한 정신을 상연케[177] 한 듯 저문 길을 인도한다. 산문에 당도하여 안내를 청하니 어떠한 여승, 쪽 지른 머리에 송낙을 쓰고 단주를 손에 들고 대답하며 나오는데, 그 얼굴은 불에 탄 두부같이 되었다.

이 협판은 그 여성을 대하여 간절하게 말을 한다.

"이 사람은 사냥하러 들어왔다가 길을 잃고 하는 수 없이

176) 영체(零替)하다: 세력이나 살림이 줄어들어 보잘것없이 되다.
177) 상연(爽然)하다: 매우 시원하고 상쾌하다.

하룻밤 쉬어 갈 생각으로 염치를 불고하고 들어왔습니다."

"네, 잘 들어오셨습니다. 그런데 거처가 불결하고 또 음식이 변변치 못해서……."

하며 공손하게 답례를 한다.

"천만의 말씀입니다. 아무 관계없습니다."

"네, 속히 안으로 들어가십시다."

이 협판은 여승의 안내로 방에 들어가 앉으니 조금 지나서 밥상을 들이는데, 산채 진미의 담담한 요리이다. 밥을 치운 후에 혼자 앉으니 자연 심신이 청정한 듯하다. 여승은 예불을 마친 후에 방 안으로 들어와서 이 협판을 대하여 다시 예를 하고 서로 이야기를 한다.

"당신은 원래 어디 계십니까?"

"나는 서울 사오."

"네, 그렇습니까. 그런데 황송하오나 누구시라 하십니까?"

"나는 이상하라 하는 사람이오. 그런데 스님의 법명은?"

"네, 소승은 청심보살이라고 합니다."

"응, 속가는 어디 있습니까?"

"속가는 강릉입니다."

"네, 그러나 혼자서 이같이 고적하게 있으면 궁금치 않습니까. 아, 참, 내가 실례로군. 불법에 득도를 하였으니 인세의 근진178)을 잊었을 것이지. 그런데 중인데 머리를 깎지 아

178) 근진(根塵): 눈·귀·코·혀·몸의 오근(五根)과 빛·소리·향·맛·닿음의 오진(五塵)을 아울러 이르는 말

니했으니 참 처음 보는 일이구려……."

"네, 팔자가 기구해서 중은 되었으되 이 머리털은 여자의
마음으로 평생 사랑하던 것이요 또 부모에게 받은 바라 깎
아 버리기가 참으로 애석해서 보존한 것입니다."

"흐흥, 그렇습니까. 그런데 좀 물어볼 일이 있습니다."

"무슨 일입니까?"

"이 아래 동리에 그, 저, 버드나무 숲 앞에 어떤 외딴집 말
이오. 그 집을 아시오?"

"아, 그 김 원장 댁 말씀이구려. 한 육십이나 된 노모와 한
이십이나 된 처자 단둘이 사는 집 말씀이시지요?"

"옳지, 옳지. 그런데 김 원장 댁이라니, 누가 또 있소?"

"아닙니다. 그 집 밖주인이 김 원장인데, 그 동리에서 지
사인[179] 노릇을 하더니 수년 전에 죽었다 합디다. 그러므로
동리 사람은 모두 김 원장 댁이라고 하지요. 그런데 그 집을
어째 물었습니까?"

"네, 조금 물어볼 일이 있어요. 그런데 그 노파와 친하시
오? 친하다면 할 말이 있습니다."

"네, 친할 뿐 아니지요. 소승이 양모를 정해서 매우 친근
한 터이요 또 우리 절에 무슨 일이나 있으면 일도 거들어 주
고 종종 오십니다."

"네, 그러면 그, 저, 처녀도 이 절에 혹시 오는가요?"

"매양 오지요. 근일은 산에서 나물을 캐는 고로 매일 옵니

179) 지사인(知事人): 사물의 이치를 아는 사람

다."

"네, 그렇습니까. 그러면 내가 이 절에 한 달쯤 유련할 생각이 있는데, 관계없겠소?"

"이 불결하고 조적한 곳에서 어째 유련하시겠습니까?"

"조금 그럴 까닭이 있습니다. 다른 사람 같으면 말할 수 없으되 스님은 속인과 다르고 자비심이 많으니 말을 하겠습니다마는 실상인즉……."

하더니 이 협판은 말을 연해서 이러이러한 까닭으로 옥례와 연애하여 장가들고자 하는 말이며 그 모친이 저리저리한 사실로써 혼인을 거절한 말을 시작하여 그 전처 애자가 죽은 후에 이 산중에서 옥례를 만난 일까지 낱낱이 설명하고 또 이 뒤로는 이 절에 유련해서 매일 옥례를 만나 보고 이야기나 하고자 하는 말을 다 하니 그 속이 어둡고 투미하지[180] 아니한 여승 청심보살은 이 협판의 심중을 능히 억량한 듯 좋은 말로 지도한다.

"네, 그러한 사정 같으면 유련을 하시더라도 관계는 없지요마는 여승만 혼자 있는 독암에 당신이 오래 계실진대 혹 속내 모르는 마을 속인들은 좋지 않게 비평을 할 듯하니 오래도록 유련을 하시지 말고 한 달에 몇 번씩이든지 내왕을 하실 것 같으면 오실 때마다 소승이 옥례를 불러다 드릴 터이니 그리하시는 것이 좋지 않겠습니까?"

하면서 청심보살은 중 같지 아니한 유정한 말을 하니 이

180) 어리석고 둔하다.

협판은 크게 기뻐한다.

이 협판은 그날 밤을 새우고 익일 아침에 일쩍 일어나서 세수한 후에 곧 청심보살을 찾으니 어디로 갔는지 그림자도 보이지 않는다. 이상하게 생각하고 보살이 돌아오기를 기다리는데, 마침 천만뜻밖에 청심보살이 옥례를 데리고 와서 웃으며 말을 한다.

"영감, 어젯밤 약조한 바와 같이 소승이 옥례 아씨를 데리고 왔으니 저쪽 빈방에서 이야기나 하십시오. 소승은 아침 공양이나 짓겠습니다."

하더니 청심보살은 장삼을 벗고 부엌으로 들어가서 아침밥을 짓는다.

이 협판은 옥례를 데리고 온 여승의 호의를 사례하고 옥례와 함께 방 안에 들어가서 재미있게 사담을 한다.

"참 뜻밖에 이상한 곳에서 만났다 말이여."

"참 그렇습니다. 그것 모두 부처님의 도술인 줄 생각하시오, 하하하."

"그는 그렇다 말이여. 청심보살이 곧 부처님과 같으니까⋯⋯. 그러나 어머니를 어떻게 속여서 이리 왔다 말인가?"

"별로 속이지 않았습니다. 절에 일만 있으면 이왕부터 종종 오는 터인데, 오늘도 무슨 할 일이 있다고 거들러 가야 한다고 왔으니 혹 절에 불공 맞이나 있는 듯 생각하실 터이지요. 그런데 당신 말씀은 길에서 오다가 잠깐 들었습니다."

이 협판은 옥례와 사정을 맺고 사담을 조용하게 마친 후에 그 주지 청심보살에게 돈 이십 원, 옥례에게 돈 오십 원을 주고 후기를 약속하며 행장을 수습하여 법화암을 떠나 경성으로 돌아갔다.

이로부터 이 협판은 전처 애자의 생각이 점점 심두[181])에서 떠났다. 한 달에 한 번씩 기회를 정하고 법화암으로 내려와서 옥례를 만나더니 부지불각 중 연애가 깊어지는 동시에 옥례가 잉태하여 벌써 팔구 삭을 지났다. 배가 점점 불러 오고 기색이 천촉하니 어떤 날은 그 모친이 옥례를 불러서 말을 한다.

"이 애, 옥례야. 너 배가 소 배같이 저렇게 불러 오니 대단히 수상하군. 아무리 보아도 아이를 밴 듯한데, 이전에 지나간 그 손님의 자식이나 아니냐 말이여, 응?"

옥례는 깜짝 놀라며 또 부끄러운 기색으로

"그것이 무슨 말씀입니까. 당초 꿈에도 그런 일은 없습니다."

"그러면 누구에게 잉태가 되었다 말이냐. 바로 말을 아니 하면 내가 이, 이리할 터여."

하면서 옥례의 등을 두세 번 뚜드린다. 옥례는 황황한 마음으로 어찌할 줄 모르고 한갓 속이기만 주장한다.

"어머니, 진정하십시오. 저는 당초에 그러한 일은 없습니다."

"없다니, 이년. 증거가 있지 않느냐 말이여."

181) 심두(心頭): 생각하고 있는 마음

"어머니, 증거는 무슨 증거라 말씀입니까."

"네가 요사이 한꺼번에 사십 원썩, 삼십 원썩 큰돈을 가지고 오는 것이 곧 증거라 말이여. 네가 남의 첩이 되었든지 한 까닭으로 어떤 놈이 네게 돈을 주는 것이지. 매일 나물 캐러 간다고 어미를 속이고 달리 사나이에게 미쳐 다니는 것이지. 이년, 바로 말을 해야지."

하면서 또 어깨를 친다.

이때 마침 법화암 청심보살이 들어와서 그 거동을 보고 노파를 만류하며 말을 한다.

"어머니, 왜 이리하십니까. 조금 진정하십시오, 어머니. 그 것은 아마 병인 듯합니다. 우리 불가에서도 정결한 보살이라도 혹 저 같은 병이 생길 때가 있습니다. 내 동생같이 요조하고 지조가 단단한 처자로 무슨 그러한 일이 있을 리가 만무하지요. 그것은 제가 보증하겠습니다. 아무리 자식이라도 그같이 억설의 말씀을 하시지 마시오. 또 그렇게 때리실 것 같으면 놀라서 병이 더하는 수가 있습니다."

"그러면 배가 커지는 병도 있는 모양인가."

하면서 순직하고 어리석은 촌 늙은이라 그 청심보살의 말을 신용하고 옥례에게 묻기를 그만 중지하였다.

날이 가고 달이 가매 어언간 옥례는 산삭[182]이 되었으니 만약 그 어머니가 알게 되면 큰일이 날 터이라 이로써 걱정이 되어 무한히 초심하고 지내더니 하루는 법화암에 가서

182) 산삭(産朔): 아이를 낳을 달

청심보살을 대하여 선후책을 의논할 새, 청심보살도 또한 동정을 표하고 걱정을 하면서 여러 가지 의논을 한다. 필경은 그 보살의 간사한 꾀로 옥례의 잉태는 복창증과 같은 병이라고 주장하고 그 병을 치료하기 위하여 약도 먹으려니와 제일 부처님 전에 기도를 정성껏 잘 해야 할 것이니 한 달쯤 작정하고 바깥출입을 금하고 성심으로 불전에 기도를 하면 병이 낫겠다고 하는 말로 옥례의 모친을 속이고 치료하는 범절은 보살이 감당한다고 그 모친의 허락을 받아서 옥례를 법화암에 데려다 두고 해산을 시켰다. 옥례는 비록 초산이로되 순산을 해 아무 후환은 없으나 한갓 유감인 일은 계집아이를 생산한 것이었다. 두어 일 지난 후에 산모는 몸이 쾌복되어서 아이는 청심보살에게 맡겨 두고 자기 집에 돌아가서 병 치료를 잘 한 것같이 모친에게 고하고 매일 한 번씩 법화암에 가서 아이에게 젖을 먹였다.

옥례가 해산한 후 벌써 한 달이나 지났으매 하루는 매월과 같이 이 협판이 법화암으로 왔다. 청심보살은 전과 같이 이 협판을 기쁘게 맞아서 자기의 계책으로 노파를 속이고 옥례를 암자에 데려다가 해산을 시킨 일과 그 아이를 자기가 애육하는데 옥례가 매일 젖 먹이러 온다는 말까지 다 한다.

이 협판은 청심보살의 후의를 감사하게 여기는 동시에 그 임기응변하는 묘한 계책을 돌돌이 탄상하더니 행장 속에서 무엇을 꺼내 청심보살의 앞에 놓으며 말을 한다.

"이것은 변변치 못합니다마는 스님의 소용으로는 아마 이

것이 존중할 듯한 고로 어느 큰 절에 부탁해서 정미하게 제조한 것입니다."

하면서 무엇을 보에 싸서 내어 놓은지라 청심보살은 이것을 받아서 읍하고 보를 펴 보니 좋은 신식 비단으로 지은 가사였다. 그 침공이 매우 정미하고 법도에 합당하게 되었는데, 한옆에다 청심보살이라 하는 글자를 아름답게 수를 놓았다. 청심보살은 가사를 보더니 중의 예로 합장배례하며 무한히 칭찬하고 감사한 뜻을 표하더니 다시 두 손으로 공경하게 가사를 들고 자기의 침방에 들어가서 탁자 위에 놓고 나오더니 다시 이 협판을 대하여 웃으며 말을 하되

"저쪽 방에 가서서 아기를 생면이나 하십시오."

하면서 이 협판을 인도하여 객실로 들어가서 아이를 안고 이 협판을 향하여

"자, 보십시오. 매우 반반하게 생겼습니다, 하하하."

이 협판은 아이를 한번 보더니 웃으면서

"그동안에 벌써 많이 화했습니다그려. 그러나 제일 순산이 되었으니 그만 다행한 일이 없습니다."

"정말 그렇습니다. 그러나 아기 이름을 지어야 할 터인데, 영감께서 오셨으니 무엇이든지 이름을 하나 지으시오."

"이름은 내가 생각해 둔 것이 있습니다. 숙자라고 할 터이오."

"숙자, 숙자, 참 부르기 좋습니다."

청심보살은 다시 천연하게 얼굴빛을 고쳐서 이 협판에게

무슨 말을 한다.

"옥례가 오기 전에 영감 전에 말씀하겠습니다. 다른 일이 아니라 영감과 옥례의 관계를 말씀할진대 조선 고법의 예절을 갖춘 정당한 혼인이 아니므로 촌가 처자의 마음에 혹 섭섭하게 생각함이 없지 아니할 터이오. 그러니 요사이 시셋말로 계약이라던가요. 무슨 문자라도 두어 자 써서 주시는 것이 좋을 듯합니다."

이 말을 들은 이 협판도 역시 그러할 듯한 기색으로

"네, 그것도 무방하지요. 그러면 내가 돌아갈 때에 써서 주겠습니다."

이때 밖에서

"스님……."

하면서 들어오는 사람은 곧 옥례이다. 옥례는 들어와서 이 협판을 보더니 한편 부끄러운 빛도 있고 한편 기쁜 모양도 있다. 전과 같이 다정한 이야기로써 대한다.

이 협판은 이와 같이 수일을 유련하다가 3일째 아침에 행장을 수습하여 떠나려 하더니 무슨 증서를 한 장 써서 옥례를 주니 옥례는 증서를 받아서 펴 보니 다음과 같다.

   증서

   일(一). 옥례는 아직 정식으로 결혼예식을 이행치 못하였
        으되 사실상 진정한 본인의 아내 됨이 상위가 없으니 만약

본인의 사후(死後)라도 본인의 집에 입가할 때는 다른 친척은 아무 이의(異議)를 못할 사

일(一). 여식 숙자는 처 옥례와 본인 간의 소생(所生)인즉 진정한 본인의 자식이라 만약 일후에 아들자식을 생산치 못하면 숙자로써 상속인으로 정할 사

이 증서는 후일 숙자의 상속권이 있음과 아내 옥례가 이상하의 집 유산을 자유로 하고 또 이상하의 집 전권을 보유할 권리가 있음을 증거하기 위하여 작성함.

년   월   일 경성 대사동 증주 이상하 인(印)

이 증서를 펴 보던 옥례는 이 협판을 향하여 조금 싫어하는 모양으로 말을 한다.

"그러면 이 증서로 볼 것 같으면 당신 생전에는 입가를 못한다, 그런 말씀입니까?"

"아니여, 정식으로 입가 하기 전 '만일에' 하는 말이여."

옥례는 그렇게 여기고 다시 말이 없다.

이 협판은 청심보살에게 무한히 치사하며 또 숙자의 애육을 잘 부탁하고 옥례에게 전과 같이 후기를 약조하고 법화암을 떠나갈 새 청심보살은 무엇을 잊은 듯 다시 이 협판을 불러서 무슨 약봉지 같은 것을 주면서

"이것은 우리 불가의 좋은 약이니 가시다가 혹시 목이라도 마르시거든 물에 타서 잡수시면 갈증도 그치고 또 요기

도 되는 것입니다."

이 협판은 약을 받아 가지고 청심보살의 후의를 사례하며 산문을 떠났다.

때는 4월 중순이라 천봉만학에 신록은 아름답고 뜰 앞에 작약 꽃은 편편이 떨어진다. 적적한 고암에 사람의 자취는 이르지 아니하고 한갓 바람 소리 요란하고 물소리 잔잔하다. 석양은 산으로 넘어가고 탑 그림자는 방 안으로 옮겨 든다. 이때 청심보살은 고요한 빈방 안에서 탁자를 의지하여 아무 마음 없이 천진으로 누워 있는 어린 숙자를 한참 보더니 다시 고개를 들어서 밖으로 내다보며 한숨을 길게 쉬면서

"아, 이 고독한 산암에서 또 1년을 지냈구나. 옛말에 삭발은 도 신세라 하더니 머리는 깎지 아니했지마는 중은 역시 중이라 내가 이것 할 노릇이냐 말이여. 좌우간 속히……."

청심보살은 무슨 의미가 있는 듯하게 혼잣말을 할 때에 밖에서

"스님……."

하고 부르면서 옥례가 들어온다. 옥례는 방 안에 들어와서 매일과 같이 숙자에게 젖을 먹이면서 청심보살을 대하여 무슨 말을 한다.

"스님, 이 협판 영감께서 요사이는 당초에 오시지 아니하십니다그려. 벌써 이삼 삭이 되었으니 그전 같으면 그동안 세 번이나 왔었을 터인데, 혹 병환이나 나서 누워 계시는지 알 수가 없습니다. 자연히 마음에 걱정이 되어서 견디지 못

하겠습니다."

"만약 병이 났을 것 같으면 편지라도 하실 터인데, 편지도 없으니 아마 무슨 긴급한 일이 생겨서 외국으로 여행이나 하시지 아니하셨는지⋯⋯. 그러나 걱정할 것까지 없다 말이여. 이제라도 오실는지 알 수 없지 않느냐 말이여."

청심보살은 이같이 대답을 하면서 무엇을 자저하고[183] 또 생각하는 모양이더니, 다시 옥례를 향하여

"잠깐 어디 갔다 올 터이니 올 때까지 기다려 주구려."

하면서 급히 밖으로 나갔다.

이때 옥례는 숙자를 안고 젖을 먹이면서

"숙자야, 숙자야. 너 크거든 아버지에게 돈 얻어서 고운 옷을 많이 해서 주마. 응, 숙자야. 젖 많이 먹고 얼른얼른 잘 크거라. 응."

하면서 아이의 머리를 만지더니 또 말을 달아

"아니, 보살님은 어디로 갔는지 벌써 한 시간이나 되었는데 돌아오지 아니하는군."

혼자 말할 때에 밖에서 발자취 소리가 들리더니 생전에 보지 못하던 어떤 한 미인이 방 안으로 들어오는지라 옥례는 깜짝 놀라서 쳐다보다가 말을 묻되

"당신은 누구시오?"

한즉 그 미인은 깔깔 웃으면서

"옥례, 청심보살을 잊었다 말이냐."

183) 자저(趑趄)하다: 머뭇거리며 망설이다.

하고 흰 눈으로 본다. 옥례는 겁을 내어 하는 말로

"음성은 보살과 방불하나 용모를 본즉 아니오. 청심보살은 두 뺨에 사마귀가 많이 났는데, 당신은 얼굴이 아주 결백한 미인인즉 알 수가 없습니다."

그 미인은 일향[184] 웃으면서 자리에 앉아 다시 말을 한다.

"이때까지는 참 낯을 나타내지 않고 숨기기 위해서 묘한 약으로써 사마귀를 만들어서 얼굴에 붙여 두었는데, 이제 와서는 이전의 참 얼굴을 나타낼 필요가 있는 고로 또 묘한 약으로 씻어 버렸다 말이여."

"스님, 어째서 그렇게 하십니까?"

"별로 말할 필요 없으니 그 아이나 이리 달라 말이여."

하면서 숙자를 앗아 안으니, 옥례는 부지중 황급하여

"스님, 어찌하실 터입니까?"

"흥, 한결같이 나를 중으로만 알았다 말이냐. 어찌해 이같이 한다 말이여."

하면서 청심보살은 치마 밑에 감추었던 서릿빛 같은 단도로 옥례의 목을 찌르니 아, 가련하다. 촌가 처자로 순직한 옥례는 독암 깊은 밤에 검혼이 되었다.

청심보살은 두 미간에 살기가 흐르는데, 칼을 빼어 피를 닦으면서 옥례의 시체를 흘겨보고 말을 한다.

"흥, 네가 불쌍하기는 하지마는 세상에 한 자식으로 두 어미가 있는 법이 없다 말이여. 이제 숙자를 내가 낳은 것같이

184) 일향(一晌): 아주 짧은 시간을 이르는 말

할 필요가 있으니 부득이 하는 수가 없다 말이여. 그러나 나는 다른 중과는 행사가 다르니 이 말이 곧 설법이요 또 염불이다. 이 설법을 듣고 원망하지 말고 극락으로 잘 돌아가라 말이여."

하면서 탁자 밑 당시기[185] 속에서 증서 한 장을 꺼내어 보더니

"이것이 제일 필요한 물건인데……."

하면서 품에 깊이 넣고 옆으로 돌아서니 무심하게 잠자던 숙자 아기는 그 어미가 참살됨을 느끼는 듯 "아아아, 아아아." 운다.

그 우는 것을 보는 청심보살은

"울더라도 뒷갈망을 잘해야지."

하면서 우는 아이를 한편에 밀쳐놓고 급한 손으로 옥례의 옷을 벗겨 자기의 옷으로 바꾸어 입혀 두고 또 약으로써 사마귀를 만들어 얼굴에다 붙이면서

"응, 이같이 해 두면 누가 보든지 내가 도적에게 살해되었다고 할 터이지."

하고 돈과 낡은 의복가지를 방바닥에 이리저리 흩뜨려 두고 숙자를 등에 업고 방 안을 한번 살펴보더니

"이만하면 누구든지 보는 이는 모두 다 가련한 청심보살이 도적에게 맞아 죽었다고 할 터이지."

하면서 등불을 불어 끄고 서릿빛이 나는 칼을 보에다 싸

185) '고리'(고리버들의 가지나 대오리를 엮어 만든 상자 같은 물건)의 방언

서 품에 품고 밖으로 나간다.

이때 청심보살이 암자의 문밖에 나간 뒤에 어떤 남자가 도적놈 같은 행색으로 어디서 별안간에 나오더니 보살이 행흉하던 방 안으로 들어가서 석황으로 등불을 켜 놓고 방바닥에 흩뜨려 놓은 돈을 주우면서

"흐, 흥, 청심보살이라 하는 년이 나보다도 더 악한 계집이로군. 이제야 좋은 말거리가 생겼으니 이년을 공갈해서 돈이나 크게 먹을 수밖에……. 이것은 또 무엇이여?"

하면서 방바닥에 떨어져 있는 무슨 물건을 주워서 불빛에 들고 본다. 이는 다른 것이 아니라 일찍 이 협판이 선사한 가사이다. 청심보살이 황망 중에 낡은 의복과 같이 방바닥에 흩뜨려 둔 것이다. 선선한 붉은 피에 가사의 반면이 젖었다. 그 사람은 이것을 주워 보더니

"응, 참 유력한 증거로다. 평일 제가 중이라고 매양 입던 가사일 뿐 아니라, 여기다 제 이름을 새겼으니 이만한 유력한 증거가 어디 또 있느냐 말이여."

하더니 혈흔이 임림한[186] 가사를 방바닥에 있는 보에다 여러 번 깊이 싸서 가지고 청심보살을 추종하여 급히 산문을 나간다.

이 사람은 별사람이 아니라 그 부근 동리에 사는 악한 김석봉이다. 이날 밤에 또한 도적질하기 위해서 이 법화암에 들어왔다가 마침 보살이 행흉하는 것을 뒤창문 밖에서 엿보

186) 임림(淋淋)하다: 비 또는 물방울이 떨어지는 듯하다.

고 있었던 바이다.

아, 괴이하고 의외이다. 청심보살의 소위는? 원래 이 청심
보살은 누구냐 하면 거금 3년 전에 전주 이동에서 살인 방
화하고 그 행적을 감추어서 도망한 독부 농파이다. 이 농파
는 그때 삼 인을 참살한 후 사면팔방으로 유리하다가 만약
그 얼굴이 나타날까 염려하여 약으로써 사마귀를 만들어
서 두 뺨에 붙이고 여승의 모양으로 변복하고 각방으로 배
회하던 중 금강산을 들어오다가 이 산중에 들어와서 법화
암이 비어 있는 것을 기화로 생각하고 퇴락한 곳을 대강 중
수하여 그날부터 법화암의 주지가 되어서 지내는 터였는데,
우연한 소개로 이 협판과 옥례는 그 암자에서 정애를 결탁
한 후 옥례는 1년을 지나서 숙자를 해산하였다. 이때 소위
청심보살 농파는 옥례가 숙자를 낳은 후에 무슨 독계가 생
겨서 이 협판에게 간사한 꾀로써 시험조로 한번 말을 하였
더니 그 무심한 이 협판은 두말없이 유효한 증서를 써서 옥
례를 주었다. 청심보살은 자기의 목적을 도달한 줄 생각하
고 2~3년간 고적한 산암에서 얼마만큼 선심이 맹동하다가
급히 이왕 독부 농파로 다시 돌아섰다. 기실은 옥례의 대신
이 되어서 이 협판의 집에 입가를 하여 그 권리를 보유할 독
계로써 이 협판이 최후로 법화암을 떠날 때에 좋은 약이라고
속이고 석류황 기타 양잿물 등속으로 만든 독약을 주었더니
과연 이 협판은 집에 돌아가서 급증으로 얼마 지나지 못하
고 세상을 영결하였다는 소문을 듣고 하루라도 속히 옥례를

죽이고 이 협판의 집 상속인이 되고자 위함이다.

절벽 나무 사이에 달빛은 은은하고 적적한 빈 산중에 독부의 등에 업혀서 "아아아, 아아아." 하는 숙자의 우는 소리는 잔잔한 물소리에 섞여 난다. 이때 농파는 급한 걸음으로 동구로 나가려 할 때 뜻밖에 뒤에서

"이 애, 거 있거라. 네가 어디 가면 날이 샌다 말이냐."

하는 소리가 들린다. 농파는 혼비백산에 크게 놀라서 돌아보니 벌써 뒤에 닿아 왔다. 명랑한 달빛에 얼른 보니 저 건너 동리에서 유명한 김석봉이다. 어찌할 줄을 모르고 덤덤하게 서서 본다. 옆으로 바짝 들어선 김석봉은 큰 눈을 부릅뜨면서 말을 한다.

"청심보살, 아이는 어떤 아이를 업고 깊은 밤에 어디로 간다 말이여."

"나는 청심보살이라 하는 사람이 아닙니다."

"하하하, 허허허, 청심보살. 네가 옥례를 죽이고 온 일을 내가 자세히 보았다 말이여."

청심보살은 깜짝 놀라서 몸을 흔들며 다시 정신을 차려서

"사람을 잘못 보았지요. 나는 길 가는 사람이오."

"허허허, 네가 사마귀는 떼어 버렸지마는 얼굴이야 모를 리가 있느냐 말이여, 응."

"엣……."

"옥례의 대신이 되어서 이 협판 집에 입가 하려고……. 그런 어리석은 생각까지 내가 알아냈다 말이여, 알아냈어."

이때 어디까지라도 자기의 소위를 숨기기만 주장하던 청심보살은 김석봉의 말에 그 악행이 현로되어 다시 부인할 여지가 없는 줄 알고 무엇을 생각하더니 다시 김석봉을 대하여 말을 한다.

"여보, 김 생원. 당신이 나의 전후를 그렇게 알았으니 다시는 은휘할 수 없습니다. 나는 당신 말씀과 같이 청심보살입니다마는……. 자, 김 생원, 우리 피차 아는 터에 돈 한 가지일 뿐이 아닙니까. 그러니 내가 이 협판 집에 입가 한 후에 당신에게 몇천 원 드릴 것이니 당신 입만 막아 주시구려."

"하하, 나에게 몇천 원 주겠다, 그런 말이냐? 하하하. 그러면 나는 그때까지 벙어리가 될 터여, 하하하."

"네, 그리만 하시면 돈이야 얼마든지 있지 않습니까. 그런데 또 의논할 일이 있습니다. 이것은 또 특별 수수료로 딴 조건으로 드릴 것이니 나와 같이 옥례의 모친을 죽이고 그 집에 불을 놓고 가십시다."

"돈만 준다면 무슨 일을 못 한다 말이여."

새벽하늘에 기울어진 달빛은 은은하게 비치는데 산촌 외딴 집에 등불은 가물가물하다. 옥례의 모친은 이때까지 옥례가 돌아오기를 기다리다가 부지중 잠이 깊게 들었는데, 독부 농파와 악한 김석봉의 손에 죽어서 그냥 방 안에서 화장이 되었다.

이때 농파와 김석봉은 악한 일을 마치고 급히 도망하여 시내 앞 버드나무 숲속에 가서 농파는 미리 준비하여 갖다 두었던 의복으로 바꾸어 입고 입었던 피 묻은 옷은 불에 살라 버리고 그 자리를 떠나가면서 김석봉을 대하여 말하되

"김 생원, 당신은 나와 함께 이 협판 집으로 가서 혹 누가 묻거든 우리 일가 어른으로 상객처럼 나를 데리고 왔다고 하시구려."

둘이 서로 말을 맞추며 경성으로 향해 갔다.

그때 이 협판은 총사냥하러 간다 하고 매월 한 번씩 강원도 금강산을 내려가더니, 하루는 경성으로 돌아오는 중로에서 병을 얻어 근근이 집에 돌아왔으나 무엇에 중독이 된 것 같이 피를 토하고 홍복통으로 속이 성그리는 듯 무한히 고통을 하는데, 약석이 효험이 없다. 이때 이 협판의 병세가 위독하다는 전보를 받고 시골 사는 일족과 전 처가 수원 홍 판서의 부자가 올라와서 백방으로 치료하되 종시 효험이 나지 않다가 이날 이 협판은 근근이 하는 말로 시골 일족과 홍 판서의 부자를 대하여 무슨 말을 한다.

"내가 아무리 하여도 회생할 수는 없으니 만일 내가 죽거든 신문에 널리 광고를 하시오. 그리할 것 같으면 어디서든지 내 집 상속인 될 사람이 올 것이니 그 사람이 나의 자필로 쓴 증서와 아이를 데리고 오거든 유(有)권리자로 인정하시고 내 집 가독을 상속하십시오. 그것이 저의 원입니다."

이와 같이 이 협판은 쇠진한 말로 유언을 하니 이 말은 곧 이 협판의 최후 유언이라 모든 사람은 극히 슬피 여기면서

"아무 데서 낳았든지 자식만 있다면 그만 다행한 일이 없

으니 오기만 하면 상속이야 물론 시키겠지마는 정말 그러한 사람이 있기나 있느냐?"

이때 이 협판은 다시 대답을 못 하고 고개만 끄덕이며 신선이 화해 갔다. 친척과 노비 등속까지 극히 애통하는 말을 다 할 수 없거니와 5일 만에 애자와 합장으로 장사를 지냈다. 장식을 마친 후에 시골 일족들과 홍 판서는 서로 의논하여 이 협판의 부고를 각 신문에다 연속하여 매일 광고하고 상속인이 오기까지 돌아가지 않고 이 협판의 집에서 기다린 지가 거의 한 달이나 되었다.

일족들과 홍 판서는 매우 궁금하게 지내는데, 하루는 하인이 사랑으로 들어와서 홍 판서를 향하여

"밖에 어떤 여인이 어린 아기를 안고 또 어떤 시골 사람과 같은 남자와 같이 와서 이 댁이 이 협판 댁이냐 묻더니 대감님을 면회코자 하는 말을 합디다."

하는 말을 전하니 홍 판서는 짐작하는 바 있는 듯한 기색으로 하인을 대하여

"그러면 그 사람을 뫼시고 들어오라 말이여."

이때 그 여인은 하인의 안내를 받아 사랑 응접실로 들어오는데, 참 절대한 미인이다. 응접실에서 홍 판서와 일족 영감에게 공경하게 인사를 하고 자리에 앉는데, 일종 비통한 빛을 얼굴에 띠고 한편 부끄러운 태도를 가졌다.

홍 판서는 한편 비감하고 한편 반가운 모양으로 그 여인을 대하여 한숨 끝에 말을 내어

"자네는 누구이며 저 같이 온 손님은 누구신지?"

"네, 저 손님은 저를 데리고 오신 우리 일가 어른이오. 저는 옥례라 하는데, 일찍 이 협판 영감의 사랑하신 넓은 덕을 입었는데, 불행히 금번에 영감께서 별세하셨다는 신문 광고를 뵙고 왔습니다. 그런데 이 아이는 소생 여식으로 숙자라고 하옵니다."

"응, 그러면 자네가 이 협판의 아내라 그런 말이지. 그런데 무슨 증서가 있을 터인데. 그 증서가 있느냐 말이여?"

위조 옥례인 농파는 부끄러운 듯한 모양으로 돌아앉아 품 안에서 무엇을 내더니

"네, 그 증서는 곧 이것입니다."

하면서 증서를 보이니 홍 판서와 일족 영감은 서로 그 증서를 보니 진정한 이 협판의 자필로 쓴 증서인데, 옥례와 숙자를 증명한 것이 분명한지라 위조 옥례인 줄은 전연히 짐작하지 못하고 이 협판의 유언대로 그 가독을 상속하였다.

이 독부 농파는 한 발 껑청 뛰어서 이 협판 댁 부인이 되어 의기등양하게 지내는데, 즉시 유모를 정하여 숙자를 잘 양육하고 김석봉은 자기의 수중에 있는 돈 육천 원을 주고는 청국 봉천 가서 장사를 하게 하였다.

세월이 흘러 벌써 15년을 지났으매 곧 숙자가 열다섯 살된 해 어느 날 홍 판서는 금강산 구경 갔다가 돌아오는 길에 회양군 어느 촌에서 촌사람에게 김 원장의 딸 옥례는 그 모친과 같이 집에 불이 나서 불행히 타 죽었다 하는 이야기를

듣고 괴이하게 의심이 나되 아직 확실한 증거가 없는 고로 그 거동을 탐정하기 위하여 자기 집 시비 춘매를 이 협판 집 하인으로 보내었고 또 그 시골 일족 집에서는 옥매라 하는 시비를 보내서 여일하게 탐정함이 벌써 2~3년이 되었으되 아무것도 발현됨이 없고 홍 판서와 시골 일족 영감은 노병으로 모두 선화[187] 되었다.

경성 종로에 옥동 할멈이라 하는 노파 있으되 그 성질이 대단 흉악하고 욕심이 과도하여 돈이라면 사생을 모르고 달려드는 터이다. 그 직업은 월자의 매매와 여결발 영업의 간판을 붙였으나 그 본업을 삼는 일은 은군자의 소개며 기타 남녀간통의 중매를 하여 다다한 금전을 얻어먹는 고로 비록 천업을 할지라도 그 거처와 생활하는 범절은 분외[188]에 사치하였다. 그러므로 이 옥동 할멈의 집은 항상 남녀통간소며 골패, 화투의 도박장이 되었다. 이 협판 댁 부인도 골패, 화투 등의 노름을 좋아하는 고로 때때로 이 옥동 할멈 집에서 노는 터이다.

옥동 할멈의 사나이 되는 사람은 이삼팔이다. 그 천성이 정직하여 아무리 궁벽하게 지내더라도 조금도 비루한 행위는 하지 아니한 터인데, 매양 그 아내가 부정, 음행의 중매 같은 인도의 괴란한 행위를 함을 보고 그것을 꾸짖으며 다시 행치 못하도록 금지하되 노파는 듣지 아니하는 고로 자

187) 선화(仙化): 늙어서 병 없이 곱게 죽음을 이르는 말
188) 분외(分外): 제 분수 이상

기는 남산공원의 공원지기가 되어서 따로 분가하여 각거하는데, 혹 때때로 부처 간에 서로 내왕은 하는 것 같다.

어느 날 밤(정 남작이 살해된 밤)에도 전과 같이 옥동 할멈은 그 가장 이삼팔의 집에 가서 있다가 밤이 깊은 후에 종로의 자기 집으로 돌아오는 길에 남산공원의 가운데를 지나올 때에 달빛은 침침한데, 건너편에서 어떤 남자가 술에 크게 취해서 천지 홍몽[189]한 모양으로 걸음도 옳게 걷지 못하고 비시럭비시럭 하면서 나무 사이로 들어오는 그 뒤에 또 어떤 한 오십이나 된 부인이 급한 걸음으로 뒤따라오면서

"여보, 여보, 영감. 조금 기다리시오."

말을 한다. 나뭇가지 사이로 비치는 달빛에 가만히 자세히 본즉 곧 이 협판 댁 부인이라 옥동 할멈은 이상하게 생각하고 그냥 심수한 나무 사이로 들어가서 몸을 숨기고 그 거동을 엿보았다.

옥동 할멈이 이같이 엿보는 줄은 모를 터이다. 이때 이 협판 댁 부인은 정 남작의 소매를 잡고 한숨을 길게 내쉬더니

"정 남작, 그같이 노하실 것 없습니다. 시방이라도 숙자를 당신에게 드리면 그만이지요. 그러니 아무쪼록 그, 저, 목매 죽은 거지 손에서 앗은 내 시말서와 가사를 나를 주십시오."

정 남작은 크게 술 취한 목소리로 혀가 반쯤 굳어서 근근이 말을 한다.

"부인, 부인은 대단히 악한 부인이구려. 19년 전에 숙자의

189) 홍몽(鴻濛): 하늘과 땅이 아직 갈리지 아니한 혼돈 상태

실모 옥례를 죽이고 숙자를 탈취해서⋯⋯. 응, 그러나 이제
와서 과거 일을 말할 것 없으니 숙자만 나에게 시집보낼 것
같으면 설혹 이 시말서와 가사가 내 손에 있더라도 남에게
누설할 염려는 없으니 조금도 관계가 없다 말이오."

하면서 말만 하고 시말서와 가사를 주지 아니한다.

부인은 매우 황급한 모양으로 입안에 침이 마르는 듯 애
절하게 하는 말로

"정녕 이숙자를 당신에게 드릴 터이니 그것만 먼저 나를
주십시오."

"그것은 못 될 말이여. 이 시말서로 말할 것 같으면 내 일
이 잘 되려고 그런지 천만뜻밖에 남산공원에서 목매 죽은
사람의 손에서 도적한 것으로 비록 아래쯤은 찢어졌더라도
제일 필요한 말이 써져 있는 이것을, 흥, 또 이름까지 새긴
가사를 썩 쉽게 주지 못하겠어요."

"그러면 어찌해서 못 주겠다는 말씀이오?"

"그것은 물을 것까지 없지 않소. 당신이 만일 숙자를 내게
시집보내지 아니하는 때는⋯⋯."

"그러니 말이오. 아까도 내가 숙자에게 만약 네가 허락지
아니하면 내가 자살을 하겠다고까지 협박을 하여서 숙자의
허락을 받았으니 그것을 주시구려."

"아니, 이것을 내가 가지고 있기로니 무엇 관계가 될 것 있
습니까."

"그렇지만 자연히 마음에 걸려서 민망합니다그려."

"그러니 속히 숙자를 나에게 보내면 이 시말서와 가사를 두말없이 부인을 줄 터이오. 나는 아무 때라도 숙자에게 장가들기 전에는 도저히 줄 수 없습니다. 그런데 술이 대단 취한걸, 아."

"여보, 정 남작……."

하면서 발연히 얼굴빛이 변한다.

"왜 그러시오? 그리 겁나는 얼굴로, 하하하. 어찌하더라도 이것을 앗아갈 생각이겠지마는 나도 그리 쉽게 주지는 않아요."

"정녕 안 된다고……. 정녕……."

"에, 말끝까지 변했군. 그런데 누구를 죽일 것 같은 모양이로군, 하하하."

"당연한 일이지. 만약 주지 아니할 것 같으면……. 이봐……."

말끝을 눌리면서 한 팔을 버쩍 높이 드니 서릿빛 같은 단도가 번쩍한다. 팔을 들고 흘겨보니 이때 정 남작은 술이 취해서 정신이 혼혼한 중에 더욱 황망하여

"부, 부인……. 기, 기다리시오."

"그러면 주겠단 말이여."

"드, 드리지요. 그, 그, 칼만 치우시오."

이때 그 부인은 칼 든 팔을 도로 거두고 정 남작의 팔을 굳게 잡고 그 시말서와 가사를 달라 하니 정 남작은 황망한 중 부득이 그 시말서와 가사를 내어서 부인을 준다.

부인은 그것을 받아서 시말서는 그냥 입에다 넣고 씹어 억지로 삼키고 가사는 품에다 넣고 다시 정 남작을 향하여

"시말서와 가사를 잘 주어서 매우 감사하다 말이여. 그 감사한 답례로는 이것을⋯⋯."

하더니 정 남작을 옆으로 껴안고 가졌던 단도로써 갈비뼈 사이를 깊이 찔러서 이리저리 힘껏 잡아 헤치니 정 남작은 그 자리에 절도하여 세상의 꽃과 달을 혼연히 잊어버리고 타생으로 돌아갔다.

이상하다. 이 협판 집 위조 부인의 시말서와 가사는 어찌해서 손에 들어온 것인지? 진실로 괴이하다. 원래 악한 김석봉은 이 협판의 위조 부인 농파에게 육천 원의 현금을 얻어 가지고 청국 봉천으로 가서 크게 장사하던 터인데, 처음에는 매우 번창하여 큰 상점을 개설하고 19년간을 평안하게 경과하였는데, 하룻밤에 우연히 불이 나서 상점과 기타 물건은 모두 전소되고 석봉은 빈 몸만 근근이 살았다. 이로써 봉천서는 부지할 수 없는 고로 겨우 여비를 변통하여 영락한 모양과 초췌한 행색으로 거지같이 되어 조선을 나와서 경성 대사동의 이 협판 집 부인 된 농파에게 또 금전을 얻어 갈 생각으로 부인을 방문하였다. 그런데 부인은 아주 냉연하게 괄척할뿐더러 도적놈을 처치하는 것같이 하인을 시켜서 그냥 쫓아내니(상편 이 협판 집에 들어온 걸인), 김석봉은 크게 낙망이 되는 동시에 무한히 분노하였다. 그러나 그 부인을 원망하는 마음으로 당장 경찰서에 전후 사실을 고

발하고자 하는 생각이야 발연히 금치 못하였는데, 만일 고발할 것 같으면 자기의 죄악이 역시 발각될 터였기 때문이다. 이런 고로 그리도 하지 못하고 분하기도 하려니와 우선 목전에 당한 곤란은 도저히 면할 방책이 없는지라 백 번 생각하고 천 번 자저하다가 부득이하여 최후 결심으로 이 협판 집 위조 부인이 법화암에서 행흉한 시말을 자세히 쓴 서면과 또 자기가 주워 가졌던 청심보살의 피 묻은 가사를 가지고 남산공원에서 목을 매어 자살하였는데, 그날 밤 공원에 들어와서 석봉의 품에 든 가사와 손에 쥔 서면을 도적하여 가사 쌌던 보 한 개를 흘리고 간 사람은 곧 정 남작의 소위인 줄 알 것이다.

이때 부인은 칼을 빼어 피를 닦고 살기가 가득 찬 두 눈으로 정 남작의 시체를 흘겨 엿보더니

"응, 네가 너무 심하게 한 연고라 말이여."

하면서 급히 그 자리를 떠나려고 사면을 살펴보니 뜻밖에 나무 사이로 어떤 여인이 나오는데, 자세히 보니 곧 옥동 할멈이다. 깜짝 놀라서 서릿빛 같은 칼을 한 손에 힘 있게 쥐고 흰 눈으로 흘겨보면서

"하, 옥동 할멈, 불쌍하지마는 이 광경이 발각된 이상에는 살려 둘 수 없다 말이여, 응."

담대한 옥동 할멈은 깔깔 웃으면서

"마님, 그것 무슨 말씀입니까. 조금도 염려하실 일이 없습니다. 제가 여기 온 것은 마님을 보조하러 온 터입니다. 조금

도 놀랄 것 없습니다."

이 말을 듣던 부인은 어찌할 줄을 모르고 망연하게 서 있
는데, 옥동 할멈은 다시 말을 연해 한다.

"마님, 마님. 정 남작을 이렇게 하여 두고 가시면 뒷걱정이
없을 줄 생각하십니까? 경찰서에 탐정 순사라 하는 것이 있
으니 이러한 범죄를 수사하기는 귀신같이 아는 터인데, 당
장에 발각되기 쉽습니다. 그러니 어디까지라도 이 죄적을 감
추려 할 것 같으면 제가 좋은 계책을 가르쳐 드리겠습니다."

이때 부인은 비로소 마음을 놓고 말을 한다.

"나는 할멈이 그같이 나를 보호하는 줄은 짐작을 못 하고
반드시 죽이려고만 생각하였는데. 내가 잘못할 뻔하였군."

"그런데 제가 가지고 왔습니다."

하더니 굽은 머리카락을 한 뭉치 꺼내 부인을 보이면서 다
시 말을 연해 한다.

"이것은 댁 작은아씨의 머리카락입니다. 이것을 정 남작
의 손에 쥐여 놓읍시다."

"그것은 어찌해서 그렇게 한다 말이냐?"

"하하하하, 그래서 당국자혼[190]이라고, 마님같이 영민하
신 터에 그것을 속히 짐작을 못하십니다그려. 그는 왜 그러
냐 하면, 이숙자 아씨의 머리털은 빛이 녹발로서 윤채가 별
스럽게 나고 또 끝이 세 가닥으로 갈라졌는데, 이 같은 머리

---

190) 당국자미(當局者迷): 그 일을 직접 맡아보는 사람이 도리어 실정에 어둡다는 말
로 '당국자혼'은 당국자미를 잘못 사용한 표현이다.

카락은 세상에 희한한 것입니다. 그러니 이것을 정 남작의 손에 쥐어 놓을 것 같으면 그 귀신같은 탐정의 감정으로도 당장에 작은아씨에게로 혐의를 둘 것이니 그로써 필경 작은 아씨가 죄인이 되어서 처분을 받을 것이오. 마님에게는 조금도 혐의를 둘 염려가 없지 않겠습니까. 또는 그 숙자 아씨가 마님이 참으로 낳은 친자식 같으면 그도 차마 못하겠지마는 아까 들으니, 옥례라 하던가요? 그 다른 사람의 자식일뿐더러 아까 정 남작의 말과 같은 마님의 악한 행위를 만약 아씨가 알게 되면 아주 불공대천의 원수인 줄 생각하고 당장에 경찰관에게 고발할 만한 터인즉 진실로 마님은 범의 새끼를 키우는 셈입니다. 그러니 이때 이러한 기회를 잃지 말고 차라리 속히 죽이느니만 같지 못합니다그려. 그리고 근일에 결혼 문제로 아씨와 정 남작 간의 감정이 좋지 못한 이 기회에 있으니 아씨의 범죄 혐의는 단정코 면치 못할 줄 생각합니다그려."

"흐흥. 그런데 그 머리카락은 어떻게 구했느냐 말이여."

"네, 그는 아시는 바와 같이 종래로 댁에 단골이 되어서 아씨가 결발할 때마다 조금씩 빠진 것과 또 머리숱이 많아서 조금씩 벤 것을 하도 머리가 이상하기로 이제까지 모아 둔 것입니다그려."

이때 부인은 옥동 할멈의 말을 듣더니 그 기묘한 계책을 돌돌이 탄상하고 감복하게 여겨서 숙자의 머리카락을 정 남작의 죽은 손에다 한 줌 힘 있게 쥐어 두고 옥동 할멈과 헤어져 그 자리를 떠나려 하다가 무엇을 생각하더니 다시 할멈을 불러서 아까 정 남작에게 받아서 품 안에 넣었던 가사를 도리어 꺼내어 할멈을 주면서

"할멈, 이 가사는 시방 불에다 살라 버리려니 이 깊은 밤에 공원서 불을 붙일 수가 없고 또 집으로 가져가서 살라 없애려 해도 하인년들의 이목이 번거하니 할멈이 가져가서 없애는 것이 편리할 듯하다 말이여."

할멈도 대답하고 가사를 받아서 사면을 살펴보더니 그 자리에서 부인과 헤어져 서로 각각 돌아갔다. 이때 부인이 돌아 나가는 것을 엿본 사람은 공원지기 이삼팔이다.

몇 날 지난 후에 이 협판 위조 부인은 종로의 옥동 할멈을 방문하고 그 친절한 후의를 사례하는 동시에 기묘한 수단을 칭찬하면서 돈 천 원을 내어 주니 옥동 할멈은 크게 기쁜 기색으로 부인을 대하여 한편으로 사양을 하면서 돈을 받아 가지고 말을 한다.

"그저께 경찰서에서 제가 숙자 아씨의 머리카락이라고 방 순사에게 말을 하였으니 경찰서에서는 시방 숙자 아씨를 진정한 범죄자로 알고 체포하기 위해서 크게 활동하는 터인즉 불일간에 포박이 될 것입니다. 그러니 인제는 아무 걱정하실 것도 없으니 안심하시고 모처럼 오셨으니 약주나 한잔 잡숩시다."

하면서 술을 내어 놓고 먹는데, 취흥 도도하게 기뻐한다. 옥동 할멈은 부인에게 다시 말을 한다.

"마님, 그러나 그날 밤에 정 남작의 말을 대강 들었습니다마는 마님의 그전 이력을 조금 말씀하십시오."

부인은 취한 김에 웃으면서 사면을 돌아보다가 말을 한다.

"다른 사람에게야 다 은휘하지마는 할멈에게야 무슨 못할 말이 있겠느냐 말이여, 하하하."

하면서 최초 전주서 김천일 등을 죽인 시말과 법화암에서 행한 일이며 옥례 모친까지 죽인 일을 들어 장황한 이야기를 낱낱이 말하니 아무리 악한 옥동 할멈이라도 또한 크게 놀랐다. 부인은 다시 말을 연하여

"그런데 인제는 아무 걱정 없으되 한 가지 크게 염려되는 일이 있다 말이여."

"네, 무슨 일이 또 있습니까?"

하면서 옥동 할멈은 망연히 쳐다본다.

"다른 일이 아니라 그 정 남작이 나의 악한 소행을 한 승지에게 말을 한 것 같다 말이여."

"에, 그러고 보면 그것 큰 걱정입니다."

"그런데 그날 밤에 정 남작이 그 시말서와 가사를 가지고 숙자를 걸어 두고 나에게 담판할 때에 이 일은 한 승지도 알고 있다고 말을 하더라 말이여. 그러니 필시 정 남작이 이야기를 한 것이여. 그러나 한 승지는 조금 천성이 온당한 사람이라 그런 비밀한 일을 함부로 남에게 말을 아니 할 듯하되 만일 서 참봉이라든지 조 참위가 알게 되면 참 큰일이라 말이여."

"네, 그러하시겠습니다. 마, 하는 김에 한 승지까지 약차합시다.191)"

"나도 그 생각은 있으되 아직 좋은 기회가 없었어. 방금 생각하는 중인데, 어떠냐 말이여, 할멈, 돈 천 원이나 줄 터이니 한 승지를……."

"하하하, 돈 천 원이나 주시겠다고……. 제가 기어이 실행하겠습니다. 한 승지는 매양 남산공원으로 지나가는 터이라 내일부터 제가 매일 남산공원으로 가서 기회를 엿보겠습니다."

"옳지, 옳지. 그리만 할 것 같으면 염려 없이 될 터이지."

그 익일부터 옥동 할멈은 매일 오후만 되면 남산공원으로 가서 한 승지의 자취를 엿보더니 하루는 날이 저물도록 한 승지가 조 참위와 같이 공원에서 돌아가지 않고 옥매의 편을 들어 숙자는 무죄하고 사실상 범죄인은 다른 사람이라고 말을 할 때에 좋은 기회를 삼아서 옥동 할멈은 육혈포로써 한 승지를 죽였다.

———————

"아, 사실이 매우 복잡하고 이야기가 대단 장황해서 대감께서나 두 영양께서는 들으시기에 응당 거북하셨겠습니다. 그런데 저희들이 탐정한 사실의 시종은 이상 말씀한 바와

191) 약차(若此)하다: 상태, 모양, 성질 따위가 이와 같다.

같이 그 19년간에 독부 농파의 출몰횡행한 악업의 복잡한 사실 원인을 어떠한 수단 방법으로 정밀하게 탐정을 하였느냐 하면 그 무한한 고심과 비상한 활동은 다 말할 수 없으나, 대략 말씀할 것 같으면…… 이 김응록은 때때로 계집이 되어서 옥동 할멈의 이웃집에서 국수 장사의 모양으로 옥동 할멈과 친밀하게 교제하여 왕왕 이 협판 거짓 부인 농파가 와서 비밀하게 하는 이야기를 틈타서 엿들은 일이 있을 뿐 아니라, 옥동 할멈의 농 안에서 피 묻은 청심보살의 가사를 도적질해 내었고 또 저 육손이는 이 협판 집의 하인이 되어서 암암히 활동하였고 또 삼각수는 각처로 돌아다니면서 바깥 사실과 소문을 탐하여 숙자 아씨께 도망을 권고하는 등 신변을 보호하였고 이 선달은 각 방면을 통해서 우리를 보조하신 일이 적지 않습니다. 그런데 이 사실을 말로써 하니 이와 같습니다마는 그 복잡하고 심오한 사실로 시방 말함과 호리도 틀리지 않게 정세한 탐정 조서를 작성하였으니 곧 이것입니다."

김응록은 말을 마치고 필지 수가 한 육칠십 장이나 된 책자에 피 묻은 붉은 비단 가사를 첨부해서 김 백작의 앞에 드리고 다시 나앉아서 찻물을 마신다.

탐정 김응록이가 탐정 조서의 사실을 보고하는 말이 한 회, 두 회씩 변할 때마다 놀라며 조급하게 여기던 숙경, 미자 두 영양과 기타 모든 사람은 사실의 전말을 다 듣더니 크게 경악하는 동시에 각 탐정의 신명한 행동을 매우 탄상하였다. 이때 이 탐정 조서와 증거품 혈가사가 세상에 발표된 즉일에 생각 없는 원앙한 죄명으로 옥중에서 신음하던 이숙자 영양은 청천백일로 무사 출옥하고 전고미증유한 악부 농파와 옥동 할멈은 법정에서 자복하여 사형에 처하고 악한 신사 서 참봉, 조 참위는 공갈취재로 상당하게 벌을 당하였다.

아, 숙자 영양이 무죄 방면이 되었으니 시방까지 숙자의 혐의 사건에 동정을 표하던 모든 진신숙녀는 그 기쁜 마음을 이기지 못하였다. 김 백작의 주최로써 권중식과 이숙자의 결혼 예식을 성대하게 거행하고 이 협판 집 유산을 전부 상속하여 각 탐정에게 수천 원씩 상급하고 또 강원도 출장에서 무사히 돌아온 윤 순사에게도 수천 원을 위로금으로 출급하였다.

권 학사의 부처는 금실 화해하여 영화롭게 지내거니와 본편에 등장한 인물 중에 악한 사람은 물론 법률의 처분을 면치 못했으되 착한 마음을 가진 사람은 저 노비 등속까지라도 각각 안락하게 일생을 잘 지내니 진실로 선악의 인과가 없지 아니하다.

때는 4월 상순이라 청량리 수양버들 나무 새로 난 잎사귀는 금빛같이 누른데, 푸른 안개가 둘러 있다. 이때 청량리 정거장에 하차하여 길이 차게 돌아오는 사람은 모두 다 강원도 회양군 법화암에서 석가탄신 4월 초파일을 이용하여 이숙자의 실모 옥례와 그 외조모의 해골을 안장하고 또 영혼

을 극락으로 천도하기 위하여 수천 원의 금화를 들여서 설
행하는 제(齋) 구경 갔다 오는 사람으로 그 망령의 후복과
숙자의 효심을 못내 칭찬한다.

1920년대 탐정들과
『혈가사』 읽기

이은선

1. 19년 전의 희한하고 복잡한 범죄사건

『혈가사』는 1920년 7월부터 10월까지 양산 통도사에서 발행한 『취산보림(鷲山寶林)』과 『조음(潮音)』에 분재되다가 중단된 후 1926년 울산에서 단행본으로 출판된 박병호(朴秉鎬)의 소설이다.[1] 이 '탐정소설'에 등장하는 인물의 수도 적지 않고 인물들이 일으키는 사건도 상당히 충격적이다.

『혈가사』의 첫 장면은 이숙자, 김숙경, 심미자 세 학생이 남산공원을 산책하는 데서 시작한다. 화창한 4월 5일, 이들은 자신의 처지를 비관하여 목매 죽으려던 권중식을 발견하고 그를 구한다. 3년 후, 권중식은 법관양성소를 졸업하여 학사의 이름을 얻고 변호사 시험을 준비 중이다. 이때 이숙자의 어머니이자 이 협판의 아내인 김 씨 부인은 서 참봉과 모의하여 이숙자를 부유한 정 남작과 결혼시키고자 애쓴다. 이숙자는 권중식과 서로의 마음을 확인한 사이이므로 그 결혼을 하지 않으려 하는데 유명한 호색한인 정 남작은 이숙자에게 반해서 결혼을 원하게 된다.

음력 9월 15일 밤, 남산공원에서 나뭇가지에 목을 맨 시체가 발견된다. 남부경찰서 형사 순사 방규일과 윤석배는 이 죽은 인물이 김석봉이라는 사실을 알아내고 찢어진 편지 조각을 찾

1) 한국근대문학관, 『단숨에 읽는 한국 근대문학사』, 한겨레출판, 2016

아낸다. 독자도 이 편지의 남은 부분을 함께 읽게 된다. 또 편지와 함께 '가사(袈裟)'를 발견하는데, 피 묻은 가사로 인해 이 작품의 표제가 "혈가사(血袈裟)"가 되었음을 짐작할 수 있다. 방 순사와 윤 순사는 9월 19일까지 수사에 골몰하였으나, 범인을 찾지 못했다.

이때 정 남작이 살해된다. 정 남작이 손에 쥐고 있던 머리카락 한 줌을 증거로 보고 이 머리털을 본 사람에게 현상금을 건다. 결발 영업을 하는 옥동 할멈이 찾아와 머리카락의 주인은 이숙자라고 증언하고 이후 권중식의 죽마고우인 윤 순사는 이숙자를 보호하는 반면 방 순사는 이 숙자를 체포하기 위해 애를 쓴다. 이숙자는 친구인 김숙경의 아버지 김 백작의 집으로 몸을 피한다.

26일 일요일, 남산공원에서 한 승지가 조 참위에게 숙자는 범인이 아니라는 사실과 진범이 누구인지를 말하려는 순간 총에 맞아 사망한다. 이숙자의 소식을 전해 들은 권중식은 대구에서뿐만 아니라 조선에서 제일이라는 탐정을 데리고 상경하겠다는 전보를 보낸다. 그러나 권중식이 오기 전 여행에서 돌아온 김 백작은 이숙자에게 아산에 있는 농막으로 피신하라 권고한다. 이숙자는 이에 따라 농막으로 옮긴다. 서 참봉, 조 참위가 이 사실을 알고 김 씨 부인을 협박하지만, 김 씨 부인은 이에 응하지 않는다. 서 참봉, 조 참위는 김 씨 부인이 돈을 주지 않자 이숙자의 행방을 경찰서에 밀고한다. 방 순사는 곧 이숙자를 체포하기 위해 농막으로 찾아간다. 이 장면에서 상편이 끝난다.

하편은 옥에 갇힌 가련한 이숙자를 묘사하는 데서 시작된다. 심미자의 오빠인 육군 정령 심천식의 도움으로 김숙경과 심미자는 감옥으로 면회를 간다. 간수의 안내를 따라 감방으로 간 두 친구는 이숙자가 정신없이 앓고 있는 것을 목격한다. 이들은 서로 손을 잡고 울며 위로하고 두 친구는 숙자에게 잘이겨 낼 것을 당부한다. 감옥에서 돌아온 김숙경과 심미자는 권중식의 방문을 받는다. 이때 보낸 사람의 이름이 없는 편지가 도착하고 이들은 그 내용을 함께 확인한다. 편지에는 이숙자가 무죄라는 증거를 이미 충분히 모았고 일간 방문하겠다는 이야기가 적혀 있다.

권중식은 탐정으로 명성이 자자한 이 선달을 찾아간다. 이 선달은 권중식이 낮 기차로 와서 이 협판 댁으로, 감옥으로, 변호사 집으로, 김 백작 집으로 다닌 것을 모두 알고 있다고 말해 권중식을 놀라게 한다. 그리고 19년 전에 발생한 복잡하고 흉악한 범죄사건의 원인을 모두 밝혀냈다고 말하며 팔자미와 삼각수, 그리고 육손이라는 탐정의 이름을 알려 준다. 한편 탐정 김응록의 부하 돌돌쇠는 감옥에 있는 이숙자를 방문하여 그녀가 곧 무죄로 방면될 것이라 이야기한다.

다음 날, 보낸 사람의 이름이 없는 편지가 김숙경에게 또 도착하는데 김 백작, 권중식, 심미자, 옥매와 춘매, 이 선달 등을 초대하라는 내용이다. 편지에서 초대하라는 인물이 모두 모이자 팔자미 김응록이 도착한다. 그리고 그간 알아낸 사건의 전말, 전고미증유한 희한하고 복잡한 범죄사건을 이야기해 준다. 이 장황한 일대(一大) 기담이 다시 새로운 한 편의 이야기가 된다.

전남 목포항의 기생 농파는 언변이 능하고 수단이 비범하여 남녀 간 교제를 잘하는 인물이었다. '독부'로 지칭되는 기생 농파의 수단과 심술 때문에 그녀와 결연한 사람 모두가 생명과 재산에 환란을 겪게 되었고 이로써 화류계 비평이 낭자하여 목포를 떠나게 되었다. 이후 그녀는 전주 읍내로 이사하여 김천일이라는 어리석고 방탕한 촌부자의 집으로 들어간다. 그녀는 꾀를 내어 김천일의 부모가 아들을 믿고 재산을 상속한 후 은거하게 만든다. 이 사건을 함께 꾸민 이 주사가 김천일의 부모를 협박하여 돈을 취해 온다. 이 주사가 돈을 만들러 나가 자리를 비운 사이에, 이 주사가 18~19세 되는 여성과 관계를 맺었다는 사실을 알게 된다. 김천일은 이 주사와 농파의 사이를 의심하고 농파와 몸싸움을 벌인다. 돌아온 이 주사가 김천일을 제압한 후 농파에게 돈을 주지 않겠다고 이야기한다. 그리고 만약 돈을 달라면 나누어 주되 그 대신 경찰서에 가 농파의 죄악을 고발하겠다고 말한다. 농파는 치마 속에서 서리 같은 칼을 꺼내 이 주사를 찔러 살해한다. 이후 김천일을 찌르고 이 주사를 찾아왔던 18~19세 되는 여성 역시 죽인다. 그리고 집에 불을 지른 후 돈을 챙겨서 몸을 피한다.

농파가 전주 이동에서 살인 방화 후 도망한 지 2년이 지나 3년째 되는 해, 경성의 이상하는 아내 홍애자를 잃고 내부협판을 사직하고 금강산 여행을 떠난다. 산속에서 스무 살 정도 되어 보이는 옥례를 만난다. 이상하는 죽은 아내 애자와 닮은 옥례에게 반해 옥례의 어머니를 찾아가 결혼 이야기를 꺼낸다. 옥례의 어머니는 죽은 남편의 유언에 따라 이상하를 자신의 집안으로 입양해야겠다고 이야기한다. 이상하가 그에 반대하자 혼인은 안 되는 것이라고 잘라 말하며 허락하지 않는다. 옥례는 이상하를 그냥 보내기 섭섭하나 당장 이상하를 내보내라는 어머니의 말을 거스를 수 없어 근처의 법화암으로 안내한다. 이상하는 그곳에서 청심보살을 만난다. 그 후 이상하와 옥례는 옥례 어머니의 눈을 피해 법화암에서 만난다. 이후 청심보살은 옥례 어머니를 속여 병구완을 핑계로 옥례의 출산을 돕는다.

이상하는 청심보살에게 감사의 뜻으로 '청심보살'이라는 글자를 수놓은 가사를 선물한다. 청심보살이 이상하에게 옥례와 그 딸과 이상하 자신의 관계를 증명하는 서류를 만들어 줄 것을 요구하자 이상하는 그에 응한다. 이후 이상하는 청심보살이 건네준 약을 먹고 죽음에 이른다. 이 청심보살은 전주에서 이 주사 등을 살해하고 불을 지른 뒤 몸을 숨겼던 농파였다. 마침내 그녀는 청심보살의 분장을 벗어 버리고 옥례 앞에 자신의 본모습을 드러낸다. 농파는 이상하의 부인 자리를 차지하기 위해 옥례를 살해한다. 이때 도둑질을 하려고 법화암에 와 있던 김석봉(김 생원)이 나타나 이숙자를 업고 도망하는 농파의 계략을 눈치채고 그녀를 협박한다. 농파와 김석봉은 불을 질러 옥례의 어머니를 죽인다. 둘은 경성으로 와서 이상하가 쓴 증서를 제시하여 일가친척을 속이고 농파는 김 씨 부인으로 행세한다. 농파가 김석봉에게 돈을 주자 그는 청국 봉천으로 장사를 하러 간다.

세월이 흘러 이숙자가 권중식을 구한 후 3년이 되는 해, '현재' 시점에 사업에 실패하고 봉천에서 돌아온 김석봉이 농파에게 찾아왔다가 거지 취급을 받고 쫓겨난다. 김석봉은 분한 마음에 공원에서 목을 매 스스로 목숨을 끊는데 죽기 전, 농파가 저지른 죄악을 고발하는 편지를 쓰고 증거물인 피 묻은 가사를 남겨 놓는다. 정 남작은 순사가 김석봉을 발견하기 전에 이 편지를 찢어 간다. 이후 정 남작이 농파를 협박하자 그녀는 정 남작을 살해한다. 또한 이를 목격한 옥동 할멈 역시 죽이려 하다가 그녀의 제안에 따라 이숙자를 범인으로 만들기 위해 정 남작의 손에 이숙자의 머리카락을 남겨 놓는다. 이후 한 승지가 이 살인사건의 진범을 폭로하려고 하자 옥동 할멈은 육혈포로 한 승지를 쏜다.

정 남작을 살해한 범인이 밝혀지자 이숙자는 무죄 방면된다. 이후 그녀는 권중식과 결혼한다. 악한 인물인 농파와 옥동 할멈은 그에 합당한 처분을 받고 착한 인물들은 노비까지도 각각 안락하게 일생을 잘 지내는 것으로 언급되고 있다. 4월 초파일, 강원도 회양군 법화암에서 이숙자의 실모 옥례와 그 조모의 해골을 안장하고 영혼을 천도하기 위해 수천 원의 금화를 들여 설행하는 제를 구경하고 돌아오는 사람들을 묘사하는 데서 소설은 끝마치게 된다.

2. 세 이름의 살인자: 김 씨 부인이자 청심보살인 농파

이 소설의 가장 큰 특징 중 하나라고 할 수 있는 비밀의 유지와 그것의 폭로는 '농파'라는 인물의 정체에서 비롯된다. 농파가 청심보살로 분하고, 이후 김 씨 부인이 되는 이 시간적 순서에 따른 변화를 독자가 알 수 없다는 점에서 비밀이 생겨난다. 사건이 일어난 시간적 순서를 거스르는, 사건이 제시되는 순서를 기준으로 이 비밀에 접근할 때 독자가 이 소설에서 느끼게 되는 충격의 성격이 분명해질 것이다.

도입부에서 김 씨 부인은 그 천성이 매우 활발하고 수단이 비상한 인물로 제시된다. 그녀는 남녀 간 교제가 넓고 매양 골패와 화투하기로 세월을 보낸다. 이러한 인물 소개에서 의외성을 발견하고 이에 대해 의심하는 독자도 있을 수 있다. 특히 이소설의 장르에 대한 선(先)이해를 갖고 있는 독자라면 김 씨부인을 의심할 확률이 조금 더 높다고 할 수 있다. 비록 사망했다고는 하지만 과거 내부협판이라는 관직에 있었던 이상하의 부인이 교제에 능하고 골패와 화투로 세월을 보낸다는 점에서이 인물의 내력에 이채로운 구석이 있을 것이라 짐작할 수 있는 것이다.

이 첫 번째 은근한 암시를 그냥 넘긴 독자라고 할지라도 이숙자의 어머니인 김 씨 부인이 보여 주는 몇 가지 행동은 충분히 의심할 만하다. 김 씨 부인은 자신의 딸 이숙자에게 정 남작과의 결혼을 강제한다. 문제는 김 씨 부인이 호색한 정 남작의 면면을 모르는 것이 아니라는 점에 있다. 이숙자 역시 여기에 의문을 갖는다. 정 남작이 어떤 인물인가를 누구보다 잘 알고 있음에도 불구하고 어머니는 왜 결혼을 강요하는 것일까. 김 씨 부인은 돈과 지위를 가장 높게 생각하기 때문이라는 이유를 드러내 놓고 말하기도 한다. 결혼하지 않으면 딸 앞에서자살을 하겠다, 또는 권중식을 당장 쫓아내겠다 등의 협박을 하는 장면에서는 이 인물이 갖고 있는 폭력성이 더 분명하게 드러난다.

이숙자는 김숙경의 아버지 김 백작의 집으로 몸을 피한 후 어머니 김 씨 부인에게 저간의 사정을 알리는 편지를 보낸다. 그러나 김 씨 부인은 이숙자를 찾지 않는다. 또한 이숙자가 김 백작의 농막으로 옮겨 가야 한다는 내용을 엿본 인물들이 돈을 뜯어내려고 하는 시도에도 넘어가지 않는다. 마찬가지로 이숙자가 감옥에 갇혀 있는데도 김 씨 부인은 이숙자를 면회하러 가지 않는다. 김 씨 부인은 정 남작을 살해한 범인으로 이숙자를 지목한 옥동 할멈을 계속 자신의 집에 드나들게 하여 집 안의 하인들 역시 김 씨 부인이 어째서 옥동 할멈을 계속 만나는지에 대해 의문을 갖게 만든다. 김 씨 부인은 딸인 이숙자에게 전혀 애정이 없는 것으로 보인다고 해도 과언이 아닐 정도이다. 그리고 이숙자 역시 그런 어머니의 태도를 의아하게 여긴다.

탐정들이 조사해 온 내용을 읽을 때가 되어서야 독자들의 궁금증이 풀린다. 예컨대 '농파'가 목포에서 유명한 인물이었다는 사실, 그녀와 연을 맺는 사람마다 환란에 처하게 되자 더 이상 목포에서 살 수 없어 전주로 옮겼다는 사실에서부터 새로운 이야기가 시작되는 것이다. 농파는 김천일의 재산을 노려 그에게 접근한다. 김천일은 아버지의 재산을 상속받기 위해 농파와 헤어졌다는 거짓말을 하고 부모의 걱정을 모두 헤아리는 것처럼 연기한다. 이때 농파는 김천일과의 관계를 지칭하는 용어로 '연애'라는 단어를 제시하고 있다. 자유연애의 장점을 분명하게 말할 수 있는 농파라는 여성의 최종적인 목표가 사랑의 완성이었다면 이 소설의 장르는 달라졌을 것이다. 농파와 김천일과의 관계에서 진정성을 발견할 수 없다는 사실을 독자는 김천일보다 먼저 알고 있는데, 그 이유는 농파는 이미 김천일의 재산을 빼돌릴 방법에 대해 이 주사라는 인물과 상의한 바 있었기 때문이다. 김천일은 아버지에게서 독립하고 유산을 상속받아서 사랑하는 농파와 새로운 가정을 꾸릴 것을 기대하고 있었다. 그러나 김천일은 이 주사에게 구타를 당하고 농파에게 살해당하고 만다.

만일 농파가 이 주사와의 내연 관계를 지속하고 김천일의 아버지에게서 빼앗아 온 돈을 사이좋게 나누어 가졌다면 이 두 사람의 관계에서라도 연애라는 것을 찾아볼 수 있었을지 모른다. 그러나 이 주사는 18~19세 되는 여성과 관계가 있었고 이 사실을 안 농파는 이 주사의 문란함을 힐난한다. 농파는 이 주사를 살해한 후, 이 주사를 찾아온 여성까지 죽인 뒤 불을 질러 복수를 완성한다. 이 일련의 범죄 행각을 읽는 내내 독자는 농파의 면면에 놀라게 될 것이다. 자유연애를 주장한다는 점에서 당대의 유행을 따르는 인물로 보이기도 하고 이 주사에게 정숙함을 설파하고 그를 단죄할 때 하는 말을 기준으로 본다면 상당히 도덕적인 기준을 지닌 인물로 비치기도 한다. 그러나 농파는 치마 속에 칼을 숨기고 다니고 자신의 이익을 위해서라면 살인을 저지르는 데 주저함이 없는 인물이다.

이 인물은 다시 놀라운 수완을 발휘하여 법화암이라는 작은 암자를 선택하여 청심보살로 분장한다. 농파는 목포에서 전주로 은신한 전력이 있다. 전주의 살해 방화 사건을 뒤로 하고 강원도 회양군으로 숨어든 농파는 암자 인근의 동리 사람들과도 나쁘지 않은 관계를 만들어 간다. 앞서 농파가 분한 김 씨 부인을 소개한 데서 언급된바 남녀 간 교제에 능하다는 특징은 여러 번의 변장에도 변하지 않는 고유성이라 할 수 있는 것이다. 옥례 역시 청심보살을 평가할 때, "범사에 의견이 비범"하다는 표현을 하며 깊은 신뢰를 보인다. 옥례의 어머니도 청심보살과 사이가 좋기 때문에 옥례는 청심보살의 도움을 받아 어머니의 눈을 피한다. 청심보살은 이 협판과 옥례의 관계에 반대하는 옥례 어머니를 그럴듯한 말로 속이고 두 사람의 밀회를 적극 돕는다. 농파가 이 협판과 옥례를 돕는 이유 역시 곧 밝혀진다. 옥례를 없애고 이 협판까지 죽인 후 주인 없이 비어 있는 이 협판의 집에 들어가 이 협판의 딸 숙자의 어머니 행세를 하겠다는 계획을 하고 있었던 것이다. 이러한 계획이 언제부터 시작된 것인지는 분명하지 않지만, 이 협판과 옥례는 농파의 뜻대로 죽음을 맞는다.

　농파가 예상하지 못한 변수가 있기는 했는데, 인근 동리에서 유명한 악한인 김석봉이 마침 그날 도둑질을 하러 법화암에 와 있었던 것이다. 그는 농파의 비밀을 알게 되자 그녀를 협박한다. 농파는 김석봉에게 순순히 항복한다. 옥례 어머니까지 살해한 후, 농파와 김석봉은 경성의 이 협판 집을 찾아간다. 증서를 보여 주어 죽은 이 협판의 부인으로 인정받은 뒤 농파는 김석봉에게 돈을 주고 멀리 쫓아 보낸다. 이후 19년 동안 농파는 이숙자의 어머니이자 김 씨 부인으로서 이 협판 댁의 주인 노릇을 하면서 한 승지, 조 참위, 서 참봉, 정 남작 등과 노름판을 벌이며 세월을 보내고 있었던 것이다. 농파는 자신의 비밀을 알고 있는 김석봉 역시 두려워하지 않게 되었는데, 이는 자신을 찾아온 김석봉을 거지 취급하여 쫓아 버렸다는 데서 확인할 수 있다.

　농파는 자신의 비밀을 알고 자신을 협박하는 정 남작 역시 망설임 없이 바로 살해한다. 딸 이숙자와 결혼하라고 종용하던 김 씨 부인의 얼굴은 어느 틈에 사라지고 자신의 사위가 되기를 바라 마지않던 인물을 별다른 고민 없이 제거해 버리는 것이다. 그리고 이 장면을 목격한 옥동 할멈 역시 처음에는 죽이려고 하는데, 이에 옥동 할멈은 농파를 안심시킨 후 그녀와 한편이 된다. 이후 농파는 목격자 옥동 할멈과 '영혼의 단짝'과도 같은 관계를 맺는다. 탐정에 의해 이 모든 전후 사정이 밝혀진 뒤 농파와 옥동 할멈은 자신들의 악행에 걸맞은 처벌을 받게 된다.

김 씨 부인으로 독자에게 먼저 소개된 이숙자의 어머니는 사실 이숙자의 어머니가 아니라, 그 친어머니와 아버지, 외할머니를 죽인 원수 청심보살이었다. 청심보살을 믿은 인물들은 모두 죽음을 맞았다. 거슬러 올라가면 김 천일과 이 주사, 그리고 이 주사와 관계를 맺은 여인까지 모두 농파로 인해 죽었다. 여기에서 그치지 않고 김 씨 부인은 정 남작을 살해하고 이숙자에게 그 누명을 씌우고 또 정 남작을 살해한 범인이 이숙자가 아니라는 사실을 알고 있는 한 승지도 옥동 할멈을 시켜 총으로 쏘아 죽이게 한다. 농파는 자신의 감정적 만족과 물질적 이익을 추구하는 데 장애가 되는 모든 사람을 제거하는데, 주변 인물들의 죽음은 이 인물의 어두운 욕망이 그녀와 맺고 있는 모든 인간 관계를 파괴하고 있다는 점을 명확하게 보여 준다. 동물적이라 할 만큼 반사적으로 사람들을 해치는 과정이 반복될수록 독자는 농파가 자신이 어떠한 최후를 맞게 될지에 대해서는 심각하게 고민하지 않는 인물일지도 모른다는 사실을 짐작할 수 있게 될 것이다. 이 주사와 내연의 관계를 맺고 있음에도 김천일과 그 아버지에게 자유연애에 대해 일장 연설을 하고, 자신은 김천일과의 혼인을 추진하면서 이 주사에게는 정조를 지키지 않았다고 비난하는 데서 농파가 보여 주는 다면적 성격을 확인할 수 있다.

3. 탐정들: 사적으로 고용되거나 형사 순사이거나

권중식은 안동 재산가의 아들로, 이숙자의 집에 머물면서 법관양성소를 졸업하고 변호사 시험을 준비한다. 이후 이숙자의 무죄를 증명하기 위해 탐정을 고용한다. 대구에서 제일 유명한, 혹은 조선에서 제일이라 하는 평판이 있는 탐정 김응록에게 사건을 의뢰했으나 그는 자취를 감추어 버린다. 권중식이 김응록을 잃고 두 번째 고빙한 사람은 삼각수(수염이 삼각수 체로 났다고 해서 붙은 이름)로, 나중에 밝혀진 바에 따르면 그 역시 김응록과 연결이 되어 함께 탐정 활동을 한다. 김응록은 눈썹이 팔자 체로 났다고 해서 별호를 팔자미라 하고 육손이 돌돌쇠는 김응록의 부하이다.

이 탐정들은 놀라운 침투 능력을 보여 준다. 김응록은 옥동 할멈의 이웃집에서 국수 장사 하는 영남 여성으로 변장하여 옥동 할멈과 농파가 비밀스럽게 하는 이야기를 엿듣기도 하고 옥동 할멈의 농 안에서 피 묻은 청심보살의 가사를 도둑질하기도 한다. 육손이 돌돌쇠는 이 협판 댁의 하인으로 들어가 활동하고 삼각수는 각처로 돌아다니며 바깥 소문을 듣고 이숙자의 신변을 보호하였고 이 선달 역시 이들을 보조하는 역할을 한다.

김응록과 이 탐정들은 소설의 결말을 만드는 데 큰 공을 세운다. 사건의 전말을 조사하고 그 정보를 독자에게 전달함으로써 농파와 옥동 할멈의 죄악을 폭로하는 것이다. 독자에게 통쾌함과 즐거움을 주는 장치로서 활약해 준 결과, 독자는 농파의 과거와 현재를 모두 알게 된다. 비록 이들이 농파와 옥동 할멈의 범죄 자체를 막을 수는 없었으나, 목포, 전주, 강원도 회양군, 경성으로 이어지는 농파의 동선과 그 행적을 면밀히 추적하는 데 성공했기 때문에 이숙자의 억울함을 풀 수 있었던 것이다.

이 탐정들과는 다른 경로로, 이 협판 집에서 일하고 있는 춘매와 옥매 역시 실상은 탐정의 역할을 수행했다고 볼 수 있다. 어느 날 이 협판의 장인이었던 홍 판서가 금강산 구경을 갔다가 돌아오는 길에 회양군 어느 촌사람에게서 김 원장의 딸 옥례는 그 모친과 같이 집에 불이 나서 불행히 타 죽었다는 이야기를 듣는다. 그는 이를 괴이하게 여기고 김 씨 부인에 대해 의심을 품게 된다. 그러나 확실한 증거가 없었기 때문에 그 거동을 탐정하기 위해 자기 집의 시비 춘매를 이 협판의 집 하인으로 보낸다. 또 그 시골 일족 집에서는 옥매라 하는 시비를 이 협판의 집으로 보내 2~3년이 넘는 기간 동안 김 씨 부인을 탐정하고 있었던 것이다. 그러나 아무것도 발견되지 않고 홍 판서와 시골 일족 영감이 모두 노병으로 사망하게 된 상황이었던 것이다.

이들 탐정의 활동과 함께 살펴보아야 할 인물이 방 순사와 윤 순사인데, 방 순사는 경성 내에서 탐정으로 유명한 남부경찰서의 형사 순사이며 윤 순사 역시 남부경찰서에서 같이 근무하는 형사 탐정으로 유명한 인물이다. 이들 역시 탐정으로 불리지만 앞에서 살펴본 인물들과 달리 형사 순사이다. 윤 순사는 권중식의 죽마고우이기 때문에 이숙자를 보호하기 위해 애쓰는 것으로 묘사되기도 하지만, 몇 가지 정보에 근거하여 정 남작을 죽인 범인이 이숙자가 아니라는 사실에 확신을 갖고 조사하던 중 출장 명령을 받고 수사에서 배제된다. 반면 방 순사는 정 남작이 살해 당시 쥐고 있었던 머리카락을 명확한 증거로 생각하고 그 머리카락의 주인이 이숙자라는 옥동 할멈의 진술에 기대 아무런 의심 없이 이숙자를 진범으로 취급한다.

방 순사와 윤 순사는 '이숙자가 범인이다, 범인이 아니다'라는 추측을 둘러싸고 각자 자신의 입장에서 수사 방향을 설정한다. 방 순사는 이숙자를 범인으로 확신하여 체포한 후 감옥에 넣는 데 일조한다. 결과적으로 이 수사 결과에 불복하는 이숙자의 친구들과 권중식, 그리고 권중식이 고용한 탐정들과 방 순사는 대립하고 있었다. 방 순사는 옥동 할멈과 농파의 계략에 속아 넘어가 증거를 다시 살펴보려 하지 않는다. 회의하지 않는 이 태도가 곧 방 순사의 역량을 제한하는 결과를 낳는데, 앞에서 살펴본 바와 같이 권중식이 고용한 탐정들의 경우, 김 씨 부인의 과거와 현재 모두를 설명해 내는 데 성공하는 반면 방 순사는 정 남작을 살해한 진범조차 밝히지 못하게 되고마는 것이다.

4. 완벽하게 닫힌 결말

가련한 이숙자가 부당하게 감옥에 갇혀 앓고 있는 장면에 주목할 경우, 이 소설은 이숙자의 억울함을 푸는 이야기가 될 것이다. 또한 농파의 범죄 행각과 그 가운데 서로 협박하고 협박당하는 인물들의 악행을 비밀스러운 행적으로 상정하고 이를 추적해 가는 권중식, 김응록 등의 활약상에 초점을 맞출 때 이 소설은 탐정소설이 된다. 이 두 가지 성격이 공존할 수 없는 것은 아니므로 이숙자의 억울한 사연이 소설을 열고 닫는다는 설명도 가능하다. 이숙자가 계속 가졌던 의문, 즉 '어머니가 자기에게 왜 그런 행동을 할까?'에 대한 답도 자연스럽게 제시된다. 김 씨 부인이 자신의 어머니가 아니었다는 사실은 일종의 출생의 비밀이었고 어머니, 아버지, 외할머니의 죽음을 둘러싼 진실을 알게 되었다는 점에서 이 비밀은 이숙자에게 충격을 주었을 것이다.

그러나 이숙자는 이 전말을 홀로 알게 되는 것이 아니라 친구들과 권중식, 그리고 탐정들 모두와 함께 알게 된다. 권선징악적 주제 의식과 이숙자가 권중식과 결혼한다는 행복한 결말 자체는 무척 친숙한 것으로, 소설 내의 모든 인물들과 독자에게 안도감을 준다. 이 지점에 도달했을 때 농파가 저지른 일련의 사건들이 불러일으키는 경악과 참담함이 소설 전체에서 정확하게 어떤 역할을 하고 있는가, 그리고 그 효과는 무엇인가에 대한 질문이 다시 제기될 수도 있을 것이다. 예컨대 농파는 고난에 처했지만 이로부터 빠져 나오는 선량한 사람들을 형상화하면서 선을 권장하는 판에 박힌 주제와 무관하게 돌출된, 우연히 나타난 악한 인물인지 혹은 잔혹한 살인마의 이야기를 은밀하게 즐기는 독자 대중의 취향이 출현하기 시작했다는 사실을 보여 주는 명확한 증거인지 등이 그 질문의 내용에 해당될 수 있을 것이다.

한국근대대중문학총서 기획편집위원   책임편집 및 해설

김동식(인하대 교수)   이은선(한경대 강사)
문한별(선문대 교수)
박진영(성균관대 교수)
천정환(성균관대 교수)
윤민주(한국근대문학관 학예연구사)
함태영(한국근대문학관 학예연구사)

한국근대대중문학총서 틈 04

혈가사

제1판 1쇄   2020년 11월 30일

지은이   박병호
발행인   홍성택
기획   인천문화재단 한국근대문학관
편집   김유진
디자인   박선주
마케팅   김영란
인쇄제작   새한문화사

㈜홍시커뮤니케이션
서울시 강남구 선릉로103길 14, 202호
T. 82-2-6916-4403 F. 82-2-6916-4478
editor@hongdesign.com hongc.kr

ISBN   979-11-86198-68-1   03810

이 도서의 국립중앙도서관 출판예정도서목록(CIP)은
서지정보유통지원시스템 홈페이지(http://seoji.nl.go.kr)와
국가자료종합목록 구축시스템(http://kolis-net.nl.go.kr)에서
이용하실 수 있습니다. (CIP제어번호 : CIP2020048999)